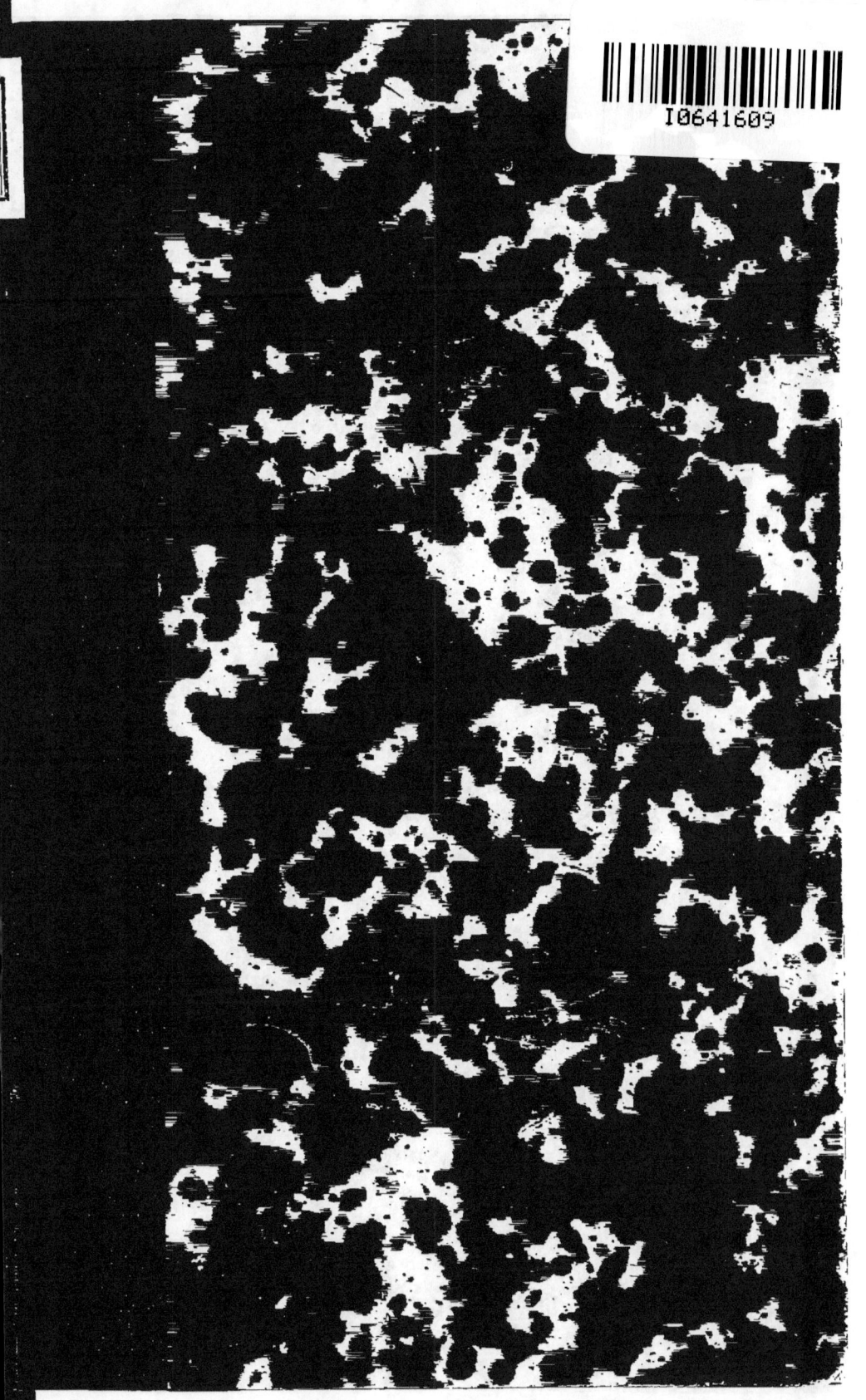

I0641609

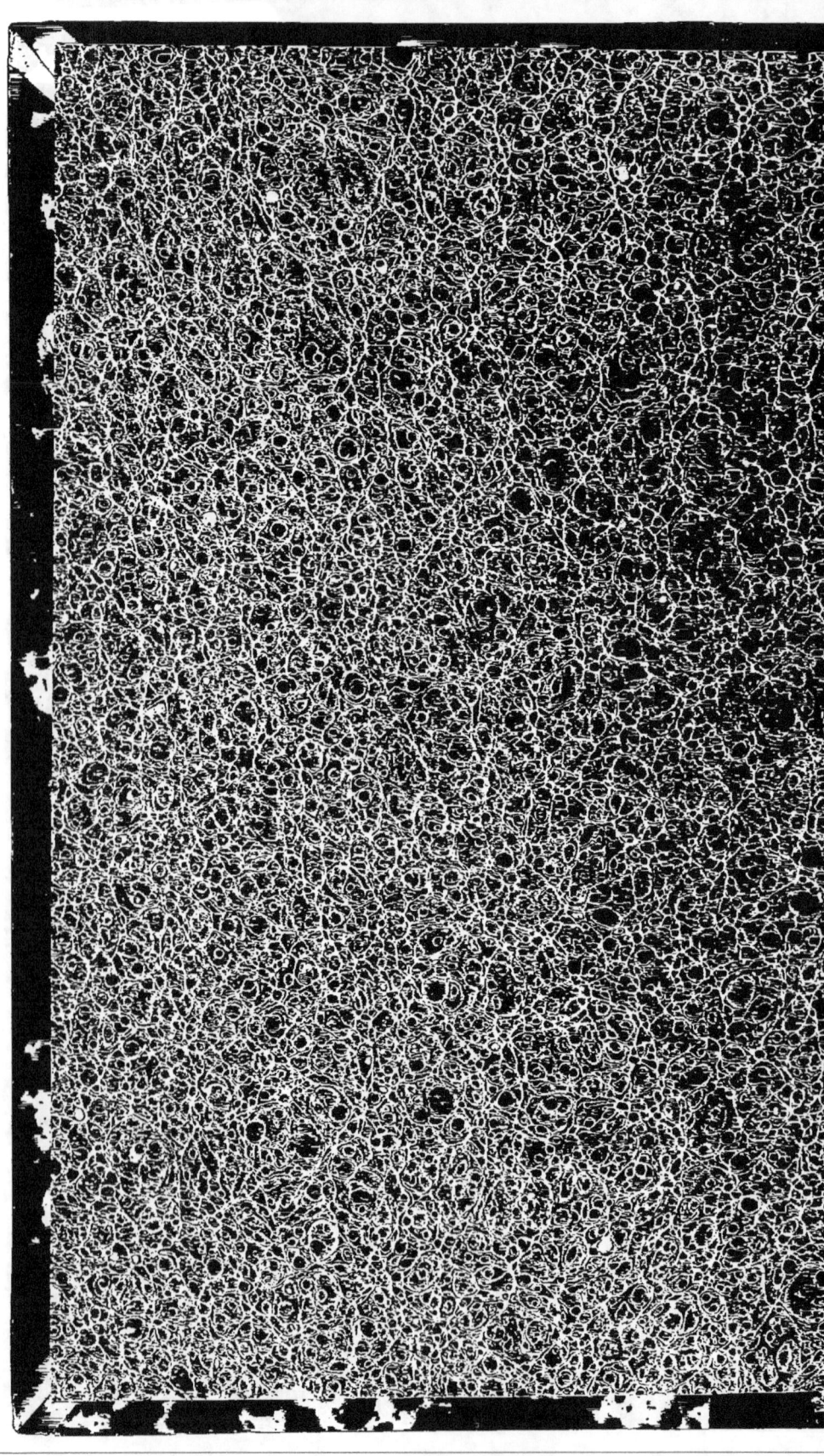

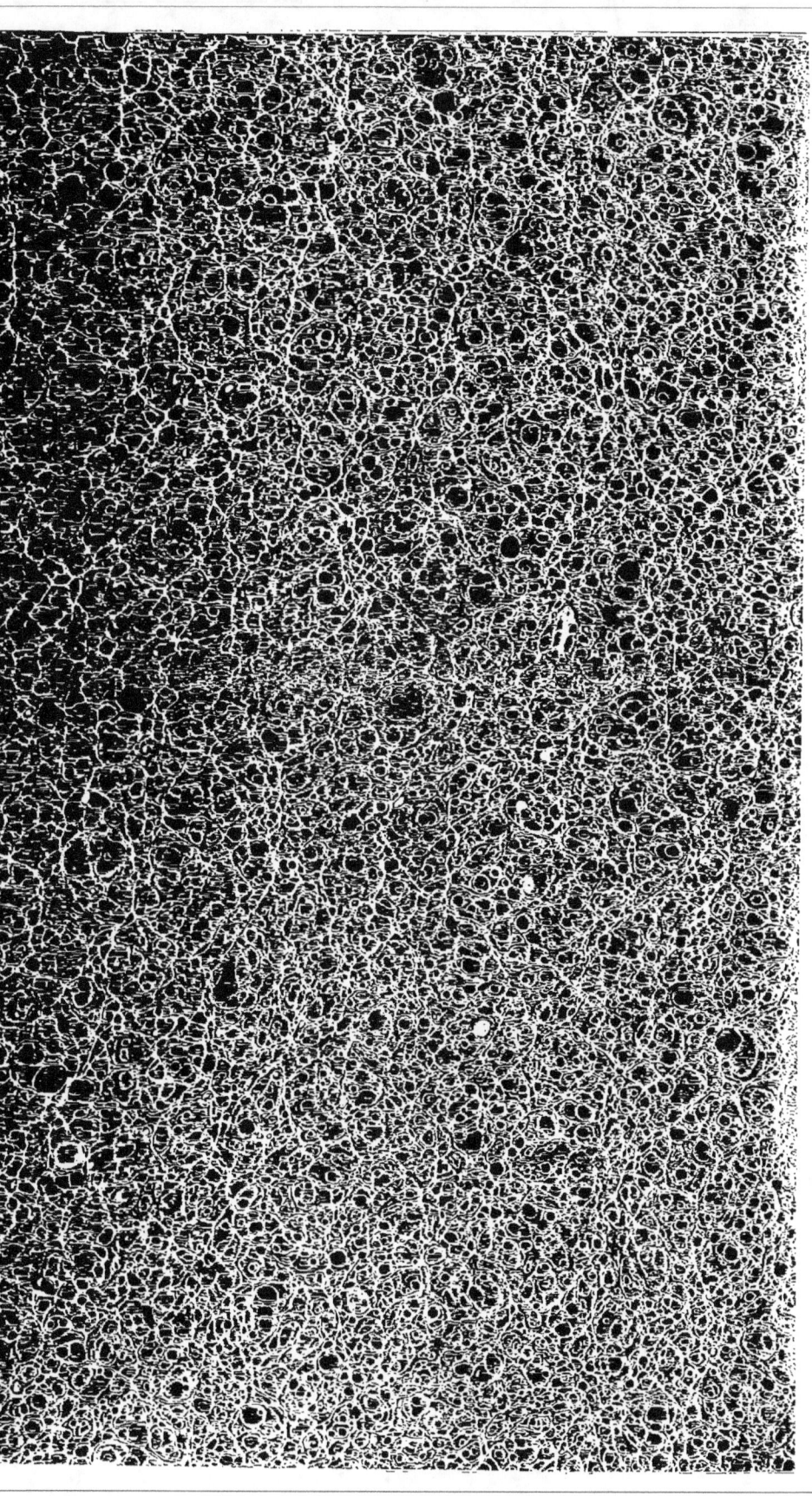

X 1906
B4 a. 2.

manque : la feuille K

X

ŒUVRES

POSTHUMES

D'ATHANASE AUGER.

DE LA

CONSTITUTION

DES ROMAINS,

SOUS LES ROIS

ET AUX TEMS

DE LA RÉPUBLIQUE;

Par ATHANASE AUGER.

TOME SECOND.

A PARIS,

Chez les Directeurs de l'Imprimerie du Cercle
Social, rue du Théatre François, n°. 4.

(1 7 9 2.)

L'AN QUATRIEME DE LA LIBERTÉ.

ÉLOGE

D'ATHANASE AUGER;

Par Hérault-Séchelles , député à l'assemblée nationale.

La douleur publique et les regrets de l'amitié m'ont amené au milieu de vous lorsque j'ai appris que vous prépariez un hommage fraternel à la mémoire d'*Athanase Auger*. Homme simple et utile ! Vertueux écrivain ! les devoirs assidus que la patrie m'impose , me privèrent d'accompagner ton cerçueil , et l'un de tes amis les plus fidèles a paru négliger ta cendre et ressembler à ces savans d'une académie vieillissante et désœuvrée dont pas un seul n'a daigné se glorifier , à tes funérailles , de l'honneur d'avoir été ton collègue. Je viens venger cette outrageante injustice. On verra comment l'abbé *Auger* a payé sa dette envers la patrie , et l'on jugera si dans la génération actuelle des littérateurs , il en est beaucoup qui puissent lui être opposés, pour le nombre et la réalité des services.

Dans un tems où l'université a laissé périr la belle langue des Grecs, cette clef des
sciences, ce dépôt de toutes les formes
sous lesquelles on pouvoit le plus se pas-
sionner pour la nature, les arts et la liberté, l'abbé *Auger* se dévoua tout entier à
la connoissance approfondie de cet Athé-
nien fameux qui força la nature à lui rendre l'organe de la parole, et fut ensuite le
plus éloquent de tous les mortels : génie
sublime dans la discussion des intérêts politiques ; génie puissant qui protégeoit, par
la seule force de ses raisonnemens, une patrie et des républiques qu'un roi vouloit
asservir. L'instinct de l'abbé *Auger* (je
risquerai cette expression en faveur du plus
simple des hommes) fut une passion constante pour l'art oratoire, passion qui ne
devoit guère lui permettre, dans le gouvernement où nous vivions, d'autre société
que celle des anciens. Au fond d'une province, dans l'obscurité d'un collége, il me
semble l'entendre se dire à lui-même :
Démosthène a vécu pour l'éloquence ; je
vivrai dans *Démosthène* ; je m'attacherai
à tous ses détails ; je m'efforcerai de repro-
duire cette parole intrépide, accusatrice.

victorieuse ; et que manquera-t-il à mon
bonheur , si , après m'être rempli de ces
ravissantes émotions , je puis les répandre
autour de moi, et communiquer à quelques
ames l'enthousiasme du plus beau des arts ,
et le besoin de s'y livrer !

Aujourd'hui, messieurs, que la révolution , en développant nos idées politiques ,
nous a donné pour apprécier les ouvrages de quelques anciens , et pour jouir de
tout leur génie, une mesure qui nous manquoit , ne séparons plus les noms de *Démosthène* et d'*Auger*. C'est *Auger* qui a
fait connoître aux François *Démosthène*.
Si l'on se rappelle en effet les moins in-
connus de ceux qui firent semblant parmi
nous d'en traduire quelques harangues,
combien l'on sera surpris de ce qu'ils sont
tous si étrangement au-dessous du modèle,
et de ce qu'ils rendent suspecte , en quèl-
que sorte , la fidélité de la langue fran-
çoise , celle de toutes cependant dont les
analogies se prêtent le plus heureusement
à recevoir dans ses moules les formes Hel-
léniques. Quelle médiocrité ! quelle sécheresse ! quelle effrayante multitude de crimes oratoires ! *Tourreil*, qui n'échappe à

aucun contresens, eut, comme on sait, la
stupidité de vouloir donner dè l'esprit à
Démosthène. Millot, s'énonce comme un
homme qui ne se douteroit pas du grec,
et traduiroit sur du latin. L'abbé d'*Olivet*
sembloit l'amoindrir et le dessécher pour
l'éducation du dauphin. *Auger* seul lui rendit sa véritable physionomie ; il lui rendit
cette ame orgueilleuse et sensible qui porte
en elle toute la dignité et toutes les douleurs
de la patrie ; ce mouvement général sans
lequel il n'est point d'éloquence populaire,
où les rapports accessoires serrés fortement, en roulant de haut dans des périodes qui compensent l'étendue des idées par
la précision du style, entraînent l'audi-
teur, et couvrent des pages entières de
sentimens et de magnificence. Jamais, sur-
tout, il ne négligea d'égaler, au moins par
ses efforts, cette beauté, cette perfection
continue du langage, ce méchanisme heureux si familier à l'orateur, qu'il ne pouvoit pas même cesser d'être élégant dans
les apostrophes les plus impétueuses, dans
les sorties les plus véhémentes ; mérite plus
rare qu'on ne pense, parce qu'il tient à un
genre d'esprit particulier, et principale-

ment à l'adresse , qui est le don de multiplier la force en la distribuant ; mérite que
J. J. Rousseau paroît seul avoir éminem-
ment possédé parmi les modernes ; et que
celui de tous les anciens qui a le mieux
connu les principes d'un art dont il a laissé
tant de modèles , Cicéron , ne se lassoit point d'admirer , dans Démosthène :
« sa foudre écraseroit moins , disoit-il , si
» elle n'étoit lancée par tout le nombre
» oratoire ».

L'abbé *Auger* plaça , pendant dix ans ,
tout son bonheur dans *Démosthène*. On
chercheroit vainement à se faire l'idée des
peines incroyables qu'il se donna pour ame-
ner cet ouvrage au degré où il est aujour-
d'hui. Il étudia dans tous leurs replis , les
constitutions des Grecs , leurs gouverne-
mens , leurs loix , leurs usages , leurs
mœurs. La géographie même de l'Attique ,
ses villages , et jusqu'à ses ruisseaux , s'em-
bellisssoient à ses yeux d'une importance
antique et presque religieuse. Il consulta
toutes les éditions , tous les manuscrits.
Ce ne seroit rien de dire qu'il traduisit et
retraduisit plus de trente fois , peut-être ,
chacun des discours de *Démosthène* et

d'*Echine*, de cet *Echine* assez heureux, après avoir été vaincu par *Démosthène*, pour que la postérité l'appelle encore son rival. Mais, ce qui est vraiment remarquable, c'est qu'au bout de plusieurs années, lorsque lui seul pouvoit avoir le secret de quelques-unes de ces imperfections que l'amour paternel d'un auteur se pardonne si facilement, lorsqu'il étoit en jouissance de sa renommée littéraire, lorsque son livre, accueilli dans les écoles de la France, l'étoit encore plus chez les étrangers qui sont moins sensibles aux recherches du style, et n'attachent de prix qu'à l'exactitude de la version, l'abbé *Auger*, par un scrupule, ou plutôt par un courage que l'idolâtrie de l'éloquence pouvoit seule inspirer, conçut et exécuta le projet de retravailler son *Démosthène*, et il le refondit en entier avec une ardeur nouvelle. Lisez la préface de cette seconde édition. Est-il rien de comparable à la modestie de cet excellent homme, qui s'accuse lui-même au milieu de la reconnoissance publique, et se reproche des fautes de style avec la même sévérité qu'eut fait un envieux, si l'idée d'envieux pouvoit naître quand on

parle de l'abbé *Auger*. En même tems il
publia , et un texte grec plus correct, et
une version latine conforme à ce nouveau
texte. Ainsi *Auger* grava pour l'éternité
l'objet de son admiration dans les trois
idiômes du monde qui ont eu le plus d'influence. Le même jour Paris , Rome et
Athènes reçurent le même bienfait des
mains d'un savant François. *Démosthène* ,
poursuivi à travers les siècles, *Démosthène*
étonné , ressuscita dans sa propre langue ;
et pour rappeller ici une expression usi-
tée par les anciens qui se servoient du mot
prince , dans un sens un peu différent du
nôtre ; grace au soin du laborieux *Auger* ,
le prince de l'éloquence ancienne recon-
quit sa domination dans tout l'empire littéraire.

Il y a des écrivains qui se tiennent heureux d'être venus à bout d'un seul ouvrage ;
et qui bornent les prétentions de toute leur
vie à un éclair de célébrité. L'abbé *Auger*
ne pouvoit pas connoître un tel repos. Représentant de *Démosthène* , il sentit que
toute l'éloquence grecque et romaine avoient
droit d'attendre de lui les mêmes services ;
cette éloquence , si majestueuse et si grave,

si évidemment supérieure à nos harangues modernes par la vérité des sentimens, par l'observation des convenances, et dont il voyoit avec douleur la tradition s'anéantir chaque jour dans une littérature qui, en effet, n'étant pas encore celle de la liberté, ne pouvoit être que frivole. Aussitôt il reprend la plume, il rassemble tous les discours grecs des orateurs, des philosophes, des historiens, des pères de l'église. Il choisit, dans Paris, une habitation solitaire, qui sera désormais aussi vénérable que la caverne studieuse du citoyen de *Péanée*. Quelques années s'écoulent.... et tout-à-coup je le vois reparoître dans la carrière oratoire à la tête d'un nouveau cortége d'illustres morts, à qui ses traductions rendent leur renommée : *Isocrate*, le plus harmonieux des écrivains dans la plus harmonieuse des langues, et dont la diction, aussi pure et aussi douce que la morale, sembloit le culte de la poésie associée à la vertu : *Lysias*, le modèle de la narration, (talent si rare et si précieux) qui voiloit la perfection sous la simplicité, qui n'eut point en partage l'élévation ou la force, mais bien plus dangereux par le don de plaire sans paroître en abuser : *Licurgue*, à qui une probité sévère donnoit de l'indignation, et à qui l'indignation donnoit de l'éloquence : *Isée*, dont le mérite fut une raison véhémente, dont la gloire fut d'avoir été choisi par *Démosthène* qui voulut être son disciple, et dont le talent se retrouve tout entier dans *L'ordalone* : *Andocide et Dinarque*, qui se composèrent une réputation en s'ajustant avec une sorte de mérite quelques-unes des qualités de leurs prédécesseurs : *Gorgias et Alcidamas*, qui, succédant à des beaux génies, n'eurent que la ressource d'être de beaux esprits : et *Cicéron*, dont l'immense gloire interdit l'éloge, et qui coûta trente ans d'étude et de respects à l'abbé *Auger*, avant qu'il osât en publier quelques discours, quoiqu'il les eût traduits tous : et St. *Chrysostôme*, qui recommançant un autre ordre d'éloquence, moins parfait en apparence que l'orateur d'Athènes et celui de Rome ; mais mieux organisé peut-être que chacun d'eux, et digne de figurer dans cet inaccessible triumvirat, fut une des ames où la nature se plut à répandre le

plus de sensibilité, d'abondance, de magnificence et de vertus.

Permettez-moi, messieurs, d'abandonner cette énumération. Il faudroit sortir
des limites d'un discours pour prolonger
ici le récit seul des travaux de l'abbé
Auger. L'infatigable éditeur de plus de
deux cent chef-d'œuvres, trompe le zèle
de son panégiriste, comme il trompa M. le
Beau lui-même. « Vous auriez besoin de
» la vie de six hommes », lui disoit un
jour ce professeur célèbre, qui devoit
pourtant s'effrayer moins qu'un autre des
longs ouvrages, cet homme qui écrivit
pendant soixante ans, et dont la main dé-
faillante traçoit encore des lignes sur son
lit de mort : *Non*, répondit *Auger*, je
promets d'y suffire, et vous voyez s'il a
tenu parole.

En effet, il n'appartenoit qu'à cette
seule idée ; les passions les plus enivran-
tes ne s'emparent pas plus exclusivement
du cœur qu'elles dominent, que le sien
n'étoit maîtrisé par les orateurs, par
Démosthène, par *Cicéron*. Un jour, sur
les bords de la Seine, dans une retraite
champêtre, où j'avois eu le bonheur de le

recevoir, la promenade nous conduisit,
avec quelques autres amis de l'éloquence,
sur les hauteurs d'une colline aride où
vivoit seul un vieux hermite ignoré de la
nature entière. Après quelques quesions
insignifiantes que chacun de nous se lassa
bientôt d'adresser au déserteur de l'humanité, et au moment où nous nous reti-
rions, je vois l'abbé *Auger* qui, pendant
tout ce tems avoit gardé un silence obser-
vateur, s'approcher de lui, croyant enfin
être seul. Curieux, je me cache dans un
enfoncement de la grotte. Il l'aborde, lui
ôte son chapeau, puis le regardant fixé-
ment ; *connoissez - vous Cicéron ?* lui de-
mande-t-il ; l'hermite un peu sourd, se
fait répéter. *Je vous demande si vous con-*
noissez Cicéron ? Non, répondit le solitaire. — *pauvre homme,* s'écrie l'abbé
Auger, et à l'instant il lui tourne le dos.
Je me rappelle Alcibiade entrant chez un
maître d'école, et le punissant, par un
soufflet, de n'avoir point *Homère.* Ah !
sans doute, le plus bel éloge des grands
hommes est d'inspirer ainsi un moment
d'oubli aux ames faites pour le sentir !

Dira-t-on encore que l'art de traduire

n'est qu'un art mécanique , un métier? **Du**
tems de *Durier* il étoit juste, peut être ,
de traiter avec cette indifférence un tra-
ducteur , c'est-à-dire un de ces hommes à
qui le besoin ordonnoit de faire un livre,
et à qui la nature ne permetttoit pas de
penser. Mais , de nos jours , la traduction
a pris un grand caractère ; souvent elle est
devenue une occasion de créer. J'offen-
serois la mémoire de l'abbé *Auger* si je
n'employois pas quelques lignes de son
éloge à parler d'un homme qu'il avoit
connu trop tard , et que , dans les dernières années de sa vie , il consultoit sans
cesse ; écrivain profond et concis , qui a
su acquérir une immortalité personnelle ,
en reproduisant dans notre langue le plus
sublime, le plus désespérant des historiens ;
cet historien qui a eu tant d'esprit , dont
la sagacité prodigieuse égale l'énergie ;
souvent accusateur et toujours soupçon-
neux ; qui dit tout, quoiqu'en présence du
tyran ; qui cache à la fois ce qu'il révèle ;
vous parle à l'oreille ; vous effraye et vous
charme , et vous remplit d'idées immenses,
quoiqu'elles restent à completter : telles
ces ruines dont le voyageur admire l'élé-

vation, et dont les trois quarts sont sous la
terre : c'est *Tacite*.

A côté de M. *Dureau de la Malle* , tra-
duisant *Tacite*, et souvent semblable à son
modèle , l'abbé *Auger* rallumoit son imagination épuisée par les veilles ; il rajeu-
nissoit à l'éloquence ; il coloroit ses dernières productions des teintes d'une ardeur
renaissante. Une remarque que j'ai faite
plus d'une fois , non sans un vif intérêt ,
c'est que l'abbé *Auger* se perfectionnoit
chaque jour en vieillissant. A l'âge où les
autres hommes ne peuvent plus même conserver ce qu'ils ont appris, son talent re-
cevoit une connoissance nouvelle ; il ac-
quéroit des méthodes plus courtes , une
manière plus sûre ; il se réplioit plus habituellement sur les impressions de sa vie ;
et comme ceux qui ont beaucoup travaillé
savent qu'en général nous ne conduisons
pas notre esprit, mais que notre esprit nous
conduit : comme il arrive presque toujours
que la méditation nous fait rencontrer autre chose que ce que nous cherchions ,
l'abbé *Auger* a fini par être inventeur; ses
discours préliminaires , qui n'étoient d'a-
bord qu'historiques , sont devenus de vé-

ritables ouvrages, où, non-seulement son expérience de quarante ans pose les loix immuables de la traduction ; mais où il s'élève encore jusqu'aux règles de l'art oratoire avec un sens exquis, et une raison que n'eussent pas désavouée Quintilien, Aristote, Cicéron lui-même. Les jeunes gens qui naissent à l'éloquence populaire consulteront sans doute ces préfaces comme la meilleure réthorique qui ait paru depuis long-tems. L'écrivain sera leur ami, titre qui auroit le plus flatté le modeste *Auger*, et ils devront s'en glorifier à leur tour, en se souvenant que cet ami fut un sage.

Je me reproche en quelque sorte, messieurs, de vous entretenir encore des écrits de l'abbé *Auger*, lorsque j'aurois dû vous avoir déjà parlé d'un autre sentiment non moins cher à son cœur que le sentiment de l'éloquence (et pour lui, sans doute, ce n'est pas dire peu) ; la révolution le trouva au milieu des républiques de la Grèce, et cette ame si pure, si remplie de la dignité de l'homme et du droit éternel qui consacre son égalité, n'eut besoin d'aucun effort pour se livrer sincérement dans sa patrie, à ces mêmes jouissances que son imagina-

tion avoit tant de fois savourées dans l'histoire ; bonheur , pour le remarquer en passant , qui n'a pas également touché tous
les gens de lettres ; mais l'abbé *Auger* ,
digne de connoître et de partager les émotions des orateurs qui , dans tous les siècles , ont plaidé la cause de l'humanité ,
suspendit aussitôt ses travaux. Trop heureux de pouvoir adresser à des assemblées
de François le langage des Romains et ces
mêmes périodes que les Grecs s'affranchis-
sant de l'esclavage avoient rendues , en
quelque sorte , les formules oratoires de
la liberté , on le vit publier une suite de
discours où respire , avec l'amour de la
sagesse , celui de nos nouvelles loix ; descendre jusqu'à la forme du cathéchisme
pour éclairer à la fois, un plus grand nombre de citoyens ; monter ensuite dans les
tribunes des sociétés populaires ; s'approcher de *Mirabeau* comme il eût invoqué
Démosthène contre les rois de Macédoine ;
multiplier de toutes parts l'attachement à
l'ordre , à la patrie ; et dirigeant désormais
toute son érudition et toutes ses vues vers
notre bonheur , tracer l'histoire de la constitution Romaine pour la déposer ensuite

près du berceau de la constitution Fran-
çoise.

Hélas! ce fut là ton dernier ouvrage ! Tu
n'avois pas encore soixante ans ; la mort
jalouse est venue t'enlever , et une douleur
éternelle est tout ce qui nous reste. Mais
efforçons-nous de nous oublier en cet instant pour ne parler que de toi. Tu as été
heureux ! tu as vécu dans les plus douces
émotions de la vertu et du génie ; l'amitié
que , jeune encore , tu avois célébrée dans
un ouvrage touchant ; l'amitié a semé ta
carrière d'approbations et de jouissances.
Une famille douce et vertueuse a embelli
tes jours , a fermé ta paupière. Enfin , tu
as vu en mourant ta patrie libre et résolue
de ne jamais cesser de l'être. Homme de
la nature ! ami des muses ! toi dont aucune
pensée abjecte n'altéra l'ame sereine et
naïve , repose-toi sur nos souvenirs. Que
les dieux suivant l'expression de *Juvénal* ,
accordent à ta cendre une terre plus légère,
des fleurs et un printems éternel autour de
ton urne ; et tandis que ton ombre errante
dans l'Élysée converse sans doute avec les
ombres de *Lysias* , d'*Eschine* , d'*Isocrate*,
nous conserverons ton image avec une tendre

dre vénération ; * nous la placerons entre *Démosthène*, dont tu réproduisis la gloire, et *Socrate*, auquel la nature t'avoit fait ressembler par les traits du visage, comme par quelques rapports intimes d'une sagesse supérieure : et aussi long-tems que la candeur, la vertu, l'éloquence, seront honorés sur la terre, ta mémoire, ton nom, seront chers et sacrés comme elles !

* M. *Boizot*, sociétaire, venoit de nous faire présent du buste de l'abbé *Auger*, qu'il avoit exécuté d'après un portrait peint *ad vivum*, par *F. Bonneville.*

PORTRAIT

D'ATHANASE AUGER,

Mort au mois de février 1792 ;

Lu à la séance publique de la société nationale des neuf sœurs, le 25 mars de la même année.

PAR DORAT-CUBIÈRES.

Il est des traducteurs qu'il faut souvent traduire,
Pédans, tristes et lourds, ignorant l'art d'écrire,
Dont le souffle ternit les plus belles couleurs,
Pareils aux vermisseaux qui rampent sur les fleurs.
La rose, entre leurs doigts, n'est plus reconnoissable.
Qu'à ces froids écrivains Auger est peu semblable !
Et comme en ses écrits adorés des lecteurs,
Il est loin d'imiter ces plats imitateurs !
Emule studieux des orateurs antiques,
Et suivant pas à pas les abeilles attiques,
Aux rives de la Seine et sous un nouveau ciel,
Sans le dénaturer, il transporta leur miel.
Par sa plume savante, Eschine et Démosthène
Retrouvent dans Paris tous leurs amis d'Athènes,
Et nous avons cru vivre avec ces morts fameux,
Surpris de les entendre et de parler comme eux.

Vous connoissez, amis, l'heureux talent d'Eschine,
Sa prose a la douceur des beaux vers de Racine ;
C'est l'onde d'un ruisseau qui, sur un verd gason,
Coule tranquillement dans la belle saison :
D'un berger amoureux c'est la flûte sensible
Qui soupire en cadence et n'a rien de terrible :
Son rival, au contraire, impétueux torrent,
Roule entre les rochers qu'il détache en courant.
Du haut de la tribune où règne son génie,
L'entendez-vous tonner contre la tyrannie ?
Pour terrasser Philippe, il suffit de son nom.
Le voyez-vous bientôt plaidant pour Ctésiphon,
Le sauver de la mort qui déjà l'environne,
Et des mains d'un rival arracher la couronne ?
Sublimes orateurs, si chers au genre-humain,
De talens et d'esprit vous différez en vain :
Nous offrant de tous deux une image fidèle,
Auger toujours atteint l'un et l'autre modèle.
S'il ne peut égaler votre style nombreux,
Son style tout semé d'équivalens heureux,
Et de phrases sur-tout sagement compassées,
Tel qu'un miroir poli, réfléchit vos pensées.
Comme Eschine, tantôt il est doux, gracieux,
Et tantôt élevant son front jusques aux cieux,
Du bouillant Démosthène il prend le caractère.
Simple et fier tour-à-tour, et toujours sûr de plaire,
Lysias, a son tour, l'illustre Cicéron,
Chrysostôme, Isocrate et son divin patron (1)

(1) St. Athanase.

Ont reçu de sa plume une nouvelle vie,
Et par ses longs travaux, leur gloire est embellie.

Tragiques Triumvirs, dont les vers enchanteurs,
Autrefois, dans la Grèce, ont charmé tous les cœurs;
Euripide, Sophocle, et vous, terrible Eschile,
Vous de qui le génie en chefs-d'œuvres fertile,
Des rois les plus fameux retraça les malheurs,
Et sur la scène encor nous fait verser des pleurs;
Auger vous traduisoit, et sa plume immortelle
Eut orné vos écrits d'une beauté nouvelle.
Pleurez à votre tour : la parque au long ciseau
A plongé votre ami dans la nuit du tombeau.

Pleurez aussi, pleurez, vous de qui la jeunesse
Implore les conseils que donne la sagesse,
Arbrisseaux qui, pour croître, avez besoin d'appui;
Connoissez le trésor que vous perdez en lui :
Réprimant par ses soins la fougue de votre âge,
Il vous eût préservés des fureurs de l'orage,
Graces à ses leçons, plus heureux, plus instruits,
Vous courberiez vos fronts sous le poids de vos fruits,
Et votre esprit orné des plus vives lumières,
Eût des plus grands esprits parcouru les carrières.

Pourriez-vous en douter, vous de qui le talent
Vient ici lui payer un tribut consolant,
Et dont l'ame, à son nom, s'aggrandit et s'élève
Pourriez-vous en douter, Hérault fut son élève.
Cicéron, Démosthène, et ces auteurs fameux
Qui, sans la liberté, ne pouvoient être heureux,
Versèrent dans son ame avec tout leur génie
Leurs longs ressentimens contre la tyrannie,

Et quoique né François, il eut le cœur Romain.
Voyez-le retracer d'une mourante main
Le tableau de ces loix antiques, adorées,
Que suivirent jadis les plus belles contrées,
Et qui firent éclore au milieu des vertus,
Dans Athènes, un Socrate, et dans Rome, un Brutus,
Voyez-le, quoique prêtre, aimer la tolérance,
L'embellir des atours d'une douce éloquence,
Du pudique hyménée implorer les faveurs
Par zèle pour les loix, par respect pour les mœurs,
Et tonner contre un dogme imbécille et sévère
Que maudit la nature et bénit le saint père.
Pontife de Lescar, vous crûtes à vos loix,
Avoir soumis ensemble et sa plume et sa voix,
Et qu'il a préféré, partageant votre ivresse,
Les airs de la Légende aux accens du Permesse.
Détrompez-vous : orné des trésors du savoir,
Vos erreurs sur son ame eurent peu de pouvoir,
Et si j'en crois son goût pour la langue d'Homère,
Du Pontife Apollon il fut le grand-vicaire.

P. S. De nouvelles recherches nous forcent de remettre à un autre volume la vie très-longue d'Athanase Auger, par ses amis Pâris et Selis. —— Pour la publication des discours de Cicéron on a suivi l'ordre Chronologique, et les premiers discours d'un orateur, même d'un Cicéron, ne sont pas des chefs-d'œuvre d'éloquence. L'on pourra comparer dans la suite, ce que l'éloquence eut de plus sublime. Avec ces premiers discours qui, malgré leur foiblesse, portent cependant l'empreinte de l'orateur qui sut confondre Catilina, Verrès, et leurs complices.

DE LA CONSTITUTION

DES ROMAINS,

SOUS LES ROIS

Et aux tems de la république.

Des Romains et de Cicéron.

J'AI d'abord présenté la constitution des Romains dans un grand tableau, j'ai promis de la montrer ensuite sous une autre forme dans une vie très-détaillée de Cicéron. Les affaires publiques dans lesquelles cet orateur s'est trouvé mêlé, et les personnages fameux avec lesquels il a eu diverses sortes de relations, jetteront une grande clarté sur les causes de la grandeur et de la décadence de la constitution des Romains.

L'excellent ouvrage anglois de Middleton, traduit dans notre langue par l'abbé Prevost, est trop diffus ; mais j'ai pris plaisir à en faire usage, en rapprochant les faits et en supprimant une foule de détails étrangers à la constitution des Romains, et plus encore à la vie de Cicéron dont il avoit entrepris l'histoire abrégée.

Pour qu'on puisse avoir toujours, sous les yeux, l'empire Romain et sa carcasse constitutionnelle, en lisant la vie d'un simple citoyen qui si long-tems en a été l'ame et la gloire, je jetterai un coup-d'œil rapide sur les Romains jusqu'à la naissance de Cicéron. Je parcourai les tems depuis sa naissance jusqu'à son consulat, ensuite son consulat jusqu'au retour de son exil, depuis son retour à Rome, jusqu'à la mort de César, enfin depuis cette mort jusqu'à la sienne. Cette dernière époque de sa vie est peut-être la plus glorieuse, quoique le succès n'ait point couronné ses efforts, et l'on verra ce que démontre la plus belle partie de sa vie, combien peu le connoissent ceux qui ne voient en lui que le grand orateur et le grand écrivain.

Précis historique de l'empire Romain jusqu'à la naissance de Cicéron.

Les premiers commencemens de l'empire

romain , comme ceux de tous les empires ,
furent très - foibles , et sont couverts d'une
grande obscurité. Six rois le gouvernèrent
d'abord successivement : Romulus. grand guerrier , et fort habile pour son tems dans la lé-
gislation et dans l'administration ; le vénérable Numa , qui donna aux Romains des mœurs
et leur inspira le respect pour les dieux ; Tul-
lus Hostilius , qui réveilla leur valeur guerrière
assoupie ; Ancus Marcius , qui vainquit les
ennemis du dehors et aggrandit l'enceinte de
la ville ; Tarquin l'Ancien , qui , par de magnifiques ouvrages au-dedans , plus encore que
par des guerres soutenues avec avantage , pré-
sagea en quelque sorte la grandeur future de
Rome ; Servius Tullius , l'auteur de sages éta-
blissemens qui ont duré jusqu'à la fin de la république dont ils ont été le lien et le soutien. Ces
cinq rois , chefs de la religion et des armées , ne
se regardoient que comme les premiers magistrats , comme les magistrats perpetuels d'un empire, où le peuple étoit le seul souverain , le seul
législateur , le seul qui eût le droit de juger en
dernier ressort. Ce fut parce que Tarquin le
Superbe , qui d'ailleurs avoit de grandes vues ,
affecta de méconnoître ces principes , et voulut

arracher les bornes jusqu'alors respectées , ce
fut pour cela qu'on le chassa du trône comme
un tyran , et qu'on opposa une si vive résistance aux efforts qu'il fit pour s'y rétablir.

Devenue libre , Rome soutient contre divers
peuples de formidables guerres dont elle sort
victorieuse. Le peuple opprimé par les grands ,
se retire sur le mont sacré sans commettre aucune violence , et ne consent à rentrer dans la
ville que lorsqu'on lui accorde des tribuns , des
magistrats du peuple , créés tous les ans pour
défendre ses droits et le garantir de l'oppression.
Des guerres au-dehors et des troubles au-dedans
remplissent l'intervalle d'environ quarante années jusqu'à l'établissement des décemvirs , de
dix magistrats créés pour travailler à la rédac-
tion des loix. Pendant les deux années que dura
cette nouvelle magistrature , toutes les autres
furent suspendues. Les décemvirs abusèrent de
leur pouvoir ; on les força de se démettre , et
l'on reprit l'usage de nommer des tribuns ,
d'élire des consuls. Des consuls furent élus jusqu'au tems où les tribuns ayant demandé qu'un
des deux consuls pût être pris parmi les plébéiens , il fut convenu qu'on éliroit des tribuns
militaires avec la puissance consulaire , et que

les plébéiens pourroient avoir part à cette magistrature. Pendant un assez grand nombre
d'années il y eut alternativement des consuls
et des tribuns militaires : le nombre de
ceux-ci varia depuis trois jusqu'à six. A cette
même époque furent établis les deux censeurs ,
pour veiller aux mœurs et présider au cens ou
dénombrement des citoyens. Je ne parle pas
du dictateur , magistrat absolu , que l'on créoit
quelquefois dans des conjectures difficiles pour
appaiser des troubles ou terminer des guerres.
Aux deux questeurs de la ville , chargés de la
garde des deniers du trésor , on ajouta deux
questeurs pour l'armée , chargés de la caisse militaire : ils étoient pris les uns et les autres parmi les patriciens.

Les Romains jusqu'alors avoient presque
toujours eu l'avantage contre les peuples voisins ; ils en avoient essuyé peu d'échecs , et
des échecs peu considérables : mais ils man-
quèrent d'être entièrement détruits par les Gaulois , qui s'emparèrent de la ville , massacrèrent
tout ce qui s'y trouva d'habitans , et obligèrent
le reste de se réfugier dans le Capitole. Ils
étoient sur le point de faire une capitulation
honteuse , lorsque Camille , pour lors exilé ,

A 3

survint avec des troupes , obligea les Gaulois
de se retirer dans la plaine , les vainquit dans
une grande bataille , et rentra triomphant dans
Rome. Le même Camille , élu dictateur , triomphe des ennemis et fait cesser les dissensions.

Deux nouvelles magistratures , la préture et
l'édilité curule , démembrement du consulat ,
sont créées pour les patriciens. Le préteur est
chargé de rendre la justice dans Rome , l'édile
curule de veiller à une grande patrie de la
police dans la ville. Les jeux scéniques sont
établis. Plébéiens mis en possession du consulat et de la censure. Dévouement des deux
Décius , père et fils , procure aux Romains la
victoire. Pyrrhus arrive en Italie ; il remporte
sur les Romains plusieurs victoires qui ne font
que l'affoiblir ; il essuye enfin une défaite qui
l'oblige de se retirer.

Les Romains n'étoient pas encore sortis de
l'Italie ; ils s'y étoient mesurés avec les Sabins ,
les Latins , les Eques , les Volsques , les Her-
niques , les Etrusques , les Samnites et autres
peuples ; les Samnites étoient ceux qui leur
avoient donné le plus de peine à soumettre :
nous les allons voir porter leurs armes en Sicile
et en Afrique , combattre contre les Siciliens

et les Carthaginois. Ils essuyent quelques défaites , remportent plusieurs victoires sur terre
et sur mer : la première guerre punique se
termine à leur avantage , et la Sicile devient
province romaine. Nouvelles guerres contre les
Gaulois dont les succès sont variés et dont les
Romains sortent enfin victorieux. Expéditions
contre la Sardaigne , la Corse et en Illyrie ,
réussissent. Annibal fait ses premières campagnes sous son père Asdrubal , il commande
les troupes en Espagne , et se prépare à la seconde guerre punique. Le regret qu'avoient les
Carthaginois d'avoir cédé trop facilement la
Sicile en fut la vraie cause. La guerre est décidée , et le commandement en est confié à
Annibal, qui passe les Alpes et se transporte
en Italie. Il remporte de suite plusieurs victoires plus considérables les unes que les autres
près du Tésin , de Trébia, du lac Trasimène.
Fabius Maximus , élu dictateur , arrête par sa
sagesse les succès rapides du général Carthaginois ; mais bientôt le consul Varron , par sa
témérité , essuie une défaite plus désastreuse
que toutes les précédentes. Les Romains , en
apprenant cette nouvelle , consternés , mais
non abattus , prennent des mesures pour met-

tre en sûreté la ville ; ils remportent quelques avantages , en Italie sous la conduite de Marcellus , en Espagne sous le commandement des deux Scipions. Presque toutes les villes d'Italie , traitées avec douceur par les Romains, leur restent fidèles ; Capoue est presque la seule qui reçoit Annibal dans ses murs. La Sicile se révolte ; elle est soumise toute entière par Marcellus qu'on envoie contre elle. Un des descendans de Philippe et d'Alexandre , Philippe , roi de Macédoine , se déclare contre les Romains ; il est vaincu. Capoue assiégée , ne tarda pas à être prise , malgré tous les efforts d'Annibal pour faire lever le siége , malgré une diversion qu'il tente en marchant contre Rome , où il jette l'alarme. Les deux Scipions , après de nouveaux succès obtenus en Espagne , défaits tous deux dans deux combats séparés , avoient péri sur le champ de bataille. Le grand Scipion , âgé seulement de vingt-quatre ans , envoyé à leur place , eut bientôt rétabli les affaires. Il termine la guerre dans ce pays , revient à Rome ; nommé consul , il se prépare à passer en Afrique ; il y passe en effet , et oblige les Carthaginois à rappeller Annibal. Celui-ci n'abandonne qu'avec une espèce de rage l'Italie , où il venoit encore de remporter quelques succès , sur-tout contre Marcellus qu'il avoit fait périr dans une embuscade. Il perd en Afrique la fameuse bataille de Zama , après avoir rempli tous les devoirs d'un excellent général ; et les Carthaginois se trouvent trop heureux de terminer la guerre par une paix désavantageuse.

Délivrés des Carthaginois , les Romains portent leurs armes en Macédoine , où Philippe , après avoir essuyé plusieurs défaites , se voit forcé de demander la paix. Toute la Grèce est mise en liberté ; et cette agréable nouvelle est proclamée dans un de ses jeux solemnels. Les Romains ne trouvent plus rien nulle part qui leur résiste. Leurs victoires en divers lieux du monde , les conquêtes de différens pays , les défaites de Persée , roi de Macédoine et d'Antiochus , monarque de l'Asie mineure , la destruction totale de Carthage et de Numance , par Scipion l'Africain , second du nom , la réduction de l'Achaïe en province romaine, les troubles arrivés dans Rome durant le tribunat des Gracques ; les premières campagnes de Marius , qui nommé consul termine la guerre de Numidie , et bientôt délivre l'Italie de troupes innombrables de barbares qui étoient venus l'inonder : tels sont les principaux évènemens qui remplissent l'intervalle jusqu'au tems à-peu-près de la naissance de Cicéron.

Première époque de la vie de Cicéron ; depuis sa naissance jusqu'à son consulat.

Il nâquit à Arpinum , ville aujourd'hui du royaume de Naples , et alors du pays des Samnites ; elle jouissoit du droit de cité romaine, et se glorifioit déja d'avoir produit le grand Marius. La mère de Cicéron , nommée Helvia, étoit d'extraction noble ; son pere , simple chevalier romain , n'avoit pas cherché à se procurer les honneurs de la république. Le territoire d'Arpinum , sa patrie , étoit montagneux et rude , mais la maison de ses pères , éloignée de la ville environ d'une lieue , se trouvoit dans la plus agréable situation du monde , et bâtie d'une manière fort convenable à la nature du climat. Cicéron étant l'aîné de sa famille , reçut , suivant l'usage , le nom de son père et de son grand-père , *Marcus*. C'étoit proprement un nom personnel , qui répondoit dans nos usages à celui du baptême,

et qu'on imposoit aussi avec quelques cérémonies religieuses le neuvième jour après la
naissance. *Tullius* étoit le nom commun de la famille. Le troisième nom ou surnom se tiroit
ordinairement de quelque action mémorable ,
de quelque qualité naturelle ou acquise. Plutarque assure que le nom de *Cicero* lui étoit
venu d'un de ses ancêtres , qui avoit sur le
nez une excrescence de chair , ou une verrue,
de la forme d'un pois , que les Romains nom-
moient *Cicer.* Il venoit , suivant Pline , de
quelque talent particulier de la même famille
pour la culture des pois.

Le père de Cicéron se rendit recommandable par son savoir et par sa prudence au point
de devenir l'ami intime des principaux personnages de la république : mais ses infir-
mités continuelles et la foiblesse de sa constitution le retinrent , durant la plus grande partie de sa vie , à Arpinum dans la tranquillité
d'une retraite agréable et dans l'étude des belles lettres. Sa principale occupation , après la
naissance de ses deux fils , fut de leur donner la
meilleure éducation qu'il pût leur procurer, dans
l'espérance d'exciter leur ambition à surmonter
enfin l'indolence de sa famille , et de leur ins-

pirer le goût des honneurs publics. Dès qu'il vit son fils aîné déja un peu avancé dans ses premières études, il se hâta de le conduire à Rome où il lui fit prendre une maison particulière. Il le mit dans une école publique sous un maître grec fort renommé, bien persuadé que c'étoit le seul moyen d'achever dignement l'éducation d'un fils que son talent naturel sembloit destiner à jouer un grand rôle sur le théâtre du monde. Ce fut dans cette nouvelle carrière que Cicéron fit éclater ces premiers rayons de génie et d'intelligence qui l'élevèrent par la suite au comble de la gloire. Ses compagnons d'étude rapportoient des circonstances si merveilleuses de ses talens et de sa promptitude à recevoir toutes sortes d'instructions, que ce récit amenoit souvent leurs parens et leurs amis aux écoles pour y admirer un jeune homme d'une si grande espérance. Parmi les maîtres que le père de Cicéron procura à son fils, un des plus célèbres fut Archias, qui étoit venu à Rome avec une haute réputation dans la poésie. Le jeune Cicéron fit tant de progrès sous un tel maître, qu'il composa dès-lors un poëme sous le titre de *Glaucus Pontius* (1), qui

___

(1) Glaucus, pêcheur de Béotie, qui, après avoir

fut publié à Rome, et qui subsistoit encore au siècle de Plutarque. Dès qu'il eut pris la robe virile, c'est-à-dire, à l'âge de seize ans, on le mit sous la discipline de Quintus Mutius Scævola l'augure, l'homme de son tems le plus versé dans les affaires de l'état et dans celles du barreau, et qui étoit parvenu à l'extrême vieillesse après avoir passé par tous les emplois de la république avec une singulière réputation d'intégrité. Cicéron s'attacha constamment à lui. Il recueillit soigneusement dans sa mémoire tout ce qui sortoit de la bouche d'un homme si respectable, comme autant de leçons de prudence pour toutes les situations de sa vie. Après la mort de Quintus Mutius, il prit le même attachement et la même confiance pour Scævola le grand prêtre, dont on n'admiroit pas moins la probité et les lumières, et qui, sans faire profession d'enseigner, donnoit volontiers ses avis aux jeunes Romains que sa réputation attiroit autour de lui.

mangé d'une certaine herbe, sauta dans la mer, et fut transformé en dieu marin. Le lieu où cet événement étoit arrivé porta le nom de *Saut de Glaucus*, et fut long-tems célèbre par un oracle de ce dieu, fort honoré des matelots.

La science des loix étoit , après celle des armes et de l'éloquence , la plus sûre voie pour parvenir aux premiers honneurs. Cette raison la faisoit transmettre comme un héritage dans plusieurs des plus nobles familles de Rome , qui en donnant gratuitement leurs avis lorsqu'on venoit les consulter , se concilioient la faveur et l'attachement des citoyens, et se procuroient par-là beaucoup d'autorité dans les affaires publiques. C'étoit l'usage des anciens sénateurs qui s'étoient fait une réputation de sagesse et d'expérience , de se tenir chez eux la porte ouverte , et de donner audience à tous ceux qui se présentoient. Tel étoit particulièrement l'usage des deux Scævola , et sur-tout de l'augure , dont la maison n'avoit pas d'autre nom que l'oracle de la ville.

Mais Cicéron ne se bornoit pas à l'étude des loix ; persuadé qu'un excellent orateur doit être en état de parler de tout avec force et avec grace , il s'ornoit l'esprit des plus belles connoissances de la philosophie , en même-tems qu'il ne passoit aucun jour sans écrire en prose ou en vers. Il traduisoit les plus belles harangues des orateurs grecs , pour se pénétrer de leurs beautés et s'efforcer de les transporter dans

sa langue. Il composoit des poëmes latins, dont
plusieurs furent très-estimés alors, et dont il
nous reste des fragmens qui le cèdent peu aux
plus beaux morceaux du poëte Lucrèce.

Rome avoit à soutenir une guerre considérable contre les peuples d'Italie, qui demandoient le droit de cité romaine qu'on leur refusoit. Cicéron, suivant l'usage de tous les
jeunes Romains, fit ses premières campagnes
sous le consul Cnœus Pompéius Strabo, père
du grand Pompée, Marius et Sylla servoient
dans cette guerre en qualité de lieutenans-géné-
raux des consuls, et commandoient d'autres
armées dans d'autres parties de l'Italie. Marius
appesanti par l'âge, chargé de consulats et de
triomphes, se montroit trop circonspect, et
n'osoit commettre sa réputation à la fortune.
Sylla beaucoup plus jeune, et cherchant à mériter le consulat par d'éclatans exploits, rem-
porta plusieurs victoires avec tous les avantages
de la conduite et de la valeur. C'étoit dans
son camp qu'étoit le jeune Cicéron, et ce fut
à cette école qu'il s'instruisit de l'art militaire.
La guerre italique se termina par accorder à
tous les peuples d'Italie le droit de cité romaine.
Cette démarche, que les Romains regardèrent

comme le fondement d'une paix perpétuelle, devint, suivant la remarque de Montesquieu, une des principales causes qui hâtèrent leur ruine. L'énorme accroissement que Rome reçut de son union avec tant de villes, donna naissance à quantité de nouveaux désordres qui y jettèrent par degrés la corruption. Il étoit impossible que les mêmes loix et la même discipline qui avoient été calculées pour un seul peuple renfermé dans les mêmes murs, eussent la force nécessaire pour contenir dans l'ordre tout le vaste corps de l'Italie. Aussi faut-il commencer de ce tems à regarder la faction, la violence et l'influence des hommes puissans comme les seules règles qui décidèrent de toutes les affaires publiques. Celui qui pouvoit attrouper dans le forum des villes entières de toutes les parties de l'Italie, qui pouvoit produire un grand nombre d'étrangers ou d'esclaves auxquels il faisoit prendre le nom et la forme de citoyen, se rendoit presque infailliblement le maître des résolutions : car dans l'impossibilité qu'il y avoit alors de distinguer d'où venoient les suffrages, on ne pouvoit guère s'assurer si les choses se passoient régulièrement.

La

. La guerre italique ne tarda pas à être suivie d'une autre beaucoup plus éloignée de Rome. Mithridate, prince aussi puissant qu'ambitieux, d'une habileté qui répondoit à la grandeur de ses desseins, indigné de voir son ambition resserrée dans les bornes de l'héritage de ses pères, par la puissance démesurée de Rome, sortit brusquement de ses limites, se répandit comme un torrent dans l'Asie mineure, et par un simple ordre fit massacrer en un seul jour quatre vingt mille citoyens Romains. Sylla devenu consul avec le département de l'Asie, fut chargé naturellement de cette guerre ; il partit à la tête de son armée et s'arrêta du côté de Nole pour calmer quelques restes d'agitations. Le vieux Marius, jaloux de sa gloire, et dont la vieillesse n'avoit point diminué l'avidité pour les commissions importantes, se fit un parti dans Rome et parvint à se faire donner le comandement de l'armée à la place de Sylla. Celui-ci revient à Rome avec ses légions, force Marius et ses partisans de chercher leur salut dans la fuite. Ce fut la première guerre civile que Rome eut jamais vue dans son sein, et non-seulement l'exemple, mais l'occasion même de toutes celles qui la suivirent. Poursuivi avec chaleur ; Marius se vit contraint , pour mettre sa vie à couvert , de se plonger dans les marais de Minturnes. Il y resta caché , jusqu'à ce qu'il fût tiré de ce triste asyle et sauvé par la compassion des habitans qui lui fournirent un vaisseau pour se retirer en Afrique. Pour Sylla , ayant profité de cet intervalle pour rendre la tranquillité à Rome par la proscription de douze de ses principaux ennemis , il marcha aussi-tôt contre Mithridate.

Mais à peine fut-il parti , que les dissensions civiles recommencèrent entre les nouveaux consuls , Cinna et Octavius. Cinna ayant entrepris de renverser tout ce que Sylla venoit d'établir , fut chassé de la ville par son collègue , et déposé du consulat. Le ressentiment d'une si sanglante injure lui fit lever une armée. Marius , qu'il appella à son secours , vint joindre ses forces aux siennes ; et forçant l'entrée de Rome avec les plus cruelles hostilités , il fit passer au fil de l'épée tous les amis de Sylla , sans distinction d'âge et de rang , sans aucun respest pour les services rendus à la patrie. Entre une infinité de victimes , on vit périr l'orateur Marcus Antonius , *dont la tête fut attachée à la tribune aux harangues, d'où il avoit tant de fois défendu la république pendant son consulat, et d'où il avoit sauvé la tête d'un si grand nombre de ses concitoyens.* Ainsi parloit Cicéron, qui ne pensoit guère en écrivant ces mots, qu'un pareil sort lui étoit réservé de la part du petit fils de celui même dont il déploroit l'infortune. Marius et Cinna s'étant rendus maîtres de la république, ne trouvèrent point d'obstacle à se faire déclarer consuls. Mais à peine Marius eut-il pris possession de sa nouvelle dignité, qu'il fut enlevé par une mort imprévue dans la soixante dixième année de son âge, consul pour la septième fois.

Pendant les troubles, soit lorsque les exercices du barreau furent interrompus, soit lorsqu'ils purent reprendre leur cours, Cicéron ne restoit pas oisif ; il s'exerçoit avec les jeunes gens de son âge, il écoutoit les leçons des plus habiles maîtres ; il alloit entendre les plus grands orateurs du barreau, et sur-tout Hostensius qui y tenoit alors le premier rang, et dont la gloire piqua si vivement son ambition, que la nuit comme le jour il se permettoit à peine un moment de repos ; il composoit des ouvrages de rhétorique, dont il parle lui-même comme d'un fruit de sa jeunesse, et qui sont venus jusqu'à nous sous le titre de *Traité de l'invention.*

Cependant Sylla, après une guerre de plusieurs années, avoit chassé Mithridate de la Grèce et de l'Asie, et l'avoit forcé de se renfermer dans ses propres domaines. Mais tandis qu'il soutenoit si glorieusement la dignité de la république, il étoit maltraité à Rome par la faction de Cinna, qui avoit obtenu la confiscation de ses biens, après l'avoir fait déclarer ennemi public. Impatient de se venger, il ne songea qu'à finir la guerre par un traité honorable, dont le principal article fut que Mithridate paieroit tous les frais de la campagne, et se contiendroit à l'avenir dans l'héritage de ses pères. Aussi-tôt il reprit le chemin de Rome, bien résolu de se venger de toutes les violences de ses ennemis. Tandis qu'ils rassembloient toutes leurs forces pour se mettre en état de lui résister, Cinna leur chef fut tué dans une sédition par ses propres soldats. Le vainqueur de Mithridate ayant débarqué à Brinde avec une armée de trente mille hommes, ne perdit pas un moment dans sa marche. Le jeune Pompée, âgé d'environ vingt-trois ans, vint à sa rencontre. Par son seul crédit, sans caractère et sans commission, il avoit levé trois légions de vétérans qui avoient servi sous son père. Sensible à son zèle, Sylla le reçut avec beaucoup de carresses, et récompensa dans la suite par un grand nombre de faveurs les services qu'il continua de lui rendre. On avoit alors pour consuls Caïus Norbanus, et Lucius Cornélius Scipio : Sylla défit entièrement l'un, et débaucha l'armée de l'autre. Les nouveaux consuls Cnæus Papirius Carbo et le jeune Marius ne tinrent pas long-tems devant lui ; et il ne trouva plus d'obstacle à sa vengeance. Alors commencèrent ces horribles proscriptions dont le seul récit fait frémir. Sylla s'étant fait mettre en possession de l'autorité absolue, sous le nom de dictateur, fit plusieurs règlemens fort utiles pour le rétablissement de l'ordre ; et par la plénitude de son pouvoir, relevant les prérogatives du sénat autant qu'il rabaissa celles du peuple, il changea presque entièrement la forme démocratique du gouvernement en aristocratique. Il ôta à l'ordre équestre le jugement des causes, dont il étoit en possession depuis les Gracques, pour le restituer au sénat. Sans parler des autres réformes, il dimi-

B 3

nua sur-tout le pouvoir immodéré des tribuns, source de toutes les dissensions civiles. Cependant pour n'être pas soupçonné d'aspirer à la tyrannie perpétuelle , et de penser à la subversion entière de la république, il souffrit que les consuls fussent élus avec les formalités ordinaires, et qu'ils prissent suivant l usage le gouvernement des affaires publiques, tandis qu'il s'emploioit à réformer les désordres de l'état , en veillant à l'exécution des loix nouvelles, et à la distribution des biens confisqués ; de sorte que la république parut encore une fois rétablie sur le fondement des loix , et que les procédures recommencèrent à prendre leur forme ordinaire.

Philosophie , belles-lettres , histoire , étude de la grammaire et du langage , des préceptes de la rhétorique , des grands modèles de l'antiquité , des plus fameux orateurs de son pays et de son siècle , exercices assidus avec les jeunes gens de son âge et sous d'habiles maîtres ; rien ne manquoit à Cicéron lorsqu'il se présenta au barreau , âgé d'environ vingt-six ans : et loin d'y chercher à se former par l'expérience , comme la plûpart des jeunes Romains qui couroient la même carrière , il y parut tout d'un

coup en état d'entreprendre la défense de toutes les causes que l'on voudroit lui confier. Ses
premières causes , dont les plaidoyers nous
restent (car nous savons d'après lui-même qu'il
en avoit déjà plaidé d'autres) furent celles pour
Publius Quintus , et pour Sextus Roscius d'Amérie. Je renvoie pour le sujet et l'analyse de ces
plaidoyers , et c'est ce que je ferai pour tous les
discours de cet orateur , aux sommaires que j'ai
mis à la tête. Cicéron plaida la cause de Roscius avec un grand courage , et se permit sur
le gouvernement des réflexions assez hardies ;
Plutarque en conséquence assure qu'après cette
cause il prit occasion de quelques raisons de
santé pour faire un voyage , mais que ce ne fut
en effet qu'un prétexte , et que son véritable
motif fut la crainte du ressentiment de Sylla.
Cette idée paroît sans fondement. Sylla revenu
de tous ses desirs de vengeance , ne pensoit
plus qu'au rétablissement de la tranquillité
publique. D'ailleurs , il est certain que Cicéron ,
après cet évènement , passa une année entière
à Rome sans aucune apparence de crainte,
occupé de plusieurs autres causes , et d'une en
particulier qui sembloit de nature à déplaire
encore plus à Sylla. En plaidant pour une femme

d'Arretium, il soutint que certaines villes d'Italie n'avoient pu perdre le droit de cité romaine, et il le soutint malgré une loi de Sylla qui les en privoit.

Le seul motif de son voyage, comme il nous l'apprend lui-même, étoit donc le rétablissement de sa santé et de ses forces. Il avoit vingt-huit ans lorsqu'il prit le chemin de la Grèce et de l'Asie. C'étoit la route ordinaire de ceux qui voyageoient par curiosité ou par le desir de se perfectionner. Notre jeune orateur en voyageant vouloit se fortifier l'esprit non moins que le corps par une nouvelle étude de la philosophie et de l'éloquence. Sa première visite fut à Athènes, qui étoit alors comme le centre des sciences et des arts. Titus Pomponius, à qui son affection pour Athènes, et le long séjour qu'il fit dans cette ville, ont fait donner le surnom d'Atticus, s'y trouvoit pour lors. Ils avoient été condisciples dans d'autres écoles, et leur amitié reprenant une nouvelle force, ils se lièrent pour toute leur vie avec cette tendre et constante affection qui passe encore pour un modèle. D'Athènes, où il fit un séjour de dix mois, Cicéron passa en Asie. Il s'arrêta sur-tout à Rhodes, où il revit Molon, dont il avoit été le disciple à Rome. *Sa princi-pale peine avec moi*, dit-il, *fut de réprimer l'excessive abondance d'une jeune imagination.* A Rhodes il déclamoit (1) en grec, parce que Molon n'entendoit point la langue latine. Un jour qu'il avoit fini sa déclamation et que toute l'assemblée le combloit d'éloges, Molon seul, interdit et confus, rompit enfin le silence et lui dit, qu'il voyoit avec une peine extrême, qu'un Romain alloit enlever aux Grecs la palme de l'éloquence.

Après avoir employé deux ans dans ses voyages, Cicéron revint à Rome, mais si changé qu'on ne l'auroit pas pris pour le même homme. La véhémence de sa voix et de son action étoit modérée, les excès de son style et de son imagination corrigés, sa poitrine fortifiée, toute sa complexion solidement affermie.

Durant l'absence de notre orateur, Pompée étoit revenu d'Afrique, où il avoit considérablement étendu les limites de l'empire par un grand nombre de conquêtes. Sylla le reçut avec

(1) *Déclamer* chez les Latins étoit s'exercer à parler ou à écrire sur des sujets supposés.

des marques extraordinaires de respect et d'estime , jusqu'à se mettre à la tête de la noblesse pour aller au-devant de lui , et le saluer du titre de *Grand*, qui lui fut déféré dans la suite par l'autorité du peuple. Il obtint les honneurs du triomphe quoique simple chevalier romain , ce qui étoit sans exemple. Pendant que Pompée méritoit le nom de Grand par ses exploits, Jules César , moins âgé que lui de six ans , signaloit son courage au siège de Mitylène , où il fut honoré de la couronne civique. Cicéron étoit encore en Grèce , lorsque Sylla mourut après avoir abdiqué la dictature. A tous ses autres bonheurs , qui lui firent prendre le nom d'*Heureux* , il ajouta celui de mourir simple particulier , de mourir tranquille , dans le lieu même où il avoit exercé la plus affreuse tyrannie. A peine fut-il mort que les anciennes semences de dissensions , qui n'avoient été qu'étouffées par la terreur de son pouvoir , reprirent toute leur force. Les divisions éclatèrent par la violence du consul Marcus Lépidus , et de Marcus Brutus son lieutenant. père de l'illustre Brutus , meurtrier de César. Ils allumèrent tous deux une guerre civile qui fut terminée bientôt par le courage de Pompée.

Cicéron reprit la profession d'orateur ; et entre plusieurs causes qu'il plaida , on compte celle de Roscius , ce fameux comédien , à qui ses talens merveilleux et l'honnêteté de son caractère avoient fait obtenir l'amitié intime des plus grands personnages de Rome. Lorsque Cicéron revint de la Grèce , Rome avoit deux orateurs distingués par leur naissance et leur réputation , Cotta et Hortensius , dont la gloire l'enflamma d'une noble et vive émulation. L'éloquence de Cotta étoit facile et paisible ; celle d'Hortensius étoit vive , élevée , pleine de chaleur dans le langage et dans l'action. Cette dernière ayant plus de ressemblance avec celle de Cicéron , dont l'âge d'ailleurs lui donnoit un autre rapport avec Hortensius , il la prit pour modèle.

La profession d'avocat , quoique très-laborieuse , s'exerçoit alors sans aucune vue d'intérêt pécuniaire. Les orateurs néanmoins en tiroient de grands avantages. C'étoit à proprement parler l'instrument de leur ambition , et la plus sûre voie pour s'élever aux premières dignités de l'état. Ils donnoient leur travail au peuple , et le peuple s'acquittoit de cette dette par les honneurs et les emplois qui dépendoient de ses suffrages. Les trois premiers orateurs de la république demandèrent ensemble les charges auxquelles leur rang leur donnoit des préten- tions. Cotta aspiroit au consulat , Hortensius à l'édilité , Cicéron à la questure. Ils virent tous trois leur ambition satisfaite ; et Cicéron eut spécialement la gloire de l'emporter sur ses com- pétiteurs par le suffrage unanime de toutes les tribus. L'office de questeur étoit comme le pre- mier pas dans la carrière des honneurs. Il ou- vroit la porte du sénat ; et au sortir de la ques- ture, on entroit de plein droit dans cet ordre auguste pour le reste de sa vie. On ignore le tems précis où Cicéron s'engagea dans les liens du mariage ; mais il y a beaucoup d'apparence que ce fut au retour de ses voyages et dans sa trentième année. On ne connoît pas avec plus de certitude la famille et la naissance de Térentia sa femme ; mais il faut conclure de son nom , de ses grandes richesses , et de la condition de sa sœur qui étoit au nombre des vestales , qu'elle avoit une illustre origine.

Après avoir été un an questeur à Rome , Cicé- ron, suivant l'usage, tira au sort une province. Ce fut la Sicile qui lui échut, et dans cette province la questure de Lilybée , sous le préteur Sextus

Séducœus. Car il y avoit en Sicile deux questeurs
sous un seul préteur, celui de Lilybée et celui
de Syracùse. Cicéron s'acquitta de sa nouvelle
charge à la satisfaction et des Romains et des
Siciliens. Il envoya à Rome dans une disette de
grandes provisions de blé, sans trop fatiguer
les peuples de son département. Dans toutes les
occasions, il ménagea avec habileté les intérêts
de tout le monde. Aussi à son départ lui décerna-
t-on des honneurs dont il n'y avoit point encore
eu d'exemple. Avant la fin de sa questure, il
fit le tour de la Sicile pour visiter tout ce qui
méritoit sa curiosité, et particulièrement la ville
de Syracuse qui a toujours joué un rôle distingué dans l'histoire de cette isle. Ce fut alors
qu'il fit connoître aux magistrats de cette ville,
qui en ignoroient l'existence, le tombeau d'Ar-
chimède, leur illustre compatriote. D'après
ses lectures il se fit conduire dans le lieu même
où existoit ce monument. On y découvrit une
petite colonne, et sur la colonne la figure d'une
sphère et d'un cylindre, avec une inscription
dont les derniers vers étoient effacés.

Il partit extrêmement satisfait du succès de
son administration, avec la flatteuse idée que
Rome retentissoit de ses louanges, et que le

peuple s'empresseroit de combler ses vœux.
Dans son plaidoyer pour Plancius, il raconte
fort agréablement comment à Pouzoles, ville
alors très-fréquentée, sa vanité fut un peu rabat-
tue par la question de quelqu'un qui lui demanda ce qu'on disoit à Rome de nouveau.

En arrivant à Rome, il trouva le consul Lucullus occupé de toutes ses forces à repousser
les entreprises d'un tribun turbulent, nommé
Lucius Quintius, qui avec une sorte d'éloquence
propre à échauffer la multitude, l'employoit continuellement à persuader au peuple d'annuller
les actes de Sylla. Les tribuns vouloient recouvrer leur ancien pouvoir. On leur en avoit déja
rendu une partie : mais ils n'étoient pas contens,
et ils prétendoient être rétablis dans tous leurs
droits. La vigueur de Lucullus arrêta tous les
desseins de Quintius, l'empêcha pendant le
cours de cette année de troubler la paix publique. Caïus Verrès, qui étant questeur de Carbon,
avoit trahi son consul et livré la caisse militaire
à Sylla, étoit alors préteur de Rome, c'est-à-
dire administrateur souverain de la justice. Jamais une grande autorité n'étoit tombée dans de
si mauvaises mains; jamais la justice ne fut ren-
due d'une manière si arbitraire et si vénale. Dans

ce même tems , on accorda une commission
fort extraordinaire à Marcus Antonius , père du
Triumvir. Ce fut l'inspection et le commandement de toutes les côtes de la Méditerranée ;
pouvoir immense qui lui donnoit la facilité et
l'occasion de piiler les provinces , d'irriter les
alliés de la république par toutes sortes d'ou-
trages. Il attaqua les Crétois qui le défirent entièrement dans un combat naval, il ne survéquit
pas long-tems à cette disgrace et mourut déshonoré. Métellus , surnommé depuis Créticus ,
vengea sa défaite, vainquit les Crétois , et s'empara de leur isle. La guerre s'étoit renouvellée
aussi du côté de Mithridate , qui dans sa haine
implacable contre Rome , n'avoit pas manqué
de saisir l'occasion où les meilleures troupes de
la république et ses plus habiles généraux , Métellus et Pompée , étoient occupés en Espagne
contre Sertorius. Le gouvernement de l'Asie
étant tombé à Lucullus après l'expiration de son
consulat , il fut chargé de réprimer l'audace du
roi de Pont.

Tandis que les armes romaines étoient ainsi
employées aux differentes extrémités de l'empire,
il s'éleva d'autres troubles dans le sein de l'Italie,
qui après avoir paru méprisables dans leur ori-

gine, y répandirent bientôt la terreur et la consternation. Quelquesgladiateurs, dont le nombre
n'étoit pas d'abord au - dessus de trente , ayant
forcé leur prison à Capoue·, et s'étant saisis de
quantité d'armes qu'ils distribuèrent à une multitude d'esclaves, se portèrent avec eux au mont
Vésuve. Le préteur Claudius Glaber les envi-
ronna avec un corps de troupes ; mais s'étant
ouvert un passage l'épée à la main , ils le for-
cèrent dans son camp , et se rendirent maîtres
de toute la Campanie. Ce succès fit croître en
peu de tems leur parti jusqu'au nombre de quarante mille hommes. Ils résistèrent pendant trois
ans aux légions romaines avec tant de conduite
et de vigueur , qu'après avoir défait plusieurs
généraux consulaires et prétoriens , l'orgueil de
leurs victoires leur fit former le dessein d'attaquer Rome. Enfin le préteur Marcus Crassus ,
ayant rassemblé toutes les forces qui étoient
dans le voisinage de la ville , réprima leur insolence , et les poussa jusqu'à la mer , où ne
trouvant point de vaisseaux pour se sauver, ils
furent taillés en pièces avec Spartacus leur général , qui mourut du moins d'une manière digne de ses généreux efforts. Cette guerre fut
appellée *servile*.

I.2

La fortune de la république fit terminer presque en même tems la guerre d'Espagne. Sertorius, qui en étoit l'auteur, avoit reçu son éducation militaire sous Caïus Marius, qu'il avoit suivi dans toutes ses campagnes avec une grande réputation, non-seulement de courage, mais de justice même et de clémence : car malgré son attachement au parti de Marius, il condamna sa cruauté ; et ses conseils le portèrent toujours à faire un usage plus modéré du pouvoir. Après la mort de Cinna, il tomba entre les mains de Sylla, qui lui accorda la vie en faveur peut-être de sa modération : cependant ne pouvant voir en lui qu'un ennemi déclaré de sa cause, il l'enveloppa bientôt dans ses proscriptions, et le força de chercher sa sûreté dans les cours étrangères. Sertorius, après avoir erré quelque tems dans l'Afrique et sur les côtes de la Méditerranée, trouva le moyen de s'établir en Espagne, où recevant ensuite un grand nombre de Romains qui se déroboient à la cruauté de Sylla, il en composa un sénat qui donna des loix à cette province. Son crédit et son habileté s'y fortifièrent jusqu'à le mettre en état de soutenir la guerre pendant huit ans contre toute la puissance de la république, et de mettre en doute à qui de Rome ou de l'Espagne l'empire du monde étoit destiné. Tous les efforts de Quintus Métellus ayant été inutiles pour le réduire, Pompée reçut ordre de marcher contre lui avec les meilleures troupes romaines. Les avantages furent balancés dans plusieurs batailles, et Sertorius emporta plus d'une fois la balance. Mais il fut lâchement assassiné dans une fête, par une trahison de Perpenna, son lieutenant, qui envieux de sa gloire, voulut usurper son rang et son autorité. Perpenna étoit d'une naissance illustre. Etant préteur de Rome, il avoit pris les armes avec le consul Lépidus, pour détruire les actes de Sylla, et rappeller les proscrits de la faction de Marius. Après la défaite de son parti, il en avoit recueilli les restes pour aller au secours de Sertorius : mais au lieu de tirer de la mort de ce brave homme le fruit qu'il en avoit espéré, il ruina la cause dont il s'étoit rendu le chef; et n'ayant point l'art d'inspirer la même confiance aux troupes et aux provinces, il avança la fin d'une guerre qui ne s'étoit soutenue si long-tems que par l'habileté du général. Son armée fut défaite, et il tomba lui-même entre les mains de ses ennemis.

En rentrant dans l'Italie à la tête de son

armée victorieuse, Pompée eut le bonheur
de voir tomber entre ses mains le reste
de ces esclaves fugitifs qui étoient échap-
pés à Crassus après la mort de Spartacus
leur chef, et qui s'étant rassemblés en un
corps, avoient pris leur marche du côté des
Alpes. Ils étoient au nombre de cinq mille ; il
les taillà en pièces jusqu'au dernier. La victoire
qu'il avoit remportée en Espagne lui fit obtenir
pour la seconde fois les honneurs du triomphe
avant que de s'être élevé au-dessus du rang
équestre : mais le jour suivant il prit possession
du consulat qui lui avoit été accordé en son
absence; et comme si le ciel l'eût fait naître pour
commander, il ne fit son entrée au sénat qu'avec
le droit de présider cette compagnie. Il avoit à
peine trente-six ans ; mais un décret particulier lui accorda dispense d'âge, et le déclara capable de posséder les premières magistratures
avant le tems fixé par la loi pour obtenir les
dernières. Il désira avoir Marcus Crassus pour
collègue, et on le lui donna.

Le père et le frère ainé de Crassus avoient
perdu la vie dans les proscriptions de Marius et
de Cinna. Il avoit sauvé la sienne en se retirant
en Espagne, où s'étant caché jusqu'au retour de

Sylla, il l'étoit venu joindre en Italie, dans l'espérance de venger, contre la faction apposée, la ruine de sa fortune et de sa famille. L'attachement qu'il prit pour Sylla lui ayant attiré beaucoup de considération dans son parti, il employa son crédit à satisfaire sa principale passion, l'avidité des richesses. Outre les plus riches dépouilles de l'ennemi, il eut l'adresse de s'approprier une partie des biens confisqués, et de se composer par ces deux voies une fortune de plusieurs millions, fruit des calamités publiques. Il prétendoit qu'on ne pouvoit passer pour riche que lorsqu'on étoit capable d'entretenir une armée à ses propres frais. Il n'avoit pas été long-tems sans concevoir une forte jalousie contre Pompée; mais ne se trouvant pas capable de disputer de gloire militaire avec un si redoutable concurrent, il prit le parti de s'engager dans la carrière des arts pacifiques et de l'éloquence, où il se fit en effet la réputation d'un très-bon orateur. Par l'adresse qui lui étoit naturelle, autant que par sa facilité à aider tout le monde de ses richesses et de sa protection, il acquit une si grande autorité dans les affaires publiques, que Pompée se crut intéressé à l'obliger en le demandant pour collègue.

Il s'étoit écoulé près de six ans depuis que
Cicéron avoit obtenu la questure. C'étoit l'intervalle prescrit par les loix avant qu'on pût
passer à la charge de tribun ou d'édile , et
l'une ou l'autre de ces deux voies étoit nécessaire pour conduire aux dignités supérieures.
Il résolut de ne point penser au tribunat qui
avoit beaucoup perdu de son ancienne splendeur ; et s'étant déterminé pour l'édilité ,
il commença ses poursuites dans le tems
qu'Hortensius faisoit des démarches pour s'élever au consulat. En Sicile , il n'avoit point
perdu de vue ses études de rhétorique , il y
avoit donné tous les momens qu'il pouvoit
dérober aux affaires ; de sorte qu'en quittant
cette province , ses talens étoient dans leur par-
faite maturité. Depuis son retour et avant son
départ, il avoit employé tout le tems à fré-
quenter le barreau et à plaider lui-même. Il ne
nous reste rien des plaidoyers qu'il composa à
cette époque ; Quintilien en nomme deux , l'un
pour Marcus Tullius , et l'autre pour Lucius
Varénus , qui s'étoient conservés jusqu'à son
tems. Il avoit perfectionné son action avec le
secours de Roscius et d'Æsopus , ces deux acteurs si parfaits , l'un dans la comédie et l'au-

tre dans la tragédie. Il ne rougissoit point d'être lié avec ces deux hommes, il les estimoit singulièrement, et il rend à leur habileté les plus glorieux témoignages. Toutefois il n'avoit pris d'eux que ce qui lui convenoit ; et donnant à ses gestes plus de gravité et de noblesse que n'en ont pour l'ordinaire les acteurs comiques et même tragiques, il avoit évité cette action trop théâtrale que l'on reprochoit à Hortensius. Ce fut donc après s'être livré avec zèle aux exercices du barreau, qu'il se présenta pour être nommé édile : il eut pour cette charge, comme il avoit eu pour la questure, la satisfaction d'être préféré à tous ses concurrens par des suffrages unanimes.

Ce fut après son élection à l'édilité, et avant que d'en avoir pris possession, qu'il entreprit la fameuse cause de Verrès, dernier préteur de Sicile, qui s'étoit rendu coupable d'une infinité de rapines, d'injustices et de cruautés, pendant trois ans qu'il avoit gouverné cette province. Je renvoie aux sommaires que j'ai mis à la tête de tous les discours composés contre cet infame préteur : ces sommaires me dispensent d'entrer ici dans aucun détail. Qu'il me suffise de dire que l'orateur attaqua l'expréteur avec tant de force , que , dès la première action , ou plaidoirie , il l'obligea de prévenir sa condamnation par un exil volontaire.

De la cause de Verrès , Cicéron passa aux fonctions de l'édilité. Les plus grands hommes de son siècle s'étoient distingués dans cette magistrature par une dépense et un faste extraordinaires ; mais Jules César surpassa tous ceux qui l'avoient précédé. Dans les spectacles qu'il donna pour les funérailles de son père , toutes les décorations du théâtre furent d'argent massif. L'excès de sa dépense étoit proportionné à son ambition ; car les autres n'aspiroient qu'au consulat, et l'objet de César étoit l'empire. Cicéron prit un tempéramment. Il observa la règle qu'il prescrivit ensuite à son fils , de faire la dépense qui convenoit à sa situation , en évitant également de nuire à son caractère par une épargne sordide , ou à sa fortune par une frivole ostentation de magnificence. Les Siciliens lui donnèrent des preuves de leur reconnoissance , en lui fournissant toutes les provisions qu'on pouvoit tirer de leur isle. Il employa tous leurs présens au soulagement des pauvres ; et ce secours répandu extraordinairement dans la ville , servit à faire baisser le prix des vivres.

Hortensius étoit un des consuls de cette année. Il n'arriva rien de plus mémorable sous son consulat que la consécration du Capitole par Quintus Lutatius Catulus. Le feu avoit consumé ce fameux édifice pendant la dictature de Sylla , qui entreprit de le rétablir ; et sa mort l'ayant empêché de voir la fin de l'ouvrage , il s'étoit plaint dans sa dernière maladie que cette satisfaction eût manqué au bonheur de sa vie. L'honneur d'y mettre la dernière main tomba au consul Catulus , qui la dédia enfin cette année avec une pompe fort éclatante. On place dans le cours de cette année la défense de Fontéius et de Cécina par Cicéron. Les deux plaidoyers nous restent , l'un entier et l'autre très-imparfait.

A la fin de son édilité , Cicéron perdit son cousin Lucius , qui l'avoit accompagné dans son voyage de Sicile. Il fut d'autant plus sensible à cette perte , qu'il sentoit le besoin d'un secours aussi puissant que le sien , dans des circonstances ou il pensoit à la préture. Il se mit au rang des candidats , après l'intervalle ordinaire de deux ans , qui s'étoient écoulés depuis son

édilité. Mais la ville étoit cette année dans une
agitation qui fit craindre de voir toutes les
élections suspendues. Il s'agissoit de plusieurs
loix, auxquelles le sénat s'opposoit avec la
plus grande chaleur. La première proposée en
faveur de Pompée par Aulus Gabinius, un des
tribuns, comme une marque de sa reconnoissance et de celle de ses collègues pour leur autorité qu'il leur avoit fait rendre, tendoit à
lui procurer un pouvoir sans bornes sur toutes
les côtes de la Méditerranée en lui donnant la
commission de réprimer les pirates qui infes-
toient continuellement cette mer, à la honte
de l'empire et à la ruine sensible du commerce.
En effet, leur audace et leurs forces avoient
été jusqu'à faire prisonniers plusieurs magistrats et ambassadeurs romains. Ils avoient eu la
témérité de faire diverses descentes dans l'Italie
même, et celle de brûler les navires de Rome
jusque dans le port d'Ostie. Cependant une
autorité d'une si grande étendue, un pouvoir
si contraire aux loix, effraya Hortensius,
Catulus, et tous les autres chefs du sénat. Entre les mains d'un seul particulier ils le crurent
dangereux pour la liberté publique. Ils s'op-
posèrent donc de toutes leurs forces à la loi,

qui passa , malgré leurs oppositions , malgré
la dissimulation de Pompée , qui affectoit de
rejetter cet emploi , comme devant lui causer
trop d'embarras et lui susciter des ennemis.
Mais si le sénat ne put empêcher que la loi
ne passât contre son gré , il se vengea de Gabinius , en ne permettant point qu'il fût choisi
lieutenant de Pompée , quoiqu'il le desirât et
que Pompée le demandât. Il y a toute apparence que Pompée trouva quelqu'autre moyen
de le récompenser , puisque Cicéron remarque
qu'il étoit alors si pauvre et si absolument
ruiné , que , s'il n'eût pas fait passer sa loi , il
n'auroit pas eu d'autre ressource que de faire
lui-même le métier de pirate. On donna à
Pompée pour cette expédition une flotte de
cinq cents voiles , et vingt-quatre lieutenans
choisis entre les sénateurs. Il fit un usage si
heureux de son pouvoir , qu'en moins de cin-
quante jours il chassa les pirates de toutes leurs
retraites , et dans l'espace de quatre mois il termina entièrement la guerre.

Le tribun Lucius Otho publia une seconde
loi , qui assignoit à l'ordre équestre des places
particulières au théâtre. Les chevaliers Romains
ayant été mêlés jusqu'alors avec le peuple , on

marquoit pour eux par cette loi douze bancs
près de ceux des sénateurs. La même distinction n'avoit été accordée au sénat que depuis
un siècle, sous le consulat de Scipion l'Africain;
ce qui avoit déplu au peuple, et n'avoit pas
manqué de produire beaucoup de débats et de
murmures. La loi d'Othon fut sans doute encore plus offensante pour le peuple, qui se
voyoit reculé plus loin du lieu des spectacles,
c'est-à-dire de l'espèce d'amusement pour lequel
il avoit le plus de passion.

Un autre tribun, nommé Caïus Cornélius,
proposa une loi beaucoup plus sérieuse, pour
arrêter, par de rigoureuses peines, les brigues
qui avoient lieu dans les élections. Cette sévérité choqua les Sénateurs ; leurs oppositions
furent assez violentes pour répandre le désordre
dans la ville. Toutes les affaires en furent in-
terrompues, l'élection des magistrats suspen-
due, et les consuls forcés de prendre une garde.
Enfin l'on appaisa le trouble en modérant la
rigueur des peines par une autre loi que les
consuls proposèrent, et qui ayant été approuvée
de Cornélius, reçut la forme ordinaire sous
le titre de loi Calpurnia, du nom de Caïus
Calpurnius Piso l'un des consuls. Ce Cornélius,

quoique fier et emporté , avoit les qualités d'un
honnête homme. Il entreprit d'établir par une
autre loi , que personne ne pourroit être dis-
pensé des loix communes par l'autorité du peuple. Quoique ce fût un article de l'ancienne
constitution , le sénat s'étoit permis là-dessus
des exceptions d'autant plus pernicieuses qu'elles avoient été quelquefois clandestines. Aussi
n'épargna-t-il rien pour se conserver la possession de ce privilége , jusqu'à gagner un
autre tribun pour empêcher la publication de
la nouvelle loi : mais Cornélius prit le livre de
la main du crieur public , et publia la loi lui-
même. Cette action étoit irrégulière , et fut
condamnée comme une infraction du droit des
tribuns. Cornélius fut donc forcé de composer
encore avec le sénat , et de modérer la rigueur
de sa loi , en établissant seulement que les sénateurs ne pourroient porter aucun décret de
dispense s'ils n'étoient du moins au nombre
de deux cent.

Cicéron tira un avantage singulier de tant
de troubles qui avoient fait suspendre deux fois
les élections. Dans les trois assemblées , dont
les deux premières s'étoient séparées sans avoir
rien conclu , il fut déclaré chaque fois premier

préteur ; témoignage extrêmement glorieux de
l'affection que lui portoit le peuple. Les préteurs étoient au nombre de huit , et avoient
chacun une jurisdiction particulière qu'ils obtenoient par le sort ; celle des concussions étoit
échue à Cicéron , et il l'exerça avec une intégrité irréprochable.

Manilius , un des nouveaux tribuns , n'eut
pas plutôt pris possession de sa charge , qu'il
fit renaître les troubles par la publication d'une
loi qui donnoit aux affranchis le droit de suffrages dans leurs tribus. Il fut obligé de renoncer à cette première loi ; mais afin d'établir son crédit auprès du peuple , et de s'insi-
nuer dans la faveur de Pompée , il s'efforça de
faire accepter une seconde loi , par laquelle
Pompée , qui achevoit d'exterminer les pirates,
devoit joindre à sa commission le gouvernement de l'Asie , avec le commandement de la
guerre contre Mithridate , et celui de toutes
les armées romaines qui étoient dans cette
partie de l'empire. Il y avoit huit ans que
Lucullus étoit chargé de cette guerre ; et ses
exploits continuels lui avoient fait une réputation de courage et de conduite qui n'étoit inférieure à celle d'aucun général. Il avoit chassé

Mithridate de son royaume de Pont , après
l'avoir vaincu dans plusieurs batailles , malgré
le secours de Tigrane , le plus puissant prince de
l'Asie ; mais son armée fatiguée par de continuels mouvemens , et débauchée par de jeunes factieux , entre lesquels se signaloit Clodius
son beau-frère , commençoit à souffrir impatiemment la discipline , et demandoit ouvertement d'être congédiée. Ce mécontentement fut
encore augmenté par la défaite de Triarius, un
de ses lieutenans , qui , dans une action témé-
rairement engagée avec Mithridate , perdit son
camp et ses meilleures troupes. Ainsi donc sur
la nouvelle que Glabrion , consul de l'année
précédente , étoit nommé pour lui succéder ,
et devoit arriver incessamment en Asie , toute
l'armée se mutina jusqu'à refuser de le suivre ,
en déclarant qu'elle ne se croyoit plus obligée
de servir. Pour Glabrion , dégoûté du commandement par le bruit de ce désordre , il s'arrêta dans la Bithynie , sans vouloir exposer son
autorité à la licence d'une armée rebelle. Cet
esprit de sédition répandu dans les troupes de
Lucullus , et le péril que couroit l'autorité entre les mains de Glabrion , peu capable de la
soutenir , furent un prétexte raisonnable à
Manilius pour proposer sa loi. Les avantages

que Pompée avoit remportés sur les pirates ,
et celui de se trouver sur les lieux , étoient un
motif encore plus plausible. Aussi les disputes
qui furent extrêmement vives , et l'opposition
de la plus saine et de la plus nombreuse partie
du sénat , ne l'empêchèrent-elles point de faire
confirmer sa loi par le peuple. Cicéron le se-
conda de toute son éloquence , dans un discours prononcé à la tribune aux harangues , où
il montoit alors pour la première fois. Nous
avons encore le discours , qui est intitulé *pour
la loi Maniale.* Jules César ne fut pas un des
moins ardens à soutenir l'établissement de
cette loi ; mais il n'avoit pour motifs ni l'a-
mour pour la république , ni son affection pour
Pompée. Sa principale vue étoit d'augmenter
son crédit auprès du peuple , pour en faire
quelque jour l'usage qui lui seroit convenable.
Car tel est l'effet ordinaire de l'infraction des
loix : la confiance qu'on prend au mérite et
à l'habileté d'un particulier , n'étant plus modérée par ce frein , on ne manque pas, dans les
occasions pressantes , de le revêtir d'un pouvoir extraordinaire pour la défense et l'avantage de la société. Mais quoique cet aveugle
abandon soit quelquefois utile et même indispensable , l'exemple n'en est pas moins dan-

gereux. Il fournit un prétexte aux ambitieux
mal intentionnés , pour aspirer dans d'autres
tems aux prérogatives qu'on s'est cru obligé
d'accorder à de vertueux citoyens ; et le même
pouvoir qui sauve la patrie dans les mains d'un
honnête homme , la conduit à sa perte dans
celles d'un scélérat.

Les fonctions de la préture et le soin des
affaires publiques , n'empêchèrent pas Cicéron
d'exercer son éloquence au barreau ; ne se
bornant point à juger les causes qui se présentoient à son propre tribunal , il plaidoit
quelquefois à celui des autres préteurs. C'est
dans ce tems qu'il entreprit la défense de Cluentius , chevalier romain, d'une naissance illustre
et d'une fortune immense , accusé d'avoir em-
poisonné Oppianicus son beau-père, qui avoit
été banni lui-même deux ans auparavant pour
avoir tenté d'empoisonner Cluentius. Le plaidoyer qui existe est un des plus longs et des
plus beaux de notre orateur. On ne doute
point qu'il n'ait défendu d'autres accusés dans
les cour de la même année. On parle d'un
Marcus Fundanius , dont le plaidoyer , ainsi
que beaucoup d'autres , ne sont point parvenus jusqu'à nous. Mais ce qui mérite d'être
remarqué ,

remarqué, d'après quelques anciens écrivains, c'est que pendant sa préture même, il fréquentoit l'école d'un célèbre rhéteur nommé Gniphon. Il est probable que par-là il vouloit, ou faire honneur à Gniphon et à l'art dont il faisoit professsion, ou inspirer de l'émulation à la jeune noblesse par la présence d'un des premiers magistrats de Rome. Manilius fut accusé au sortir de son tribunat ; Cicéron, encore préteur, prit sa défense à la sollicitation du peuple. Le procès s'évanouit à l'occasion de quelques nouveaux troubles qui furent causés par des incidens plus graves.

Publius Antonius Pœtus et Publius Cornélius Sylla élevés à la dignité consulaire, puis déchus de cette magistrature suprême et remplacés par Lucius Manlius Torquatus, et Lucius Aurélius Cotta, leurs accusateurs et leurs concurrens ; une première conjuration de Catilina étouffée, conjuration dans laquelle étoient entrés Crassus et César, si l'on en croit Suetone ; Catilina accusé de concussion à son retour d'Afrique par le jeune Clodius, qui trahit honteusement sa cause, et fournit au coupable les moyens d'échapper ; le même Catilina accusé d'entretenir un commerce in-

cestueux avec une vestale nommée Fabia,
sœur de la femme de Cicéron, et de nouveau
renvoyé absous ; César chargé de présider le
tribunal qui jugeoit les assassins, profitant de
cette occasion pour condamner les ministres
et les instrumens mercénaires des proscriptions
de Sylla ; le même César portant la hardiesse
jusqu'à faire replacer au Capitole les statues et
les trophées de Marius que Sylla avoit fait
abattre : tels sont les principaux évènemens
qui remplissent l'espace du tems où Cicéron
sortit de préture, jusqu'à celui où il fut élevé
au consulat.

Pendant cet intervalle, n'ayant pas voulu
accepter de gouvernement, il se prépare à demander cette dignité suprême ; il rassemble
dans ses maisons de campagne les plus belles
sculptures antiques et les livres les plus curieux
que lui envoie son cher Atticus ; il défend
Caïus Cornélius, accusé d'avoir attenté au
repos de la république dans son tribunat ; il le
défend, comme dit Quintilien, non-seulement
avec de fortes armes, mais avec des armes brillantes, c'est-à-dire avec une éloquence qui lui
attire les acclamations du peuple, ce qui fait
regretter qu'il ne soit resté que de légers frag-

mens de ce magnifique plaidoyer ; il prend
aussi la défense de Quintus Gallius, préteur
de la dernière année, qu'on accusoit de s'être
élevé à cette charge par des voies illicites ; il
prononce dans le sénat contre deux de ses compétiteurs, hommes infâmes, la harangue nommée *in togâ candidâ*, parce qu'il étoit vêtu
d'une robe blanche, habit propre aux candidats ; il ne reste que de courts fragmens du
plaidoyer et de la harangue : quoique homme
nouveau, vainqueur de tous les obstacles, il
est enfin nommé consul avec les plus grandes
marques de distinction, et l'emporte sur d'illustres concurrens. Dans la même année, il
marie sa fille Tullia à Caïus Piso, il lui naît
un fils, et son père meurt en voyant du moins
son fils désigné consul.

Seconde époque de la vie de Cicéron, depuis son
consulat jusqu'au retour de son exil.

Nous voici arrivés à la seconde époque de
l'histoire de Cicéron. Jusqu'à présent nous
avons vu l'avocat et l'orateur étudier les règles
de son art, se former par l'étude des grands
modèles et sous d'habiles maîtres, se remplir

de toutes les connoissances nécessaires , se
livrer à tous les exercices du barreau , défendre
beaucoup de citoyens , accuser Verrès , gagner
les bonnes graces du peuple par un travail as-
sidu et par des soins continuels , parvenir successivement à tous les honneurs avec une distinction marquée : nous l'allons voir à présent
revêtu de la suprême magistrature , montrer en lui un grand administrateur ; déployer
un caractère soutenu , de vigilance , de fermeté,
de courage ; porter par-tout des regards attentifs ; découvrir , dévoiler , réprimer , punir tous
les projets dès méchans. Les nouveaux tribuns
cherchoient à troubler le repos de la république , en voulant ou supprimer les dettes , ou
révoquer la sentence qui condamnoit d'illustres citoyens , ou rétablir les enfans des proscrits dans leurs biens et dans leurs honneurs ,
ou distribuer des terres au peuple ; Cicéron
rompit tous ces desseins pernicieux avec autant
d'habileté que de force. Publius Servilius Rullus , un des tribuns de cette année , avoit proposé une loi agraire. Le nouveau consul attaqua la loi et son auteur ; il parvint à les décrier l'un et l'autre dans l'esprit des Romains ,
et à plaire au peuple en ruinant la loi qui plai-

soit le plus au peuple. Ce fut le triomphe de
sa politique et de son éloquence. Nous avons
encore une partie du discours qui fut prononcé
dans le sénat, et les deux discours entiers qui
furent adressés au peuple de dessus la tribune
aux harangues. On étoit à peine délivré de ce
trouble qu'il s'en éleva un autre dont le repos
public auroit eu beaucoup à souffrir, s'il n'a-
voit été dissipé presqu'en naissant par l'autorité de Cicéron. La loi d'Othon qui assignoit
à l'ordre équestre un banc distingué aux spectacles, avoit paru offensante à la plupart des
citoyens. Othon, entrant un jour au théâtre,
fut reçu avec de longs sifflemens de la multitude, et fort applaudi au contraire par les chevaliers. Les clameurs redoublèrent des deux
côtés comme à l'envi, et du bruit l'on se dis-
posoit à passer aux coups, lorsque Cicéron, informé du tumulte, se rendit au théâtre et com-
manda au peuple de le suivre au temple de
Bellone. Là il réprimanda l'assemblée d'une
manière si imposante, il lui inspira tant de
honte de sa folie et de son emportement, qu'é-
tant retournée au lieu du spectacle, elle changea ses sifflemens en témoignages de respects
pour Othon. La harangue du consul fut pu-

bliée ; et quoiqu'elle eût été composée sur-le-
champ pour l'occasion , elle fut conservée et
lue avec admiration pendant plusieurs siècles,
comme un exemple de l'empire de l'éloquence
sur les passions. Le consul , ferme et vigilant,
fit cesser encore ou empêcha de naître d'autres sujets de trouble. Ce fut dans ce même
tems qu'il entreprit la défense de Caïus Rabirius , sénateur âgé , accusé par Titus Labiénus ,
un des tribuns , comme coupable de lèze-majesté
au premier chef , pour avoir tué le tribun Satur-
ninus qui avoit excité une sédition dans Rome.
C'étoit l'autorité du sénat qu'on attaquoit dans
la personne de Rabirius ; Cicéron le défendit
avec zèle devant le peuple assemblé par cen-
turies , et fit du moins oublier l'affaire , s'il ne
ne parvint pas à faire absoudre l'accusé.

Mais la fameuse conjuration de Catilina
nous appelle et demande de nous une attention
particulière. Cicéron , dès les commencemens
de son consulat , avoit gagné par ses complaisances et par ses sacrifices Antonius son collègue , sur lequel comptoient beaucoup les
citoyens pervers , parce qu'il avoit les mêmes
sentimens et les mêmes principes ; il avoit obtenu de lui que du moins il ne s'uniroit pas

avec eux et qu'il le laisseroit agir. Il avoit travaillé aussi, et il avoit réussi selon ses vœux, à réunir les chevaliers avec les sénateurs. Les bonnes dispositions d'Antonius, et la réunion des deux principaux ordres lui servirent infiniment dans l'affaire de la conjuration. Catilina renouvelloit ses prétentions au consulat. Il employoit si scandaleusement la corruption et les plus infâmes moyens, que la sévérité incorruptible de Cicéron ne put les supporter tranquillement. Il en prit occasion de publier contre cette odieuse espèce de brigue, une nouvelle loi par laquelle il ajoutoit aux anciennes peines dix ans d'exil. Une autre loi, dont il fut aussi l'auteur, défendoit à ceux qui aspiroient à quelque magistrature de donner des jeux de gladiateurs avant le terme de deux ans, à moins que ce ne fût pour exécuter les dernières volontés de quelque mort dont ils fussent les héritiers, et que le jour n'en eût été fixé dans le testament. Catilina ne pouvant douter que ces loix n'eussent été faites pour lui, forma le dessein de tuer le consul le jour de l'élection. Le consul fut informé à propos de la conspiration ; il eut le tems d'en donner avis au sénat, dont la première résolution , dans un si pressant trouble , fut de différer l'élection ; pour se procurer le tems de délibérer sur une affaire de cette importance. Le jour suivant , il fit citer Catilina dans une assemblée de tous les sénateurs , où il lui reprocha publiquement son crime. Ce furieux parla d'une manière si emportée et si ouverte , que les sénateurs alarmés rendirent le décret par lequel il étoit ordonné aux consuls de veiller à ce que la république ne souffrît aucun dommage. Cicéron , autorisé par le sénat , doubla aussi-tôt sa garde et fit entrer quelques troupes dans la ville. Le jour auquel on avoit remis l'élection étant arrivé , il se présenta d'un air ferme ; mais pour rendre l'impression du péril plus puisssante , il fit appercevoir une cuirasse dont il avoit armé sa poitrine. L'élection se fit sans trouble , et les consuls désignés furent Décius Junius Silanus , et Lucius Licinius Muréna.

Catilina rejetté pour la seconde fois et ne respirant que la vengeance , attendoit impatiemment l'heure marquée pour l'exécution de ses horribles projets ; d'ailleurs il ne lui restoit plus d'autre ressource. Son plan étoit dévoilé par la pénétration du consul. Il se voyoit déja détesté de tous les honnêtes gens ; et les

délais pouvant lui devenir encore plus funestes , il résolut de ne plus différer une entreprise qui devoit entraîner la ruine de son
pays ou la sienne. L'art et la nature s'étoient
comme accordés à le former pour servir de
chef à une conjuration désespérée. Avec une
naissance illustre , il étoit sans biens , sans
principes de morale , d'un courage indompta-
ble et d'une adresse extraordinaire , d'une jus-
tesse dans le raisonnement qui le rendoit capable de donner de la vraisemblance aux plus
étranges attentats : en un mot, il n'y avoit rien
que sa langue ne fît trouver plausible , et rien
que sa main n'osât exécuter. Il faut voir le
portrait que Cicéron fait de son caractère dans
plusieurs endroits de ses ouvrages , et sur-tout
dans le plaidoyer pour Cœlius. Distingué par
tous ces talens , s'il eût obtenu avec le consulat le commandement des provinces et des armées de l'empire, on ne sauroit douter qu'il
n'eût aspiré à l'autorité souveraine par la ruine
de la liberté publique. Mais le désespoir et
l'impatience le précipitèrent dans les plus fu-
rieuses résolutions ; et ce qu'il n'avoit pu se
procurer par ses artifices , il prit le parti de
l'emporter par la force. Cependant il ne s'aban-
donna point tout-à-fait au hasard , et diverses

raisons pouvoient lui faire croire que les circonstances étoient assez favorables. Il voyoit
l'Italie sans troupes régulières, et Pompée dans
des pays éloignés avec la meilleure armée de
la république. Le consul Antonius, sur le secours duquel il faisoit toujours le même fond,
devoit commander les forces qui restoient.
Mais sa principale confiance étoit dans les vétérans de Sylla, dont il avoit toujours épousé
la cause, et parmi lesquels il avoit été élevé. Leur
nombre ne montoit pas à moins de cent mille,
qui se trouvoient dispersés dans tous les can-
tons de l'Italie, jouissant des terres que Sylla
leur avoit assignées, mais déja si dérangés dans
leur fortune par l'excès de leurs vices et de
leurs débauches, qu'ils soupiroient après une
nouvelle guerre civile, pour réparer le désordre de leurs affaires. Catilina en avoit déja engagé plusieurs dans son parti en leur faisant des
propositions flatteuses : il en avoit déja formé
un corps considérable, sous les ordres de Manlius, centurion, d'une expérience égale à son
courage, qui n'attendoit que le signal de son chef,
pour se mettre en campagne avec cette petite
armée. Ajoutons le mécontentement de tous les
ordres de la ville, et sur-tout les murmures
continuels du peuple, qui pressé de dettes, et

réduit à mener une vie fort dure , soupiroit
après une révolution. Les historiens les plus
judicieux ont paru persuadés que si Catilina
eût remporté quelque avantage dans la première bataille , ou si le succès eût été seulement partagé , il falloit s'attendre à voir toute
l'Italie déclarée en sa faveur.

Il assembla ses principaux complices , pour
mettre la dernière main à leur entreprise en
distribuant entre eux les emplois, et pour fixer
absolument le jour de l'exécution. Ils étoient au
nombre de trente-six, partie du sénat ou de l'ordre équestre, partie des plus nobles et des plus
puissantes maisons de toutes les villes d'Italie.
Cicéron fut informé de tout ce qui s'étoit passé
dans leur assemblée , par le moyen d'une nommée Fulvie , femme galante , dont Curius
l'amant étoit de la conspiration. L'assemblée
des ennemis de l'état s'étoit tenue le six de
novembre ; dès le huit le consul fit avertir le
sénat de se rendre au Capitole , dans le
temple même de Jupiter , où l'on ne s'as-
sembloit qu'aux jours d'alarme. Ce fut là
qu'il prononça le premier des quatre discours que nous avons de lui sur cette grande
affaire. Il parla contre le chef de la conjura-

tion avec tant de force et d'une manière si pressante , qu'il le força de précipiter son départ de Rome. Le discours renferme beaucoup de détails du projet affreux et de la vie infâme de Catilina.

Après le départ de celui-ci, ses amis publièrent qu'il étoit allé volontairement en exil à Marseille ; et ce bruit qui se répandit dès le lendemain dans toute la ville , fut accompagné de réflexions odieuses contre le consul. Cicéron pour arrêter les dangereux effets de l'imposture , convoqua le peuple au forum , sous prétexte de l'informer de ce qui s'étoit passé la veille dans l'assemblée des sénateurs , et de lui apprendre le départ de Catilina. Ce fut là l'occasion et le sujet de la seconde catilinaire , prononcée devant le peuple. Le chef des conjurés , suivant que l'avoit annoncé le consul , se rendit au camp de Manlius , et leva l'étendart de la révolte. Dès que le sénat en fut informé , il le déclara lui et Manlius ennemis de la république. L'ordre fut ensuite donné aux consuls de hâter les nouvelles levées; et l'on confia le commandement de l'armée à Antonius, tandis que Cicéron demeureroit au gouvernail pour veiller à la sûreté de Rome.

Au milieu de ce trouble, et presque immé‑
diatement après la fuite de Catilina, Cicéron
sçut trouver assez de loisir, au mllieu de la
multitude des affaires qui l'accabloient, pour
défendre Lucius Muréna, l'un des consuls élus,
contre une accusation de brigue et de corrup‑
tion de suffrages. C'est un des plaidoyers distin‑
gués de notre orateur; et l'on peut voir dans
le discours même avec quelle adresse il défend
Muréna contre de puissans adversaires. Avant
cette cause, il en avoit plaidé une autre pour la
défense de Caïus Piso qui, quatre ans aupara‑
vant, avoit possédé la dignité de consul et l'avoit
exercée avec honneur. Mais il ne nous reste
rien de son plaidoyer, ni d'autre trace de cette
affaire dans ses écrits, qu'un témoignage que
Pison fut absous en faveur de la conduite qu'il
avoit tenue dans son consulat.

Les conjurés que Catilina avoit laissés dans
Rome n'y restoient pas oisifs. Lentulus et tous
les autres étoient plus occupés que jamais des
préparatifs de leur grand dessein. Ils sollicitoient
dans tous les rangs de l'état ceux à qui ils
croyoient quelque penchant pour leur cause,
ou dont ils pouvoient tirer quelque avantage.
Ils s'attachèrent à séduire jusqu'aux députés des

Allobroges , nation guerrière , qui peu affectionnée à la république Romaine , n'attendoit
que l'occasion de s'engager dans quelque
révolte. Les députés reçurent avidement les
propositions des conjurés , et s'engagèrent à
leur obtenir de leur nation un secours considérable de cavalerie , dont ils avoient sur-tout
besoin. Mais quand ils vinrent à réfléchir de
sang-froid aux difficultés d'exécuter cette
promesse , et au péril dans lequel ils alloient
précipiter leur pays , ils prirent le parti de révé-
ler tout ce qu'ils avoient entendu , à Quintus
Fabius Sanga , protecteur de leur nation , qui
en avertit aussitôt les consuls. Cicéron , dans
une troisième catilinaire , adressée au peuple ,
explique comment les Allobroges , selon qu'il
en étoit convenu avec eux , se laissèrent prendre ,
laissèrent saisir les lettres dont les avoient
chargés les conjurés ; comment ils furent in-
troduits dans le sénat , confrontés avec Lentulus
et les autres ; qui reconnurent leurs lettres et
firent l'aveu de leur crime. Pendant que les
conjurés étoient dans la salle du sénat, Cicéron
avoit prié quelques sénateurs , qui savoient
écrire par abréviations , de recueillir tout ce
qui se diroit ; son premier soin , après les fati-

gues d'une journée si laborieuse , fut d'en faire
tirer un grand nombre de copies , qu'il fit distribuer à Rome et dans toutes les parties de l'empire. Ce fameux événement arriva le troisième
jour de décembre ; et si ce fut un des plus
glorieux de cet illustre consul , on a dû concevoir par la grandeur de ses agitations et de ses
inquiétudes, qu'il en fut sans doute un des
plus pénibles. Le jour suivant il parut un décret
du sénat qui assignoit des récompenses aux
députés des Allobroges pour le service qu'ils
avoient rendu à la république. Dans le même
tems la ville fut alarmée par quelques entreprises des cliens et des esclaves de Lentulus et de
Céthégus, qui avoient formé le dessein de rendre
la liberté à leurs maîtres. Cicéron se vit forcé de
redoubler sa garde ; et pour prévenir tous les
attentats de cette nature , autant que pour suivre
le plan qu'il avoit déja conçu , il résolut de ne
pas remettre davantage à proposer au sénat la
punition des coupables.

L'assemblée ayant été convoquée le lendemain, les débats répondirent à l'importance
de l'affaire. Il étoit question d'ôter la vie à des
citoyens du premier rang. Les peines capitales
avoient toujours été fort rares et fort odieuses

à Rome. Le bannissement et la confiscation des biens étoit le châtiment ordinaire pour les plus grands crimes. Le sénat, il est vrai, dans des conjonctures critiques, s'attribuoit le droit de punir de mort les chefs d'une faction par l'autorité de son seul décret. Mais cette prérogative étoit souvent regardée comme un excès de pouvoir, et le peuple s'en étoit plaint plus d'une fois comme d'une infraction de ses propres priviléges. Une loi fort ancienne du tribun Porcius Læca, renouvelée par Caïus Gracchus, défendoit d'ôter la vie à un citoyen sans que la cause eût été plaidée devant le peuple. Aussi plusieurs sénateurs, qui jusqu'alors étoient entrés dans les intentions du consul, prirent-ils le parti de se retirer, pour faire connoître qu'ils ne vouloient point avoir à se reprocher la mort d'un citoyen Romain par un décret du sénat. Les ennemis de Cicéron se promettoient de ne pas l'épargner, si l'on prenoit les voies de rigueur. Il sentoit lui-même que si le bien public demandoit le plus sévère châtiment, son intérêt particulier devoit le porter à l'indulgence. Cependant il étoit venu au sénat dans la résolution de faire le sacrifice de son repos à l'utilité générale. Lorsqu'il eut mis en délibération

délibération quel parti l'on devoit prendre à l'égard des conspirateurs. Silanus, un des consuls désignés, à qui on demanda le premier son avis, opina à la mort de ceux dont on s'étoit saisi ou dont on pourroit se saisir par la suite. Les sénateurs qui parlèrent après lui furent du même sentiment, jusqu'à Jules César qui pensa différemment et qui appuya son avis sur les raisons les plus spécieuses. Ces deux opinions partageant le sénat, il s'agissoit de savoir laquelle devoit être préférée. Celle de César avoit fait tant d'impression, que Silanus même balançoit s'il ne devoit point modérer la sévérité de la sienne. Les amis de Cicéron étoient d'autant plus portés à l'embrasser, qu'elle paroissoit la plus convenable à sa tranquillité, pour laquelle ils n'étoient pas sans inquiétude. Ce fut alors que se levant lui-même il prononça sa quatrième catilinaire, dans laquelle il expliqua ses sentimens avec toute l'habileté d'un excellent orateur et d'un grand homme d'état. En affectant de garder une exacte neutralité, et de peser également l'une et l'autre opinion, il laisse voir que son but étoit de faire pencher la balance en faveur du premier avis de Silanus,

Tome II.   E

qu'il regardoit comme un exemple de sévérité nécessaire dans les circonstances. Caton, tribun désigné, parla avec la plus grande force pour appuyer cet avis ; et son autorité termina les incertitudes de l'assemblée : le parti de la rigueur fut embrassé si universellement qu'on ne pensa plus qu'à rédiger le décret. Dès que le décret fut rédigé, le consul craignant que la nuit n'apportât de nouveaux obstacles, prit le parti de n'en pas différer un moment l'exécution. Lentulus, et les autres conjurés furent livrés à l'exécuteur de la justice qui les étrangla sur le champ. Cicéron fut reconduit à sa maison comme en triomphe, par tout le corps du sénat et par celui des chevaliers. Les rues de Rome étoient illuminées ; les femmes et les enfans se tenoient aux fenêtres ou sur le toit des maisons, pour le voir passer au milieu des acclamations de tout le peuple, qui lui donnoit le nom de sauveur et de libérateur. On étoit au cinq de décembre, nones fameuses, que Cicéron rappelle si souvent comme le plus beau jour de sa vie.

La nouvelle du supplice des conjurés jetta la consternation dans l'armée de Catilina. Cependant lui et sa troupe combattirent avec

un courage digne d'une meilleure cause : ils
furent défaits entièrement par Pétréius, lieutenant d'Antonius, qui se trouva alors attaqué
d'un violent accès de goutte ; ils périrent tous
sur la place sans qu'il en restât un seul. Telle
fut la fin de cette célèbre conspiration. Les
plus grands hommes de la république ne se
sauvèrent pas du soupçon d'y avoir eu quelque
part secrette, sur-tout Crassus et César, dont
les motifs n'étoient pas fort difflérens de ceux
des conjurés, et qui avoient eu peut-être de
plus qu'eux l'espérance de profiter de la confu-
sion, pour s'élever par la faveur du peuple au
pouvoir absolu.

Dans la première chaleur de la reconnoissance des Romains, Cicéron en reçut des
témoignages qui comblèrent ses désirs. Lucius
Gellius, qui avoit été censeur et consul,
déclara publiquement que l'état lui devoit la
couronne civique pour l'avoir sauvé de sa ruine.
Catulus lui donna le titre de *père de la patrie*
dans une assemblée nombreuse du sénat.
Caton l'ayant honoré du même nom à la tribune aux harangues, le peuple répondit par
des acclamations redoublées. Toutes les villes
d'Italie suivirent l'exemple de la capitale, en

lui décernant des honneurs extraordinaires ; et
Capoue l'ayant choisi particulièrement pour
son protecteur, lui fit élever une statue dorée.
Avant de sortir de charge, Cicéron fit accorder
les honneurs du triomphe à Lucullus, qui les
sollicitoit depuis plusieurs années, et qui,
après les avoir obtenus, prit le parti de vivre
éloigné des affaires publiques. Il fit décerner
dix jours d'actions de graces solemnelles à
Pompée qui avoit purgé les mers des brigands
maritimes, et qui venoit de terminer la guerre
d'Asie par la ruine et la mort de Mithridate. Il
ne restoit à Cicéron pour terminer le cours de
sa magistrature, que de résigner le consulat
dans une assemblée du peuple, et de protester
avec le serment d'usage qu'il avoit rempli
fidélement ses devoirs. Cette cérémonie étoit
ordinairement accompagnée d'une harangue du
consul ; et l'on devoit s'attendre qu'après une
telle année de la part d'un orateur tel que
Cicéron, le discours répondroit à la grandeur
des objets. Mais Métellus Népos, un des nouveaux tribuns, déclara qu'il ne lui permettroit
point de haranguer le peuple, ni de prononcer
autre chose que le serment d'usage. L'orateur
sans se déconcerter, leva aussitôt la voix pour

prononcer le serment ; mais au lieu d'employer la formule commune, il jura d'une voix assez forte pour se faire entendre de toute la multitude qu'il avoit sauvé Rome et la république de leur ruine. L'assemblée reçut ce serment avec des acclamations unanimes, et applaudit à la vérité de son affirmation solemnelle. Ainsi l'insulte que lui avoit préparé le tribun ne fit que tourner à sa gloire. Il fut conduit du Forum à sa maison par une foule de citoyens qui firent retentir toute la ville de leurs applaudissemens. Dans cette même année nâquit Octave, connu depuis sous le nom d'Auguste, qui, par une politique non moins artificieuse que cruelle, devoit consommer cette ruine de la république que Cicéron avoit retardée de plusieurs années par la sagesse et la fermeté de ses conseils.

La qualité de consulaire à laquelle Cicéron se trouvoit réduit, étoit regardée comme le premier titre de Rome après celui des grandes magistratures, et formoit l'ordre de citoyens le plus distingué. Ils avoient au sénat un banc qui leur étoit propre. Ils donnoient leur avis les premiers et c'étoit ordinairement leur opinion qui décidoit de toutes les autres. Comme ils avoient passé par toutes les charges de l'état et qu'ils connois-

soient toutes les branches de l'administration,
leur expérience ne pouvoit manquer de leur
donner beaucoup d'autorité. Ajoutons que
n'ayant rien de plus relevé à se proposer pour
leur fortune, ils étoient regardés non-seulement
comme les plus habiles, mais encore comme
les plus désintéressés de tous les sénateurs.
Cette situation convenoit parfaitement au
caractère et aux désirs de Cicéron. Il n'aspiroit
ni au gouvernement des provinces ni au commandement des armées. Le centre de toutes
ses vues étoit le sénat et le forum, pour y
veiller à toutes les parties de la république, et
pour diriger toutes les délibérations vers le bien
général de l'état.

Si les grandes actions de son consulat lui
avoient acquis beaucoup de considération,
elles lui avoient aussi suscité une foule
d'ennemis et d'envieux. Le tribun Métellus
Népos continua à le poursuivre. Ayant à tous
momens occasion de haranguer le peuple, il
se permettoit sans cesse d'outrager publiquement Cicéron pour avoir ôté la vie à des
citoyens sans aucune forme de procès. Il étoit
soutenu dans ses invectives par Jules César,
qui aspirant à la souveraine puissance, s'efforçoit

d'affoiblir l'autorité du sénat auquel Cicéron se montra constamment dévoué. Le parti du sénat eut d'abord l'avantage, et César, alors préteur, fut obligé de fléchir. Dans ce même tems Cicéron publia contre Metellus une harangue fort véhémente dont il parle dans ses lettres sous le titre de *Metellina*. Il l'avoit prononcée au sénat pour répondre à celle que Metellus avoit adressée au peuple, et Quintilien la cite souvent comme une pièce qui existoit encore dans son siècle. Il n'avoit pas négligé, en quittant le consulat, d'envoyer à Pompée le récit particulier de son administration, autant pour prévenir les mauvaises impressions de la malignité de ses ennemis, que pour tirer de lui quelque déclaration par écrit à l'honneur de sa conduite. Mais Pompée, qui avoit déjà reçu par Metellus et César des informations peu avantageuses, lui fit une réponse très froide, sans y mêler un seul mot qui eût rapport à l'affaire de Catilina. Cicéron lui en marqua sa peine par une lettre, en termes néanmoins qui font assez connoître combien il craignoit d'irriter un homme si considéré dans la république que tous les partis s'empressoient de lui faire leur cour.

E 4

Quelque tems après la défaite de Catilina, on entreprit à Rome de nouvelles recherches contre ses complices. Beaucoup de citoyens, d'un rang distingué, furent convaincus, et bannis rigoureusement, les uns par contumace, d'autres d'après un jugement formel. Publius Sylla, accusé de brigue comme Antonius et condamné comme lui, fut cité de nouveau en justice par le jeune Torquatus, comme ayant trempé dans les deux conjurations de Catilina. Hortensius et Cicéron le défendirent. Nous avons encore le plaidoyer de celui-ci qu'on doit regarder comme un de ses beaux discours.

Un événement remarquable, qui arriva vers la fin de cette année, suscita à Cicéron un ennemi bien plus redoutable et bien plus furieux que Métellus. Publius Clodius, questeur de cette année, et par conséquent membre du sénat, profana les mystères de la bonne déesse. Issu d'une des premières familles de Rome, il avoit une belle figure, de l'esprit et une grande facilité de parler; mais il étoit réellement aussi vicieux, aussi pervers que Cicéron le dépeint dans plusieurs de ses harangues. Pompéia, femme de César, avec laquelle il avoit une intrigue, célébroit cette année

dans sa maison les mystères respectables de la
bonne déesse. Le scrupule alloit si loin pour
en écarter les hommes, que s'il s'en trouvoit
un portrait dans le lieu de l'assemblée, on le
couvroit avec soin pendant la cérémonie. Cette
scène parut propre à Clodius pour satisfaire
ses inclinations dissolues. S'étant déguisé en
femme, il espéra qu'à la faveur de sa figure,
et par le secours d'une esclave de ce sexe, il
pourroit sans être reconnu s'introduire auprès
de celle qu'il aimoit. Une erreur entre lui et son
guide l'ayant fait tomber au milieu d'autres
femmes esclaves, il fut trahi par le son de sa
voix. Ces femmes poussèrent aussitôt des cris
qui alarmèrent toute l'assemblée ; et les matrones
effrayées d'une si horrible impiété, jettèrent un
voile sur les sacrés mystères. Une aventure si
scandaleuse répandit l'étonnement et l'horreur
dans toute la ville. Le peuple étoit consterné
de la profanation des plus saints mystères de
la religion. Ceux dont les vues étoient plus
relevées, déploroient la corruption de la discipline et des bonnes mœurs. César répudia sa
femme ; et les honnêtes gens de tous les ordres
demandèrent que le coupable fût puni sans
ménagement, moins peut-être pour venger la

bonne déesse, que pour se délivrer d'un
citoyen qui, par cette entreprise et par quantité
d'autres actions de même nature, sembloit
annoncer tous les maux qu'il étoit capable de
causer à l'état. Après bien des délibérations
dans le sénat, il fut décidé que. Clodius seroit
jugé par une commission extraordinaire. Toute
la défense de Clodius se réduisit à prétendre
qu'il étoit absent de Rome au moment où on
l'accusoit d'être entré dans la maison de César.
Il produisit des témoins qui affirmèrent avec
serment qu'il étoit alors à Intéramne, c'est-à-
dire à deux ou trois journées de Rome. Mais
Cicéron, qui fut appellé en témoignage,
déposa que le même jour Clodius lui avoit
rendu une visite à sa maison. César, qui paroissoit le plus intéressé dans cette affaire,
ayant été interrogé à son tour, répondit qu'il
n'en avoit aucune connoissance; et lorsqu'on
lui demanda ce qui l'avoit porté à répudier sa
femme, il dit ce mot si connu, que la femme
de César ne devoit pas être soupçonnée. Peut-
être prévoyoit-il quel seroit le succès du jugement; et dans les vues qu'il avoit déja formées
pour l'avenir, il vouloit ménager un homme
du caractère de Clodius, dont il espéroit beau-

coup de service. Sans entrer dans tous les détails
de cette cause fameuse , je me contente de dire
que Clodius vint à bout de corrompre les juges
et de se faire absoudre.

C'est au commencement de l'année suivante,
sous le consulat de Marcus Pupius Piso et de
Marcus Valérius Messala, que Cicéron prononça
ce plaidoyer connu pour la défense du poëte
Archias , son ancien maître. Il se promettoit de
la muse d'Archias l'immortalité pour récompense de ce service ; et c'est Archias qui doit
la perpétuité de son nom au plaidoyer de son
élève.

Ce fut alors que Pompée revint à Rome ,
chargé de gloire , et comme au sommet de sa
fortune et de sa réputation ; on assuroit que
venant à la tête de son armée , il étoit résolu
de se servir de ses forces pour s'emparer du gouvernement. S'il l'eût entrepris , le succès ne
paroissoit pas incertain. Il n'avoit pas même de
résistance à craindre , et le secours de ses troupes lui auroit été peu nécessaire. César et le tribun Métellus , qui n'avoient point alors d'autre
ambition que de le servir , l'invitoient à saisir
une occasion si favorable. Mais Pompée avoit
trop de modération pour suivre de semblables

conseils ; et loin de chercher à se rendre le tyran de sa patrie, il ne pensoit qu'à se conserver le rang de premier citoyen de Rome, que personne n'auroit osé lui disputer : le cours de sa fortune et de sa gloire n'ayant été troublé ni par le sénat ni par le peuple, il n'entretenoit aucun sentiment de vengeance qui pût l'engager dans des desseins violens. Il étoit même persuadé que les désordres qui alloient chaque jour croissant dans la ville, forceroient bientôt tous les partis de le créer dictateur ; et du caractère dont il étoit, il aimoit beaucoup mieux devoir cet honneur au choix volontaire de ses concitoyens qu'à la violence. Ainsi toutes les craintes se dissipèrent à son arrivée. A peine eut-il mis le pié dans l'Italie qu'il congédia ses troupes, avec ordre seulement de se trouver à Rome pour son triomphe. Ce triomphe dura deux jours, la magnificence en fut proportionnée à l'éclat de ses exploits ; par ses dernières victoires, il avoit fort étendu les bornes de l'empire dans le continent de l'Asie. Outre les royaumes de Pont, de Syrie, et de Bithynie, qu'il avoit réduits à la condition des provinces Romaines, il avoit rendu tous les autres rois et toutes les nations de l'Orient jusqu'aux bords du Tigre, tributaires de la république. Entre ses conquêtes il s'empara de la ville de Jérusalem, à l'occasion d'un différend qui s'étoit élevé pour la couronne entre les deux frères Hircan et Aristobule. Cicéron et le sénat faisoient un parti dans la république ; le parti populaire faisoit tous ses efforts pour empêcher Pompée de s'unir au sénat : il eut d'autant moins de peine à réussir que Pompée étoit un peu jaloux de Cicéron. Cependant le vainqueur de Mithridate frappé d'une très-belle harangue que fit dans le sénat le sauveur de Rome, prit du moins avec lui les dehors de l'amitié. Quintus Cicéron qui, soutenu par le crédit de son frère, marchoit à grands pas derrière lui dans la carrière des honneurs, obtint cette année le gouvernement de l'Asie, après avoir été préteur de Rome l'année précédente.

Cicéron avoit composé en grec, dans le style et suivant la méthode d'Isocrate, les mémoires de son consulat. Il mit cette année la dernière main à son ouvrage, pour l'envoyer à Atticus, en le priant, s'il en étoit satisfait, de le publier à Athènes et dans les autres villes de la Grèce. L'honneur qu'il recueillit de ces mémoires lui fit composer sur le même plan un poëme latin en trois livres, qui étoit la continuation de son histoire jusqu'au tems de son exil. Mais il attendit long-tems à le publier. Rien n'est parvenu jusqu'à nous du premier ouvrage : il ne nous reste du second qu'un petit nombre de fragmens répandus dans ses autres écrits. Les trois livres étoient dédiés à trois muses, et Quintus son frère, qui faisoit beaucoup de cas de ce poëme, le fit souvenir, dans une occasion, du discours de Jupiter à Uranie, qui se trouvoit à la fin du livre de ce nom. Cicéron publia vers le même tems un recueil des principaux discours qu'il avoit prononcés durant son consulat, sous le titre de *harangues consulaires*. Il en fit un volume séparé, comme Démosthène avoit fait des ses philippiques. Les deux premières étoient contre la loi agraire de Rullus, l'uue prononcée au sénat, l'autre devant le peuple. (1) La troisième regardoit le tumulte qui s'étoit élevé au sujet de la loi d'Othon. La quatrième étoit la défense de Rabirius. La cinquième avoit été prononcée pour les enfans des proscrits ; la sixième, lorsqu'il s'étoit démis

_____

(1) Il nous en reste deux adressées au peuple ; à moins qu'on ne regarde la seconde que comme une suite de la première et comme en faisant partie.

du gouvernement de la Gaule. Les quatre sui-
vantes concernoient l'affaire de Catilina ; et le
volume finissoit par deux pièces fort courtes au
sujet de la loi agraire. De ces douze harangues,
la troisième , la cinquième , la sixième et les
deux dernières , sont entièrement perdues , et
quelques-unes des autres sont venues jusqu'à
nous fort imparfaites. Il publia aussi dans le
même tems une traduction en vers latins des
Phénomènes d'Aratus (1). Il ne nous reste que
deux ou trois petits fragmens de cet ouvrage.

Mais il étoit appellé par les conjonctures à des
occupations plus tumultueuses. Clodius, dont
la haine cherchoit depuis long-tems à se satisfaire par une vengeance éclatante, commençoit
à manifester le système qu'il avoit médité. Son
projet étoit de parvenir au tribunat, et d'employer tous ses efforts dans cette magistrature
pour chasser Cicéron de Rome. Mais comme les
loix excluoient les patriciens du tribunat , sa
première démarche fut de se réduire au rang
des Plébéiens en se faisant adopter par une

(1) Aratus, poëte du tems de Ptolémée Philadelphe.
Son poëme sur l'astronomie , intitulé *les phénoménes*,
étoit estimé des anciens.

maison Plébéienne. La chose dépendoit du peuple ; et Clodius n'auroit pu réussir s'il n'eût été soutenu par César et Pompée. Ces deux hommes étoient ambitieux , mais chacun selon leur manière. César se proposoit d'envahir la souveraine puissance par la force ; Pompée auroit desiré que le peuple la lui offrît de lui-même. Tous deux estimoient dans Cicéron ses talens distingués et ses principes de vertu patriotique : sans être ses ennemis, ils lui étoient opposés , et bien décidés , ou à le faire entrer dans leurs vues , ou à permettre qu'il fût écarté s'il s'y refusoit. César étoit revenu de son gouvernement d'Espagne , qu'il avoit obtenu en quittant la préture. Sa conduite politique et ses talens militaires lui avoient fait une égale réputation. S'il avoit conquis des nations barbares par la force des armes , il les avoit civilisées par la sagesse de ses loix ; et satisfait d'avoir étendu l'empire Romain jusqu'à l'Océan , il revenoit à Rome pour solliciter le double honneur du triomphe et du consulat. Ces deux prétentions étoient incompatibles ; l'une rendoit sa présence nécessaire dans la ville, l'autre l'obligeoit d'en être dehors. S'étant donc apperçu que le sénat n'étoit pas disposé à violer la loi en

sa

sa faveur, il préféra le solide au brillant, **et**
prit le parti de sacrifier le triomphe au consulat.
Il auroit bien voulu se choisir un collègue ;
mais il fut obligé de prendre Bibulus, homme
d'un zèle ferme, capable d'arrêter tous ses ambitieux projets. Crassus avoit cherché à devenir
son ami pour se mettre en état de tenir tête à
Pompée dans l'administration. Mais César, qui
faisoit depuis long-tems sa cour à Pompée, qui
travailloit à le detacher du parti de Cicéron et
du sénat, voyoit bien que, dans les conjonctures,
son union avec Crassus ne le conduiroit pas à
son but, s'il n'engageoit Pompée à se lier avec
eux. Ainsi, sous prétexte d'accorder Pompée
et Crassus qui avoient été constamment ennemis,
il forma le projet d'une triple ligue, par laquelle
ils s'obligeroient tous trois à soutenir récipro-
quement leurs intérêts, et à ne rien entreprendre que de concert. Voilà ce qu'on appelle com-
munément le premier triumvirat, et ce qui
n'étoit en effet qu'une pernicieuse conspiration
des trois plus puissans citoyens de Rome, pour
arracher par la violence ce que les loix ne leur
permettoient pas d'obtenir. Le principal motif
de Pompée étoit de faire confirmer ses actes
pendant le consulat de César ; celui de César,

de travailler pour sa propre gloire en contri-
buant à celle de Pompée ; et celui de Crassus,
de prendre enfin , par le secours de Pompée
et de César, un ascendant auquel il ne pouvoit arriver par ses propres forces ; ce fut pour
fortifier cette union par des nœuds encore plus
étroits que César donna Julie sa fille en mariage
à Pompée. Il n'y avoit point de conditions
auxquelles les triumvirs ne se fussent soumis
pour faire entrer Cicéron dans leur ligue. César
sur-tout fit tout ce qu'il put pour le gagner par
l'entremise de Balbus leur ami commun. Mais
Cicéron étoit aussi éloigné de prêter l'oreille
aux propositions de César , dont les intentions
lui avoient toujours été suspectes , que d'entrer
dans une ligue qu'il détestoit. Pompée lui paroissant des trois le meilleur citoyen , celui dont
le caractère étoit le plus doux et le plus traita-
ble , il se figura qu'une liaison séparée avec lui
suffiroit pour le mettre à couvert de la malignité de ses ennemis. Cependant il y trouvoit des
difficultés : s'opposant au triumvirat, il ne pouvoit espérer de bien vivre avec Pompée ; et s'il
entreprenoit de servir tout à-la-fois le sénat
et les triumvirs, il voyoit non-seulement la perte
de son crédit, mais sa ruine presque infaillible.

Entre deux extrémités si dangereuses, il prit le
seul parti qui convient au sage, de garder un
tel tempérament que, sans manquer à la république, il n'oubliât pas ses intérêts particuliers. Tel fut le systême de politique auquel il
déploroit souvent que la nécessité des conjonctures l'eût forcé.

Clodius ne s'étoit pas refroidi sur le projet
de son adoption. Les triumvirs observoient les
mouvemens de Cicéron pour régler leurs mesures sur sa conduite. Caïus Antonius, son collègue dans le consulat, avoit été accusé à son retour de Macédoine qu'il avoit gouvernée. Notre
orateur entreprit en vain la défense d'Antonius
qui fut jugé coupable et condamné à un exil
perpétuel. Dans son plaidoyer, il fit sur l'état de
la république des réflexions, que rapportèrent
à César des personnes malveillantes qui ne man-
quèrent pas de les envenimer. César assembla
aussi-tôt le peuple ; et soutenu de Pompée
en qualité d'augure, il fit passer l'acte d'a-
doption de Clodius dans toutes les formes,
trois heures après le plaidoyer de Cicéron,
sans être arrêté par les oppositions de Bibulus. Il fit encore passer, malgré les oppositions du même Bibulus, une loi agraire, qu'il

avoit préparée pour faire distribuer les terres
de la Campanie à vingt mille pauvres citoyens.
Sept Tribuns , dont Vatinius étoit le chef ,
gagnés par ses largesses , se prêtoient à toutes
ses vues. Bibulus fut si indignement maltraité,
et le sénat sur ses plaintes témoigna tant de
foiblesse , qu'il prit le parti de se renfermer
dans sa maison jusqu'à la fin de son consulat,
sans exercer d'autres fonctions de sa place que
de publier des édits. César et sa faction res-
tèrent donc maîtres du champ de bataille. Il
saisit une occasion d'obliger les chevaliers en les
faisant affranchir d'un engagement ruineux qui
excitoit depuis long-tems leurs plaintes. Dans
une autre assemblée , il engagea le peuple
à ratifier par une loi spéciale tous les actes de
Pompée , c'est-à-dire , tout ce qu'il avoit fait,
réglé, ordonné, dans les provinces dont il avoit
eu le commandement. Lucullus dont Pompée
avoit pris à tâche de changer et de renverser
toutes les ordonnances, s'étoit opposé jusqu'alors
à la confirmation de ces actes ; mais il fut
enfin obligé de céder à une force supérieure.

Sourd à toutes les propositions de César, et
inébranlable dans ses principes, Cicéron s'étoit
retiré à sa maison d'Antium , où étoit la plus
grande partie de ses livres, s'amusant à l'é-

tude, ou à compter, dit-il, les vagues de la
mer. Il avoit formé, à la prière d'Atticus, le
plan d'un systême de géographie ; mais il en fut
bientôt rebuté par la sécheresse du sujet, qui
ne lui parut susceptible d'aucun ornement. Le
même ami lui ayant demandé deux harangues
qu'il avoit nouvellement prononcées, il lui répondit qu'il en avoit déchiré une, et qu'il ne
communiqueroit pas volontiers l'autre, parce
qu'elle contenoit les louanges de Pompée qu'il
auroit desiré de pouvoir rétracter. Dans l'humeur noire qui le dominoit, son penchant l'auroit porté à composer des invectives. Il jetta
même par écrit quelques traits dans ce genre,
dont il parle sous le nom d'anecdotes, et qui
étoient apparemment l'histoire secrette de son
tems ; entreprise qui ne devoit pas être sans
danger, puisqu'il marque à Atticus que cet ouvrage étoit dans un style encore plus satyrique
que celui de Théopompe (1), et qu'il ne pouvoit être communiqué qu'à un ami.

Clodius, ayant surmonté les obstacles qu'on
avoit opposés à son adoption, commença sans

(1) Théopompe, disciple d'Isocrate, avoit composé, entre autres ouvrages, des histoires qui sont
perdues : il étoit, dit-on, porté à la satyre.

perdre un moment à briguer le tribunat. Le
bruit se répandit qu'il s'étoit élevé quelque différend entre lui et César. Mais les événemens
firent bientôt reconnoître que cette apparence
de querelle n'avoit été qu'un artifice ; ou que ,
s'il étoit arrivé entre eux quelque altération ,
elle n'avoit pas été plus loin qu'il ne falloit
pour tromper Cicéron et tous ceux qui étoient
sans défiance , ou pour servir à diminuer nombre d'obstacles que Clodius devoit appréhender
pour son élection. Cicéron retourna donc à
Rome sur cette nouvelle flatteuse. Si , dans le
rang qu'il occupoit , la bienséance ne lui permettoit pas de renoncer absolument aux affaires
publiques , il prit du moins la résolution de n'y
donner que les soins dont il ne pouvoit se dispenser , et de renouveller toute son ardeur pour
les exercices du barreau. Cette occupation étoit
plus populaire , et lui faisoit beaucoup d'amis ;
sans l'exposer à l'envie ni à la haine. Il eut la
satisfaction de voir sa maison aussi fréquentée
que jamais , son cortége aussi nombreux lorsqu'il paroissoit en public , et de maintenir sa
dignité , sinon avec l'éclat qui convenoit à ses
actions précédentes , du moins avec assez de
grandeur pour un tems d'oppression. Entre les
causes qu'il plaida cette année , il défendit deux

fois Aulus Thermus, et une fois Lucius Valérius
Flaccus, qui furent tous deux absous. Il n'est
échappé aux ravages du tems que le dernier de
ces trois plaidoyers, où les chagrins qu'il s'étoit
attirés nouvellement par la liberté de son style.
ne l'empêchèrent point de mêler plusieurs réflexions hardies sur le misérable état de la république. Flaccus avoit été préteur pendant le consulat de Cicéron. Il étoit accusé par le jeune
Lélius de vol et de rapine dans le gouvernement
d'Asie, qu'il avoit obtenu en quittant la préture.
Quintus Cicéron, qui lui avoit succédé dans
cette province, la gouvernoit depuis deux ans,
lorsqu'il reçut de son frère une lettre qui contenoit d'admirables avis pour son administration. Cette lettre existe encore, et doit être sans
cesse entre les mains d'un ministre de l'autorité
souveraine comme renfermant d'excellentes
règles de conduite.

Cependant les avantages de César augmen-
toient, comme il l'avoit prévu dès l'origine, à
mesure que la haine se fortifioit contre Pompée,
qui avoit perdu infiniment dans l'esprit du peuple. Au fond il étoit la dupe des deux autres
triumvirs ; au lieu que s'il s'étoit uni avec
Cicéron, et par conséquent avec le sénat,

la différence de leurs talens ne pouvant faire
naître entre eux aucune jalousie de puissance et
de gloire, il auroit concilié ses intérêts avec ceux
de la patrie, et se seroit vû regardé comme le
premier citoyen de Rome. Au contraire, par
son alliance avec César, il employoit toute son
autorité à se former un rival, dont la puissance
se trouva supérieure à ses forces quand il voulut
les employer pour la détruire. Le mécontentement du peuple parut néanmoins lui faire ouvrir les yeux. Il avoua son erreur à Cicéron,
qui le pressa de rompre avec César. Mais le
bonheur de César prévalut. Il arracha Pompée
à Cicéron ; et s'en étant rendu maître encore
une fois, il le lia si bien, qu'il étoit trop tard
quand Pompée entreprit de se dégager. Je supprime quelques intrigues et quelques violences
de César, pour lesquelles il se servit du ministère
de Vatinius, et d'un nommé Vettius. Le sénat
tenoit comme en réserve un moyen de le morti-
fier ; c'étoit de lui faire tomber à l'expiration de
son consulat quelque gouvernement de peu
d'importance. La distribution des provinces
appartenant aux sénateurs par un ancien usage
et par une loi expresse, le peuple n'avoit jamais
donné atteinte à cette prérogative, et la ven-

geance du sénat sembloit ainsi fort assurée.
Mais César , qui comptoit pour rien les droits
et les usages lorsqu'ils ne s'accordoient pas avec
ses intérêts , s'embarassa peu de nuire à un corps
dont il étoit membre ; et s'adressant au peuple
par l'organe du Tribun Vatinius , il fit passer
une loi sans exemple , qui lui accordoit pour
cinq ans la Gaule Cisalpine , avec l'Illyrie. Les
sénateurs voyant que toutes leurs oppositions
seroient désormais inutiles , ne firent pas difficulté de joindre encore la Gaule Transalpine au
gouvernement que César s'étoit procuré malgré
eux. Il leur en avoit fait lui-même la demande;
ils se hâtèrent de la lui accorder par un décret ,
de peur que recourant encore au peuple , il
n'établît trop bien une méthode si contraire à
leur autorité. Cicéron perdit alors dans Quintus
Métellus Céler un citoyen ferme qui auroit pu
le défendre contre les fureurs de son beau-frère
Clodius. Métellus venoit de gouverner la Gaule
Cisalpine , province qu'il avoit obtenue après
son consulat : il mourut dans la force de l'âge
d'une mort si subite qu'on crût y voir de la
violence. On soupçonna qu'il avoit été empoi-
sonné par Clodia son épouse , femme dissolue ,
dont l'attachement pour son frère étoit fort
suspect.

A peine Clodius fut il nommé Tribun qu'il commença à dresser ses batteries pour faire bannir Cicéron. Dans toute cette affaire on voit ce Tribun furieux suivre sa pointe avec vigueur, profiter de la faveur de Pompée et de César, gagner la multitude par plusieurs loix avant de porter celle qu'il vouloit diriger contre son ennemi. La conduite de Pompée est lâche et perfide ; il abandonne Cicéron après avoir promis de le soutenir : celle de César est plus franche et plus ouverte ; il se tient aux portes de Rome avec une armée, fait à Cicéron des offres obligeantes, et sur son refus, il laisse agir, il favorise même la rage de Clodius. D'ailleurs, il craignoit que la validité des actes de son consulat ne fût attaquée : elle le fut en effet, mais en vain ; et cette tentative inutile ne fit que le justifier de s'être attaché à un Tribun populaire. Les deux consuls, Pison et Gabinius, sourds à toutes les sollicitations, le sacrifient cruellement pour obtenir des provinces selon leurs desirs. Cicéron s'alarme trop promptément sur une loi dirigée, il est vrai, contre lui, mais dans laquelle il n'étoit pas encore nommé ; cette loi portoit que celui qui auroit fait mourir un citoyen sans les formes ordinaires de la justice,

seroit puni par l'interdiction de l'eau et du feu.
Les sénateurs et les chevaliers lui témoignent le
plus vif intérêt en prenant avec lui des habits
de deuil. Il auroit pu se défendre avec le secours
de ses amis et de tous les honnêtes gens ; mais
en bon citoyen , sur l'avis de Caton et d'Hortensius, il prend le parti de prévenir l'effusion
du sang , de céder à l'orage , et de se dévouer
volontairement à l'exil. La haine de Clodius
n'étoit pas satisfaite de l'exil volontaire de Cicéron. Il manquoit à sa vengeance d'y joindre
toutes les marques d'ignominie qu'il croyoit
capables de souiller la gloire d'un si grand
homme. Aussitôt qu'il est informé de son départ,
il convoque au Forum le peuple , c'est-à-dire ;
une foule de misérables à ses gages ; il leur fait
recevoir pour bannir nommément Cicéron ,
une loi dont cet orateur dans plusieurs de ses
discours attaque et le fond et la forme. Outre
cette loi , il en fit recevoir bientôt un autre , qui,
suivant son traité avec les consuls , étoit comme
le prix et le salaire de la première. Elle accordoit aux deux consuls les provinces de Syrie et
de Macédoine , avec le nombre des troupes et la
quantité d'argent dont ils auroient besoin. Ces
deux loix ayant passé sans contradiction , Clo-

dius ne perdit pas un moment pour exécuter
celle de l'exil. Il commença par piller , brûler
et démolir les maisons que Cicéron avoit à la
ville et à la campagne. La meilleure partie des
meubles fut partagée entre les deux consuls.
Les colonnes de marbre de sa belle maison du
Palatium furent transportées publiquement chez
le beau-père de Pison , et les riches ornemens
de sa maison de Tusculum chez Gabinius, qui
s'en fit apporter jusqu'aux arbres. Et pour ôter
toute espérance que celle de Rome pût jamais
être réparée, Clodius consacra au service de la
religion le terrein qu'elle occupoit, et fit bâtir sur
les ruines un temple à la liberté. Cicéron , dans
plusieurs de ses plaidoyers , peint des traits les
plus forts , la joie et la cupidité de ses ennemis ,
l'affliction des siens, les persécutions qu'on leur
suscite , les périls qu'ils courent pour leur vie ,
la ruine , le pillage et la dispersion de sa fortune.

Il ne manquoit rien , sans doute , à la vengeance de Clodius ; mais il lui restoit encore
d'autres passions à satisfaire. Il avoit eu quelques mécontentemens particuliers de Ptolémée
roi de Chypre , il publia contre lui une loi également injuste et violente , par laquelle non-
seulement il le privoit du trône , mais il confis-

quoit tous ses biens , et réduisoit son royaume
en province Romaine. Il eut même la satisfaction de charger de l'exécution de cette loi , et
d'éloigner pour tout le reste de son tribunat, le
vertueux Caton. Cicéron emploie tout l'art de
son éloquence pour excuser celui-ci d'avoir
prêté son ministère à cette injustice ; mais il
étoit en effet inexcusable , et tout son mérite
alors fut d'avoir rempli sa commission avec le
plus parfait désintéressement.

Nous avons dans plusieurs discours de Cicéron le détail de toutes les loix que l'audacieux
Tribun fit recevoir ou abolir : nous laissons
ce détail pour suivre dans sa fuite cet illustre exilé. Au sortir de Rome , il se transporta à
Vibon , ville d'Italie, où il s'arrêta quelque tems
chez un de ses amis intimes. Ce fut-là qu'il reçut une copie de la loi qui portoit sa condamnation , et qui fixoit son exil à une distance de
quatre cents milles. Jusqu'alors ses projets s'é-
toient tournés vers la Sicile ; mais en arrivant
près de cette isle, il reçut du préteur Virgilius
une défense absolue d'y mettre le pié. Il fut si
touché de se voir refuser un asyle par un homme
qui étoit son ami, qui lui avoit d'importantes
obligations, qui jusqu'à ce tems avoit été dans

le même parti et dans les mêmes principes, qu'il ne pût jamais effacer de sa mémoire cette perfidie ou cette lâcheté, qu'il se la rappelloit toujours avec amertume. Après avoir passé par plusieurs villes où il fut reçu avec toutes les marques de respect et de déférence, il arriva à Dyrrachium. Là ayant été informé que les restes de la conjuration de Catilina étoient répandus dans l'Achaïe et dans les autres parties de la Grèce, il prit la résolution de gagner la Macédoine avant qu'ils sussent son arrivée. Il étoit sûr d'y trouver un ancien ami, Cnæus Plancius, qui en étoit alors questeur, et qui n'eut pas plutôt appris son débarquement qu'il vint en effet au-devant de lui jusqu'à Dyrrachium. Il le conduisit dans son palais de Thessalonique, où il lui prodigua les témoignages de l'amitié la plus tendre et du dévouement le plus généreux. Ne dissimulons pas ici que Cicéron dans son exil montre trop d'affliction, trop d'abattement, trop d'impatience de revenir : il se plaignoit de lui-même, il se plaignoit de ses amis qui lui avoient conseillé de quitter Rome, il regrettoit de n'avoir pas tenu jusqu'au bout ; dans son humeur chagrine il s'en prenoit à tout le monde. Cependant il avoit pris le parti le plus sage et le plus honnête, comme il le reconnut souvent lui-même depuis son retour.

Il ne s'étoit guère passé plus de deux mois depuis son absence, lorsque le tribun Ninnius, dont le zèle ne s'étoit pas refroidi, eut le courage de proposer son rappel dans une assemblée du sénat, et de demander que la loi de Clodius fût examinée. Tous les sénateurs applaudirent à cette proposition. Il n'y eut d'opposant parmi les tribuns qu'Ælius Ligus ; ce qui n'empêcha pas néanmoins que le sénat d'un accord unanime ne suspendît toutes les affaires, jusqu'à ce que les consuls eussent rapporté celle de Cicéron. Vers le même-tems Quintus son frère étant arrivé à Rome, au retour de son gouvernement d'Asie, y fut reçu avec des témoignages éclatans de respect et d'estime. Clodius commençoit à perdre son crédit : ses derniers succès avoient fait monter son insolence au comble ; il avoit été jusqu'à outrager Pompée, qui pensa aussitôt à faire rappeller Cicéron, autant pour réprimer l'arrogance de Clodius, que pour rétablir son propre crédit, et se réconcilier avec le sénat et le peuple. Le tribun devenu furieux ne craignit pas d'aposter pour assassiner Pompée, un esclave qui fut saisi avec un poignard : il signala ses violences au point que Pompée prit le parti de ne plus paroître au sénat et au forum , tout le tems que Clodius occuperoit le tribunat. Il se retira dans sa maison , où il affecta de se tenir renfermé , sans autre communication qu'avec ses plus intimes amis.

Malgré le vœu du sénat et son empressement, malgré les sollicitations des amis de Cicéron et toutes leurs démarches, on ne put rien faire pour son rappel pendant le tems où Gabinius et Pison furent consuls. Dès que les nouveaux consuls , Publius Cornélius Lentulus Spinther, et Quintus Métellus Népos , furent entrés en exercice , on s'occupa sérieusement de cette affaire. L'un étoit intime ami de Cicéron ; l'autre, quoiqu'anciennement son ennemi, avoit laissé entrevoir qu'il ne s'opposeroit pas à son rétablissement. Tout le sénat, Lentulus , Pompée , Milon , Sextius , et beaucoup d'autres , agirent avec tant de vigueur , que la faction clodienne , après bien des efforts , après les derniers excès de sa rage , fut enfin obligée de se tenir tranquille. Rome toute entière et toutes les villes de l'Italie se mirent en mouvement pour le rappel d'un seul homme, rappel qui fut décidé dans l'assemblée la plus nombreuse qu'on eût jamais vue depuis que Rome existoit. Plusieurs·

de

de ses harangues nous offrent le tableau du concours extraordinaire d'hommes et de femmes qui vinrent à sa rencontre de toutes les villes de son passage, et de Rome en particulier. J'appréhende, dit-il, lui-même, qu'on ne me soupçonne d'avoir souhaité ma disgrace pour obtenir un rétablissement si glorieux.

Troisième époque de la vie de Cicéron ; depuis son retour à Rome jusqu'à la mort de César.

Le retour de Cicéron, que nous avons marqué comme la troisième époque de son histoire, devint pour lui comme l'origine d'une nouvelle vie. C'est le nom qu'il lui donne lui-même, parce qu'elle devoit être gouvernée par de nouvelles règles, et fondée sur de nouveaux principes de politique. Cependant comme il n'étoit pas capable de renoncer à son ancien caractère, c'étoient deux objets qu'il falloit accorder. L'expérience ne lui avoit que trop appris dans quelles mains résidoit la principale autorité, et combien il y avoit peu de fonds à faire sur les partisans du sénat. Pompée en dernier lieu l'avoit servi de bonne foi, et César même avoit contribué à son rétablissement ; il

se voyoit donc obligé par le double motif de
la gratitude et de son intérêt propre , à leur
marquer plus d'amitié et de confiance. D'un
autre côté, le sénat, les magistrats , les honnêtes gens de tous les ordres , s'étoient déclarés
pour lui avec un empressement extraordinaire ;
le consul Lentulus avoit porté le zèle pour
un illustre ami jusqu'à faire juger qu'il s'étoit
proposé son rappel comme le but et la gloire
de son administration. Cet admirable accord
des partis opposés , cette ardeur commune à
s'employer pour sa cause , lui imposoit une
diversité d'obligations , qui devoient se choquer infailliblement, et donner quelquefois de
l'exercice à son habileté pour les concilier. Sa
sûreté , son honneur , ses devoirs privés et
publics, n'y devoient rien trouver à combattre.
Telle étoit la perspective que ses grandes lumières lui faisoient embrasser d'un coup d'œil.
Tels devoient être les motifs et les ressorts de
sa vie nouvelle ; et la nécessité de marcher
ferme au travers de tant d'écueils n'étoit pas un
léger embarras.

Son premier soin, lorsqu'il fut revenu et
qu'il eut été remercier les dieux au capitole ,
fut d'adresser des remerciemens au sénat et au

peuple. Nous avons encore les deux harangues ;
mais les critiques ne sont pas d'accord sur celle
qui a été prononcée la première. L'heureuse
conclusion d'une affaire si importante rendit
au sénat la liberté de vaquer aux affaires
publiques. Il s'en présenta une qui demandoit
toute son attention, et qui étoit si pressante
qu'on ne pouvoit différer à s'en occuper. Le
blé et les autres provisions de la ville ayant
diminué considérablement par la multitude
d'étrangers que l'intérêt de Cicéron avoit attirés
de toute l'Italie, la cherté devint excessive.
Clodius ne laissa point échapper une si belle
occasion d'exciter de nouveaux troubles, ni
celle de chagriner Cicéron en lui attribuant la
misère publique. Après plusieurs actes de violence de Clodius et de sa troupe, qui sont
enfin repoussés, le sénat s'assemble au capitole.
Cicéron ouvre l'avis, que Pompée soit chargé
de rétablir l'abondance à Rome, et que pour
le mettre en état d'exécuter promptement cette
commission, il soit revêtu d'un pouvoir illimité
sur tous les magasins publics de l'empire. Cet
avis est adopte sur le champ ; et l'assemblée
ordonne par un decret qu'on dressera une loi
qui sera présentée incessamment au peuple. Le

décret avoit été confirmé dans une assemblée
du sénat fort nombreuse; cependant, comme
il déplaisoit à quelques sénateurs, Clodius
crut pouvoir attaquer Cicéron en plein sénat;
il lui reprochoit d'avoir trahi les intérêts d'un
ordre auquel il devoit son rappel, pour faire sa
cour à un homme qui l'avoit trahi et abandonné.
Cicéron ne fut pas embarrassé pour lui répondre.
Il eut, dans un espace fort court, la satisfaction
de voir l'effet de sa loi répondre à ses espérances, par la diminution du prix des vivres
que les soins et le crédit de Pompée firent
apporter en abondance.

Il ne manquoit rien au rétablissement de
Cicéron du côté des honneurs et de la dignité;
mais ses affaires domestiques étoient toujours
dans le même désordre, et l'on n'avoit pas
réparé la ruine de ses maisons et de ses biens.
Les pontifes et les sénateurs décidèrent chacun
pour leur part, les uns que sa maison étoit
libre de toute consécration, les autres qu'on
lui délivreroit une somme sur le trésor. Nous
avons le plaidoyer qu'il prononça devant les
pontifes; c'est un des discours que les autres
et lui-même estimoient le plus. Après avoir
obtenu la restitution de sa dignité et de sa

fortune, il lui restoit encore à détruire les
monumens publics de sa disgrace. La loi de
son exil et les autres actes du tribunal de
Clodius étoient suspendus au capitole, gravés,
suivant l'usage, sur des tables de cuivre. Il
prit le tems de l'absence de Clodius, pour s'y
rendre avec une escorte de ses meilleurs amis,
et saisissant les tables il ne fit pas difficulté de
les emporter à sa maison. On ne peut s'empêcher de gémir sur le sort d'une république
où la violence faisoit tout. Un sénatusconsulte
ordonnoit que la maison de Cicéron seroit
rétablie ; cela n'empêcha point Clodius de se
jetter avec des hommes armés sur la maison de
Cicéron et sur sa personne, de détruire une
grande partie des ouvrages et de lui faire courir
des risques pour ses jours. Milon, un des plus
redoutables adversaires de Clodius, fut souvent
obligé de lui opposer la force, et ne put jamais
parvenir à le faire juger en justice réglée. La fin
de cette année fut remplie par quelques événemens peu remarquables, et l'on eut pour
nouveaux consuls Cnænéus Cornélius Lentulus
Marcellinus et Lucius Marcius Philippus. Ptolémée, roi d'Egypte, avoit été chassé du trône

Lentulus Spinther, par la posi-

G 3

tion de son gouvernement , étoit à portée de rétablir ce prince , et il auroit bien voulu être chargé de cette commission. Après bien des débats , il fut décidé qu'on laisseroit au roi le soin de se rétablir lui-même. Gabinius , qui étoit plus emporté , se chargea de l'entreprise ; il réussit , mais il se perdit dans l'esprit du sénat et du peuple.

L'élection des édiles avoit été fort retardée ; elle se fit enfin le 20 de janvier , et Clodius fut choisi sans aucune opposition. Il doit paroître étrange qu'un scélérat tel que Clodius , dont toute la vie n'étoit qu'une perpétuelle insulte contre toutes les loix divines et humaines , pût non-seulement se dérober aux châtimens de la justice , mais obtenir regulièrement tous les honneurs d'une ville libre ; et l'on seroit porté à soupçonner la fidélité de ceux qui nous ont peint ses folies et ses fureurs , si l'idée qu'ils nous en ont fait prendre n'étoit fondée sur des faits incontestables. Mais un peu de réflexion sur son caractère et sur le tems où il a vécu , peut apporter quelque éclaircissement à cette difficulté. En premier lieu, la splendeur de sa famille , qui, depuis la fondation de la république , avoit toujours eu la principale part à ses triomphes , servoit beaucoup à faire supporter des extravagan-

ces qui auroient. paru plus odieuses dans un autre. Ceux qui ont quelque connoissance de l'ancienne Rome , ne douteront pas de l'impression
que le seul mérite d'une si haute naissance devoit faire nécessairement sur le peuple. Cicéron
appelle les nobles de cette qualité , des préteurs
et des consuls nés où élus dès le berceau par
une espèce de droit héréditaire , des hommes
dont le nom suffisoit pour les élever aux premiers postes de l'état. Secondement les qualités
personnelles de Clodius étoient propres à
le faire aimer de la populace de Rome. Il
avoit dans l'esprit de la vivacité et de la hardiesse. Il parloit facilement en public. Il faisoit
de grandes dépenses ; et ce qui étoit encore
plus puissant sur l'esprit du peuple , il étoit
le premier de sa famille qui fût entré dans
le parti populaire , contre les maximes de ses
ancêtres qui avoient été constans défenseurs du
pouvoir aristocratique. Troisièmement le con-
traste même des factions opposées , dont chacune trouvoit quelque avantage à le soutenir,
contribua long-tems à sa sûreté. En tolérant
ses violences, souvent même en les excitant
sous main , les triumvirs rendoient leur pouvoir moins odieux , ou même nécessaire en

G 4

apparence , pour servir de frein aux emportemens de ce forcené. Que s'il arrivoit qu'elles
tournassent contre eux-mêmes , ils prenoient
le parti d'en souffrir quelque chose , plutôt
que de perdre un homme qui travailloit au
fond pour eux , et qui en répandant le trouble
dans la république , la forçoit en quelque sorte
de se jetter entre leurs bras. D'un autre côté ,
le sénat , pour lequel il n'y avoit rien de si redoutable que les triumvirs , étoit persuadé que
les témérités de Clodius pouvoient lui être de
quelque utilité pour troubler leurs mesures ,
ou pour susciter contre eux le peuple dans
les occasions qui demandoient ce secours.
C'étoit du moins un spectacle qui flattoit leur
chagrin , de voir quelquefois ce furieux insulter
Pompée en face. Enfin tous ceux qui portoient
envie à Cicéron , et qui souhaitoient la diminution de cette autorité , chérissoient secrètement un ennemi qui avoient employé toutes
ses forces pour le chasser de l'administration.
La réunion de toutes ces circonstances , de la
part de Clodius et de celle du tems , servit sans
doute à faire supporter des excès , qu'on n'auroit pas soufferts dans un autre citoyen , ni
dans une situation plus tranquille et mieux

réglée. Ces réflexions pleines de sens sont tirées de l'histoire de la vie de Cicéron , dont je ne me fais aucun scrupule de copier tout ce qui peut servir à mon but.

Clodius , n'étoit point accoutumé à négliger ses avantages. Dès qu'il fut nommé édile , il commença par accuser Milon du même crime dont Milon l'avoit accusé. Il le chargea comme coupable de violence publique et d'infraction des loix , en maintenant une bande de gladiateurs qui faisoient la terreur de la ville. Milon se présenta devant les juges accompagné de Pompée , de Crassus et de Cicéron. Pompée entreprit de plaider la cause de Milon ; mais à peine eut-il ouvert la bouche , que la faction Clodienne pousssant des cris et s'emportant en invectives s'efforça de l'interrompre ou d'empêcher qu'il ne fût entendu. Pompée étoit trop ferme pour se déconcerter. Il parla pendant trois heures , avec une présence et une liberté d'esprit qui força souvent ses ennemis mêmes au silence. Clodius s'étant levé pour lui répondre , le·parti de Milon fit tant de bruit à son tour , qu'il demeura troublé et confondu , sans pouvoir retrouver un mot de son discours ; cependant on distribuoit ou on jet-

toit dans l'assemblée des épigrammes et des
couplets sur lui, sur sa sœur, et on les réci-
toit publiquement avec des railleries qui le
rendirent furieux. Il se remit cependant ; et
sans reprendre le fil de son discours, il fit à la
populace des questions propres à animer l'un
contre l'autre Pompée, et Crassus. La chaleur
des chefs se communiqua si vivement à toute
leur suite, qu'on en vint aux coups avec la
dernière fureur. Les Clodiens commencèrent
l'attaque, mais ils furent repoussés vigoureuse-
ment par les gens de Pompée, et Clodius lui-
même fut chassé de la tribune. Voilà comme
se gouvernoit alors la république romaine. Il
y eut encore des violens débats au sujet de la
même affaire, qui fut renvoyée à un certain
tems, et dont l'on ne trouve plus par la suite
aucune trace.

Cicéron, embarrassé de se déterminer entre
les triumvirs et le parti qui leur étoit opposé,
s'absentoit ordinairement du sénat. Ainsi n'ayant
plus que la voie du barreau pour soutenir sa
dignité et son crédit dans la ville, il se rendit
à son ancien goût pour les plaidoyers, exercice honorable et populaire dans lequel il ne
craignoit pas de manquer jamais d'occupation.

Il se chargea de la défense de Lucius Bestia ,
qui , après avoir été rejetté de la préture dans
la dernière élection , fut encore accusé de brigue , et ne put éviter le bannissement malgré
l'éloquence et l'autorité de son défenseur.
C'étoit d'ailleurs un séditieux , dont les mœurs
étoient aussi dérégkes que les principes , qui
avoit toujours été l'ennemi de Cicéron , et qui
avoit été même engagé fort avant dans la conjuration de Catilina. Cicéron se plaignoit d'être
quelquefois obligé contre son inclination de
défendre certaines personnes qui meritoient peu
ce service , mais à qui d'autres considérations
ne lui permettoient pas de le refuser. A-peu-
près dans le même-tems il defendit avec plus
de plaisir et avec plus de succès Publius Sextius,
un des derniers tribuns. Le plaidoyer , que
nous avons encore , offre peu de choses sur le
fond de l'affaire , et beaucoup de réflexions sur
la république. Pompée assistoit à l'audience en
qualité d'ami de Sextius ; Vatinius y parut pour
faire contre lui diverses depositions. Cicéron
en prit occasion de le piquer par quelques railleries qui rejouirent l'assemblee. Au lieu de
l'interroge- , selon l'usage , sur les faits dont il
avoit déposé , il lui fi. une infinie de ques-

tions qui rappellèrent tous les désordres de son tribunat , et les circonstances les plus odieuses de sa vie. Ce discours contre Vatinius s'est conservé sous le titre *d'interrogations*.

César avoit été assez habile pour faire de Pompée l'artisan de sa puissance , d'une puissance qui ne tarda pas à l'écraser lui et la république : Cicéron n'ayant pu réussir à détacher Pompée de César , prit le parti de ménager César à cause de Pompée. Tel étoit son système de politique , qu'il avoit embrassé contre son gré , et qu'il ne suivoit que parce que la nécessité lui en faisoit une obligation. Il fit une démarche où il parut s'écarter de ce système ; mais il y rentra bientôt : et on le vit à la fin de l'année , dans un discours intitulé *sur les provinces consulaires* , demander que Pison et Gabinius fussent révoqués de leurs provinces , et César continué pour cinq ans dans les siennes.

Mais reprenons quelques faits que nous avons omis. Tullia , fille de Cicéron , qui étoit veuve depuis près d'un an , épousa en secondes nôces Furius Crassipès. On ne trouve rien qui fasse connoître la condition et le caractère de Crassipès ; mais les soins que Cicéron avoit apportés à ce choix, la dot qu'il donna à sa fille et les félicitations qu'il reçut de ses amis, font juger avantageusement de la naissance et de la fortune de son gendre. Nous ne parlons pas des chagrins domestiques qu'il éprouva de la part de sa femme, de sa belle-sœur et de son gendre. Il profita d'une intervalle de repos pour visiter ses maisons de campagne. Après avoir passé trois jours à Arpinum, il se rendit à ses maisons de Pompéi et de Cumes, d'où il revint par celle d'Antium, avec le dessein de s'y arrêter plus long-tems. Il l'avoit rebâtie depuis peu, et Tyrannion s'occupoit par ses ordres à ranger la bibliothèque, dont les restes, dit-il, étoient plus considérables qu'il n'avoit osé l'espérer après les malheurs qu'elle avoit essuyés. Ce fut là qu'il apprit que Gabinius ayant demandé au sénat, par une lettre, qu'on lui décernât des prières publiques pour quelques succès qu'il avoit obtenus, le sénat avoit rejetté la lettre et la demande.

Cette année fut fécondes en prodiges. Entre autres choses extraordinaires, dans plusieurs lieux voisins de Rome on entendit d'horribles bruits souterrains et des cliquetis d'armes. Ces terreurs alarmèrent la ville; et le sénat ayant

consulté les aruspices, en reçut les réponses
qui se lisent dans le discours de Cicéron intitulé , *sur les réponses des aruspices.* Dans les réponses se trouvoient ces paroles , *des lieux con-*
sacrés et religieux ont été employés à des usages
profanes. Clodius en prit sujet de se livrer contre Cicéron à de nouveaux emportemens. Il
prétendit dans une assemblée du peuple , que
l'article des lieux consacrés et religieux ne
pouvoit regarder que le terrein de sa maison ,
qu'il s'étoit fait rendre après une consécration
solemnelle pour l'appliquer à des usages
profanes. Cicéron répondit à Clodius , dès le
jour suivant , dans une assemblée du sénat.
Nous avons encore son discours qui est plein
de force et de chaleur. Il fut rappellé au barreau par deux causes considérables , l'une en
faveur de Cornélius Balbus , l'autre pour Marcus Cœlius. Les deux plaidoyers , existent ; le
dernier sur-tout est rempli de traits piquans et
agréables. D'après une lettre à Atticus , on croit
pouvoir rapporter à ce tems la composition
d'un petit poëme en l'honneur de César, que
Cicéron s'excuse de n'avoir pas communiqué
plutôt à son ami. La lettre explique le motif
qui lui a fait composer le poëme. C'est dans le

cours de la même année qu'il écrivit à Luccéius
cette lettre célèbre , où il le presse d'entreprendre l'histoire de ses actions. Luccéius étoit
un écrivain d'un mérite rare , qui venoit de
finir l'histoire de la guerre italique , et des
guerres civiles de Marius , avec le dessein de
la continuer jusqu'à son tems , et d'y faire entrer une relation particulière du consulat de
Cicéron. La lettre à Luccéius est fort belle :
plusieurs la citent comme un monument de
vanité de la part de son auteur. On doit convenir que Cicéron aimoit passionément la
gloire et les louanges ; il ne s'en cache pas lui-
même : mais il faut reconnoître aussi qu'il
cherchoit à les mériter par des actions utiles et
vertueuses.

Les regards et l'inclination du peuple romain
commençoient à se tourner vers César , qui
par l'éclat de ses conquêtes sembloit égaler
la réputation de Pompée , et le surpassoit déja
dans les affaires par l'établissement d'un crédit
dont il étoit redevable à une politique aussi
habile que ferme. Il passa l'hiver à Luques ,
où il reçut la visite d'une partie de la noblesse
romaine. L'amitié de Pompée et de Crassus
s'y renoua par son entremise ; et de concert il

formèrent le dessein d'envahir le consulat l'année suivante. Ils réussirent. L'an 698 de sa fondation, Rome eut pour consuls Pompée et Crassus. Cicéron se voyoit toujours avec peine obligé de s'attacher à des hommes puissans, de ne jouer qu'un second rôle, et d'agir souvent contre ses vrais principes. Il s'en expliquoit assez clairement avec son cher Atticus, et il se consoloit de sa peine avec ses livres. Pison revint à Rome avant Gabinius ; il quittoit sa province où il s'étoit fait haïr par mille exactions et mille cruautés. Son retour ne fut point très-glorieux. Dès la première fois qu'il parut dans le sénat, il attaqua Cicéron et porta contre lui des plaintes amères. Nous avons le détail de ces plaintes dans l'invective éloquente par laquelle Cicéron répondit à Pison, et le fit repentir sans doute de l'avoir attaqué. César continuoit ses conquêtes dans les Gaules, tandis que Pompée faisoit la dédicace de son théâtre avec les plus brillantes cérémonies et les fêtes les plus éclatantes. La province de Syrie, décernée à Crassus avec le commandement de la guerre contre les Parthes, une querelle de Cicéron avec lui qui fut terminée par une réconciliation, tels sont les derniers événemens

nemens d'une armée qui en offre très-peu. C'est dans le courant de cette année que Cicéron composa ses trois livres de l'orateur , regardés comme son plus bel ouvrage de rhétorique.

Lucius Domitius Ænobarbus , et Appius Claudius Pulcher succédèrent dans le consulat à Pompée et à Crassus. Il y eut encore très-peu d'événemens cette année. A peine les consuls furent entrés en charge , que les ennemis de Crassus l'attaquèrent sans ménagement ; ils vouloient que sa commission fût révoquée. Cicéron le défendit avec chaleur dans le sénat, et lui rendit cet ordre aussi favorable qu'il le désiroit. L'amitié entre lui et César s'étoit échauffée jusqu'à les mettre en correspondance régulière. Cicéron profita de cette amitié pour ses amis et jamais pour lui-même. Celui qui en tira de plus grands avantages fut le jurisconsulte Trébatius ; nous avons beaucoup de lettres de Cicéron qui lui sont adressées. César se fit un plaisir d'honorer dans toutes les circonstances Quintus Cicéro son frère. Il lui avoit donné la lieutenance générale de son gouvernement des Gaules ; il lui continua cette même place dans ses expéditions contre la Grande-Bretagne. Ce Quintus Cicéro joignoit au mérite militaire quelque talent pour la poésie. Il avoit composé quatre tragédies trop vîte pour qu'elles fussent bonnes ; il n'y avoit mis que seize jours. Ayant formé le plan d'un poëme sur l'expédition de Bretagne, il pria son frère de l'aider de ses conseils. On ne sait pas si le projet fut exécuté ; mais le poëme n'est point parvenu jusqu'à nous.

Pour Cicéron , quand les affaires de la ville le lui permettoient , il se retiroit dans ses campagnes pour s'y occuper de quelque ouvrage. Il y composa un traité politique en six livres sur la meilleure forme d'un gouvernement et sur les devoirs du citoyen. Le tems ne nous en a laissé que quelques fragmens , d'après lesquels on se forme une haute idée de ce qu'il nous a fait perdre. On y voit que Cicéron avoit entrepris de traiter avec autant d'exactitude que d'élégance les plus importantes questions de la politique et de la morale , telles que l'origine de la société , l'essence de la loi et du devoir , la différence éternelle du bien et du mal , les fondemens du bonheur public et particulier , etc. Il appelle lui-même ces six livres les garans de ses sentimens et de sa conduite. Scipion l'Africain , qui y paroissoit comme le premier in-

terlocuteur, et dont le rôle étoit de prouver
que le gouvernement romain l'emportoit sur
tous les autres, y racontoit, dans le sixième livre,
un songe dont le récit subiste encore; l'auteur y
prend occasion d'établir la réalité d'un état
futur et la doctrine de l'immortalité de l'ame ,
avec des traits si vifs et si agréables que ce mor-
ceau a servi de modèle à beaucoup d'hommes
habiles, pour tracer des leçons de morale et
de vertu sous l'image d'un songe. Il avoit envoyé
à César un poëme grec , en trois chants , sur les
événemens de son consulat. César en avoit
trouvé la première partie admirable , et même
égale à ce qu'il avoit lu de meilleur dans cette
langue ; mais le reste ne lui avoit point paru de
la même beauté et de la même force. Il commença à la prière de Quintus un autre poëme
en l'honneur de César ; et l'ayant abandonné
parce qu'il ne fut pas content de son ouvrage ,
il le reprit sur les instances du même Quintus
qui en avoit informé César, et l'acheva heureusement. Aucun de ces deux poëmes n'est parvenu jusqu'à nous. On sait qu'alors il plaida
plusieurs causes au barreau, dont il ne nous est
resté que les plaidoyers pour Cnæus Plancius et
pour Rabirius Posthumus. Le premier sur-tout

H 2

est recommandable par beaucoup de traits d'ur-
banité romaine. Les circonstances l'obligèrent
de défendre Vatinius et Gabinius : il défendit
l'un à la prière de César, et l'autre sur la sollicitation de Pompée. Gabinius avoit été accusé de
concussion au retour de sa province : il fut
condamné malgré l'éloquence de son défenseur.

Tandis que César étoit occupé de son expédition de la Grande-Bretagne, Julie sa fille et
femme de Pompée, mourut à Rome, en mettant au monde un fils, qui mourut peu de
tems après elle. Sa perte ne fut pas plus sensible
à son père et à son mari qui tous deux l'aimoient
tendrement, qu'à leurs amis communs et à
tous les partisans du bien public, qui regardèrent cette mort comme une source de nouveaux troubles dans l'état.

Sur la fin de l'année Caïus Pontinus triompha des Allobroges. Il avoit été préteur sous le
consulat de Cicéron ; et dans le partage des
provinces, il avoit obtenu le gouvernement de
cette partie des Gaules, qui, après avoir balancé dans la conjuration de Catilina, prit ensuite ouvertement le parti de la révolte. Vers
le même tems Cicéron accepta la lieutenance de
Pompée dans le gouvernement d'Espagne, gou-

vernement que celui-ci avoit obtenu après son
consulat , et pour lequel on voit qu'il ne partit
pas. Sur les instances de César et de Quintus son
frère , Cicéron se démit de la lieutenance. Les
brigues outrées des Candidats et les intrigues des
Tribuns, firent que la république se trouva sans
chefs au commencement de la nouvelle année.

Pendant un interrègne , qui dura six mois ,
il y eut des propositions jettées en avant pour
élire dictateur Pompée , qui affectoit de n'aspirer à rien : ces propositions ne furent goûtées de
presque personne ; et après bien des débats
qu'elles occasionnèrent , on éleva au consulat,
pour les six mois qui restoient, Cnæus Domitius Calvinus et Marcus Valérius Messala. Ce
fut durant l'interrègne que Cicéron commença
un commerce de lettres avec Curion, jeune
sénateur d'un mérite aussi éclatant que sa naissance , qui ayant été confié à ses soins en entrant dans le monde , étoit devenu questeur d'A-
sie. Il jouissoit d'un revenu immense depuis la
mort de son père. Cicéron qui lui connoissoit
assez d'élévation d'esprit et d'ambition pour faire
beaucoup de bien ou de mal à sa patrie, cherchoit
à l'engager de bonne heure dans les intérêts
de la république , et à lui inspirer du goût pour

la véritable gloire. Il vouloit le détourner sur-
tout de se livrer à d'inutiles dépenses , bien
persuadé que la prodigalité ne manque jamais
de faire de mauvais citoyens. L'événement jus-
tifia ses craintes. Curion , naturellement prodigue , donna un spectacle de gladiateurs , et s'é-
tant fait par ses profusions une réputation d'homme populaire qui dura quelques années , il se
trouva enfin réduit à la nécessité de se vendre
à César.

La première nouvelle qu'on reçut à Rome
après l'inauguration des nouveaux consuls , fut
celle de la mort déplorable de Crassus et de
Publius son fils , avec la relation de l'entière
défaite de l'armée romaine par les Parthes ;
le peuple romain ne considéra dans cette
disgrace que la perte d'une grande armée et le
danger qui menaçoit les frontières de l'empire.
Avec plus d'attention sur ses véritables intérêts,
il auroit regardé comme une plus grande infortune la mort de Crassus , qui lui causa néanmoins plus de joie que de douleur. Depuis la
mort de Julie , il ne restoit que lui pour modérer le pouvoir de Pompée et l'ambition de
César. Publius Crassus , qui périt avec son
père dans cette fatale expédition , étoit un jeune
homme du plus aimable caractère. Il n'avoit

rien manqué à son éducation. Ses qualités naturelles s'étant perfectionnées par la plus heureuse culture , il paroissoit propre à servir glorieusement la république dans toutes sortes d'emplois; c'étoit la seule force de son discernement
qui l'avoit attaché à Cicéron , et qui lui inspiroit pour ce grand citoyen tout le respect et
toute la tendresse dont la nature lui faisoit un
devoir pour son père. Cicéron n'avoit pas conçu
moins d'affection pour lui ; et découvrant dans
son cœur cette soif de gloire qui annonce les
plus belles destinées , il n'avoit pas cessé de
l'exhorter à suivre de si sublimes mouvemens ,
à les tourner comme ses ancêtres vers l'honneur
et le bien de sa patrie. La mort de Crassus laissoit une place vacante dans le collège des Au-
gures ; Cicéron se mit au nombre des concurrens. Il obtint la place sur la présentation de
Pompée et d'Hortensius.

On vit cette année , comme la précédente ,
les factions de la ville reculer l'élection des
consuls. Les Candidats , Titus Annius Milo ,
Quintus Métellus Scipio , et Publius Plautius
Hypsæus , poussèrent leurs intérêts avec une
violence et une brigue aussi ouvertes, que si le
consulat eût été le prix de l'audace la plus im-

pudente ou des plus énormes largesses. Clodius s'efforçoit d'un autre côté de parvenir à la préture, et n'épargnoit rien pour écarter du consulat Milon son mortel ennemi. Pompée n'étoit nullement favorable à Milon, qui, loin de lui faire sa cour, avoit toujours affecté une sorte d'indépendance, tandis que ses deux concurrens n'avoient rougi d'aucune espèce de soumission. Hypsæus avoit été questeur de Pompée et passoit ouvertement pour sa créature. Scipion lui étoit encore plus dévoué, et Cornélia sa fille, veuve de Crassus, étoit destinée à remplacer Julie. Cicéron n'en fut pas moins ardent à prendre les intérêts de Milon. Il lui devoit tant de reconnoissance pour son attachement et ses services, qu'il résolut de s'en acquitter à toutes sortes de risques. Le sénat et toutes les personnes du premier ordre étoient pour Milon. Il ne craignoit que trois Tribuns du peuple, qui s'étoient déclarés contre lui sans ménagement. Les sept autres lui étoient absolument dévoués, sur-tout Marcus Cœlius, qui le servoit avec une chaleur extraordinaire par égard pour Cicéron.

Mais dans le tems que ses affaires sembloient prendre un tour si favorable, et qu'il ne manquoit au succés que de presser l'élection, à laquelle aussi ses adversaires s'efforçoient par cette raison d'apporter toutes sortes d'obstacles, sa fortune présente et ses espérances pour l'avenir furent ruinées tout d'un coup par une malheureuse rencontre, où Clodius périt de la main de ses gens et par ses ordres. Le sommaire que j'ai mis à la tête du plaidoyer pour Milon, et le plaidoyer même offrent les détails principaux de cette affaire ; je renvoie à l'un et à l'autre, et je me contente de dire ici que Pompée, élu seul consul après un interrègne d'environ deux mois, fit juger Milon avec la dernière rigueur, que Milon fut condamné, et se retira en exil à Marseille ; que Cicéron, sans être effrayé de la puissance du consul, après avoir défendu avec courage son ami présent, lui rendit en son absence tout les services qu'il pouvoit attendre de son amitié.

Pompée, après avoir publié quelques loix utiles, déclara son collègue au consulat pour les cinq mois qui restoient, ce même Scipion qui avoit été un des compétiteurs de Milon. Cicéron, avant la fin de l'année, reçut quelque satisfaction par le bannissement de deux Tribuns ses ennemis, Quintus Pompeius Rufus et

Titus Munatius Plancus Bursa. On punissoit
mille violences qu'ils avoient exercées pendant
leur magistrature, et la part qu'ils avoient eûe
à l'incendie du sénat. Cœlius accusa le premier;
Cicéron, qui n'avoit jamais pris la qualité d'accusateur qu'à l'égard de Verrès, se fit celui de
Bursa. Cet insolent Tribun méritoit, par son
ingratitude, la vengeance d'un homme, qui
ayant pris autrefois sa défense, n'en avoit tiré
d'autre fruit que de la haine et des injures. Bursa
comptoit sur la faveur du consul, qui prit effec-
tivement assez d'intérêt à sa cause pour la plaider lui-même devant des juges qu'il avoit nommés : mais l'éloquence vigoureuse et l'adresse
de l'accusateur le firent condamner par les juges
d'une voix unanime. Il paroît que ce fut peu
de tems après la mort de Clodius que Cicéron
composa son traité des loix, à l'exemple de
Platon qu'il prenoit volontiers pour modèle.
Cet ouvrage devant servir de supplément ou de
second volume à son traité de la république,
étoit vraisemblablement distribué en six livres
comme le premier ; car on trouve dans les ancien auteurs quelques citations du quatrième
et du cinquième livre, quoiqu'il ne nous en
reste aujourd'hui que trois, qui sont même im-
parfaits.

Pompée avoit porté une loi contre la brigue, dont on espéra d'autant plus d'effet pour réprimer ce désordre qu'elle attaquoit le mal dans sa principale cause. Ce qui inspiroit tant d'ardeur pour s'élever aux dignités, c'est qu'on s'attendoit à obtenir quelqu'une de ces riches provinces, d'où l'on ne revenoit pas sans avoir assuré pour long-tems sa fortune. Pompée établit que les consuls et les préteurs ne pourroient posséder aucun gouvernement que cinq ans après l'expiration de leurs magistratures, et que, pendant les cinq ans d'exclusion, les provinces vacantes seroient distribuées entre les sénateurs consulaires et prétoriens qui n'avoient jamais eu de commandement étranger. Cette distribution devoit dépendre du sort. Ainsi dans le tems où Cicéron y pensoit le moins, il se trouva mêlé dans ce partage, et le hasard lui fit obtenir la province de Cilicie, qui étoit alors occupée par Appius, un des derniers consuls. Outre la Cilicie, cette province comprenoit la Pisidie, la Pamphilie, et l'isle de Cypre. On assigna au gouverneur, pour la garde ordinaire du pays, douze mille hommes de pied et deux mille six cents hommes de cavalerie.

Cette nouvelle disposition fut regardée de

Cicéron comme un événement si extraordinaire qu'il prit le parti de s'y soumettre. Le séjour de Rome, à la vérité, lui offroit depuis long-tems des objets assez désagréables pour lui en faire supporter l'éloignement sans une grande peine; ses dégoûts n'avoient fait qu'augmenter depuis la mort de Julie et de Crassus, par les craintes et les jalousies mutuelles que l'on commençoit à découvrir de jour en jour entre Pompée et César. Le sénat favorisoit Pompée; et ne pouvant perdre la confiance qu'il avoit au nom et à l'autorité d'un si grand homme, il se proposoit de le faire servir à rabaisser l'orgueil et l'ambition du vainqueur des Gaules. Mais un projet si important demandoit d'être entrepris avec plus de vigilance et pressé avec plus de vigueur. César, qui n'ignoroit pas qu'on pensoit à le rappeller de son gouvernement, étoit résolu de s'y conserver malgré ses adversaires. Il se reposoit sur la valeur et sur l'attachement de ses soldats. Une partie de ses troupes étoit déja dans la Gaule Cisalpine, prêtes à soutenir toutes les prétentions d'un général qui les avoit accoutumées à vaincre sous ses ordres ; et l'Italie commençoit à n'avoir plus pour perspective que les tristes approches d'une guerre civile.

Mais revenons à Cicéron , et voyons-le partir pour son gouvernement. C'est dans sa vie
une nouvelle scène : nous allons voir gouverneur de province et général d'armée celui
que nous avons vu jusqu'à présent tenir le
gouvernail de l'état dans Rome , ou faire éclater
son éloquence dans le sénat , devant le peuple
et dans les tribunaux. Je supprime tous les détails de son voyage , de son administration et
de son retour ; je crains d'étendre outre mesure l'abrégé de la vie d'un grand homme , qui
s'étend déjà beaucoup plus que je ne voulois.
Qu'il me suffise de remarquer que Cicéron
n'oublia pas en route le soin de s'instruire ;
qu'il s'arrêta quelque tems à Athènes ; que les
ornemens de cette ville , ses édifices, ses anti-
quités , la conversation de savans hommes
grecs et romains, furent un amusement dont il ne
se lassoit pas , et qu'il auroit préféré volontiers
à son gouvernement de Cilicie ; que dans sa
province il s'est conduit par-tout avec une intégrité et un désintéressement admirables; que,
loin de se permettre aucune exaction , il s'est
même souvent interdit de prendre ce que la loi
et l'usage lui permettoient de recevoir ; qu'enfin il a suivi exactement les grands principes

d'administration qu'il avoit tracés dans ses
écrits , armé d'une sévérité inflexible à l'egard
de ses officiers et de ses ministres qui osoient
s'en écarter. A la tête des troupes , sans avoir
le goût ni l'exercice de la profession des armes,
il s'est conduit avec autant d'activité que d'intelligence , il a remporté d'assez grands avantages pour obtenir de ses soldats le titre *d'imperator* et pouvoir prétendre aux honneurs du
triomphe. Voici le fragment d'une de ses lettres
à Atticus qui mérite d'être rapporté. « Je suis
» plein de confiance , lui écrit - il , et comme
» j'ai pris de bonnes mesures , j'espère que la
» fortune me secondera. Nous sommes campés
» près des frontières de la Cilicie , dans un
» poste fort avantageux , où nous avons des
» vivres en abondance , et où nous sommes
» maîtres des passages. Mon armée n'est pas
» nombreuse , mais elle m'est affectionnée , et
» elle sera bientôt doublée par celle de Déjo-
» tarus. Je suis plus sûr de nos alliés que ne
» le fut jamais aucun autre gouverneur , parce
» qu'ils sont charmés de ma douceur et de mon
» désintéressement. Je fais prendre les armes
» aux citoyens Romains qui sont dans cette
« province , j'établis des magazins de blé dans

,, les places ; enfin je suis en état de combattre
,, l'ennemi si j'en trouvé l'occasion , ou de
,, l'empêcher du moins de me forcer. Rassurez-
,, vous donc ; car je connois votre cœur , et
,, je vois d'ici les inquiétudes que je vous
,, cause ,,.

Pendant qu'il gouvernoit sa province , Tullia , sa fille , s'étant séparée de Crassipès son
second mari , s'étoit remariée à Publius Cornélius Dolabella , qui jouera bientôt un rôle
dans les guerres civiles ; caractère violent, téméraire , ambitieux , dévoué à César , livré au
plaisir et à la dépense qui avoit déja mis sa
fortune dans un grand désordre. Son adresse et
ses complaisances déterminèrent en sa faveur
Tullia et sa mère, que Cicéron avoit laissée maî-
tresse de régler ce mariage en son absence.

Avant de partir pour la Cilicie , Cicéron avoit
prié instamment ses amis de faire ensorte qu'on
ne l'y laissât point plus d'une année. En voyant
son année près d'expirer , il fut encore bien
plus impatient de se mettre en route pour
Rome , lorsqu'il apprit que les partis commençoient déja à se former , et que chacun
prenoit des engagemens suivant ses intérêts ou
son inclination. Pompée avoit pour lui le plus

grand nombre des sénateurs et des magistrats
avec les plus honnêtes gens de tous les ordres.
Du côté de César étoient tous les factieux et
tous les criminels, ceux qui avoient déjà souffert quelque punition, ou qui s'en étoient ren-
us dignes, la plus grande partie de la jeû-
nesse, la populace de la ville, quelques Tribuns, particulièrement tous les citoyens, dans
Rome et au dehors, qui étoient chargés de
dettes et dans l'impuissance de les payer. César
avoit terminé glorieusement la guerre des
Gaules et réduit cette grande province sous le
joug de la république. Mais quoique sa commission approchât beaucoup de sa fin, il ne paroissoit pas disposé à la quitter pour aller reprendre la qualité de simple citoyen de Rome.
Le consul Marcellus, un de ses plus ardens
ennemis, vouloit qu'on ne lui accordât point
ses nouvelles demandes, qu'on retractât même
ce qui lui avoit déjà été accordé. Sulpicius son
collègue, d'un caractère plus modéré, s'efforçoit de prévenir tout ce qui pouvoit donner
naissance aux prétextes d'une guerre civile.
Pompée n'avoit pas plus de penchant à la violence, et il étoit encore fort éloigné de craindre
les intentions de César.

De

De nouveaux consuls entrèrent en charge :
on s'attendoit que ces deux souverains magistrats n'étant pas moins ennemis de César qu'ils
étoient attachés à Pompée, on prendroit bientôt quelque résolution décisive sur l'affaire des
Gaules. Mais les intrigues de César firent avorter
tous les efforts qu'on tenta pour lui donner un
successeur. Claudius Métellus, un des consuls,
en ayant fait la proposition au sénat, on fut
surpris d'y voir mettre une puissante opposition
par Æmilius Paulus son collègue, et par le
Tribun Curion, que les libéralités de César
avoient déjà corrompus.

L'année de Cicéron étoit finie ; il remit sa
province à son questeur et partit aussitôt. Il
apprit dans la route la mort d'Hortensius, qui
l'affligea beaucoup en lui rappellant le souvenir d'une infinité de combats glorieux qu'il
avoit soutenus avec lui et contre lui au barreau.
Hortensius y régnoit absolument lorsque Cicéron y avoit paru la première fois ; et si le
charme d'une réputation si bien établie avoit
été l'aiguillon le plus pressant du jeune Cicéron,
les progrès brillans et rapides de celui-ci dans
la même carrière n'avoient pas moins servi à
réveiller l'ardeur d'Hortensius, et à lui faire

développer toutes les forces de son génie pour
soutenir ses avantages contre un si redoutable
rival. Une grande partie de leur vie se passa
dans cette noble émulation. Hortensius publia
diverses harangues , qui subsistèrent long-tems
après sa mort : cette perte mérite d'autant plus
nos regrets, qu'en nous privant des ouvrages
d'un orateur si célèbre , elle nous ôte le plaisir
de les comparer avec ceux de Cicéron , et de
juger de la différence des talens dans deux si
grands hommes. L'ardeur et l'émulation n'alla
jamais entre les deux rivaux jusqu'à leur faire
rompre les mesures communes de la politesse.
Au contraire s'accordant dans leurs principes
de politique et leur vie se passant dans les mêmes
sociétés , on auroit pu donner le nom d'amitié
à leur liaison , si Hortensius ne l'eût pas dé-
mentie par une conduite plus qu'équivoque
dans la disgrace de son digne émule. Il parut
trop clairement que la haine ou l'envie avoit
eu part à ses conseils. Le ressentiment de Cicéron se borna aux plaintes qu'il en fit à Atticus
leur ami commun , qui mit tout ses soins à les
empêcher de rompre ouvertement. Cicéron ,
dont le naturel étoit flexible , consentit de
bonne foi à renouer avec lui : il pleura sincé-

rement sa mort, non-seulement comme la perte d'un ami intime, mais comme un malheur public dans un tems où l'état avoit besoin de ses plus fidèles serviteurs.

Aucune ville ne put arrêter Cicéron dans son retour. Toutes les lettres qui lui venoient de Rome lui confirmoient la certitude d'une guerre à laquelle il ne pouvoit se dispenser de prendre part. Il falloit s'instruire des affaires publiques et pourvoir aux siennes. Rien n'égaloit son impatience. Cependant il ne désespéroit pas encore de la paix, et peut-être se flattoit-il qu'elle pourroit être son ouvrage. Personne n'avoit plus de raison que lui de former cette espérance. Pompée et César le recherchoient également, et se persuadoient chacun de leur côté qu'ils se l'étoient attaché : ils lui écrivoient avec toute la confiance de l'amitié et de l'estime. Cicéron eut une conférence avec Pompée, qui tâcha de le rassurer sur le succès de la guerre si l'on prenoit ce parti. Cela ne l'empêcha point de conserver des espérances d'accommodement, et de s'en tenir au projet qu'il avoit formé d'y employer tous ses efforts. Il se confirma dans cette résolution à mesure qu'il observa les dispositions des deux partis. Les gens de bien , comme on les appelloit , étoient mal unis entr'eux : la plûpart avoient quelques plaintes à faire de Pompée. D'ailleurs il entroit dans leurs sentimens trop d'emportement et de violence ; ils ne parloient que de perdre et d'anéantir leurs adversaires. Cicéron croyoit voir clairement et ne faisoit pas difficulté d'annoncer à ses amis que , de quelque côté que la fortune se déclarât , il falloit s'attendre à la tyrannie. La seule différence qu'il prévoyoit dans les suites de la victoire , c'est qu'en supposant l'ennemi vainqueur , on étoit menacé d'une proscription , et que le succès du bon parti n'exposoit Rome qu'à l'esclavage. Ainsi , quelque horreur qu'il eût pour la cause de César , il pensoit toujours qu'il valoit mieux consentir à toutes ses demandes que de remettre la décision de cette querelle au sort des armes. Des conditions de paix injustes lui paroissoient préférables à la plus juste guerre ; et lorsque depuis dix ans on n'avoit paru travailler qu'à fortifier César , il trouvoit ridicule qu'on pensât à se battre contre un homme auquel on s'étoit mis volontairement dans l'impuissance de résister.

Il étoit rempli de ces réflexions et de ces

vues lorsqu'il arriva aux portes de Rome. Le jour même de son arrivée, il tomba, dit-il, dans les flammes de la discorde civile, ou plutôt dans celles de la guerre ; car il la trouva presque ouvertement déclarée. Le sénat venoit de porter un décret par lequel il étoit ordonné à César de congédier son armée, sous peine d'être déclaré ennemi public. Deux tribuns, Marc Antoine et Quintus Cassius, ayant entrepris de s'y opposer, le sénat en étoit venu à sa dernière ressource ; elle consistoit à ordonner que les consuls et tous les autres magistrats veilleroient à ce que la république ne souffrît aucun dommage. Les deux tribuns et Curion se hâtèrent de se rendre au camp de César, sous prétexte qu'ils ne croyoient plus leur vie en sûreté dans la ville, quoiqu'on ne pensât point encore à les offenser.

Nous venons de parler d'un homme qu'il est à propos de faire connoître en peu de mots ; je veux dire Marc Antoine, qui doit jouer par la suite un si grand rôle. Il étoit d'une très noble et très ancienne extraction. Son grand père, aussi célèbre par son habileté que par son éloquence, avoit perdu la vie dans les proscriptions de Marius et de Cinna : son père, s'étant

deshonoré par la conduite qu'il avoit tenue
dans une des plus importantes commissions
de la république, étoit mort avec le caractère
d'un homme livré à toutes sortes de vices.
C'étoit le dernier de ces deux exemples que le
fils avoit choisi pour modèle. Dès sa première
jeunesse, il s'étoit jetté dans tous les excès de
la débauche, et ses folles dépenses consumè-
rent son patrimoine. Ses liaisons suspectes avec
le jeune Curion furent rompues par l'entremise
de Cicéron : et ce fut là le commencement de
cette haine, qui ne fit que se fortifier dans la
suite de sa vie par d'autres événemens. Le second
mariage de sa mère lui donna pour beau-père
ce même Lentulus qui fut puni de mort dans la
conspiration de Catilina. Elevé dans sa maison,
il ne dut pas y prendre des sentimens d'amour
pour Cicéron, et des principes favorables à la
liberté publique. Après avoir contracté à Rome
l'habitude de tous les vices, il alla faire ses
premières armes sous Gabinius, le plus débauché
de tous les généraux romains. Il en obtint le
commandement de la cavalerie ; et n'ayant
jamais manqué de courage et d'audace, il se
distingua par ses actions, se fit aimer des
soldats par certaines qualités, et même par ses

vices. Au sortir de cet emploi, évitant de
reparoître à Rome, où la multitude de ses
dettes lui faisoit redouter la vue de ses
créanciers, il se rendit auprès de César dans les
Gaules, refuge de tous ceux qui s'étoient ruinés
par le déréglement de leur conduite. Après avoir
passé quelque tems dans cette province, il se
vit en état, par les libéralités de César, de retourner à Rome pour solliciter la questure.
César le recommanda instamment à Cicéron,
en avouant les fautes de sa jeunesse, et en faisant mieux espérer à l'avenir de ses sentimens
et de sa conduite. Cicéron fut assez généreux
pour oublier d'anciens sujets de plainte. Antoine, que le désordre de ses mœurs n'empêchoit point d'avoir les inclinations nobles
et le cœur fort sensible, touché des bienfaits
qu'il en reçut, se déclara aussitôt contre Clodius dont il avoit jusqu'alors secondé les
desseins furieux. Elu questeur, il oublia bientôt ses principes de sagesse et de vertu : il se
hâta de rejoindre César, san savoir attendu le
décret du sénat qui devoit lui désigner sa
province. Il revint à Rome pour y solliciter
le tribunat. Son embarras de fortune n'ayant
fait qu'augmenter par ses folles dépenses, il

I 4

se vit forcé, à l'exemple de Curion, de se vendre sans réserve à César ; et pour nous servir du langage de Cicéron, il fut la cause de la guerre civile, comme Hélène l'avoit été de celle de Troie. On ne sauroit douter au moins que sa fuite n'en ait été le prétexte.

On sait comment César passa le Rubicon ; avec quelle activité et quelle intelligence il poussa la guerre ; avec quelle foiblesse se conduisit Pompée, par quelles fautes énormes il couronna toutes celles qu'il avoit déja faites et qui préparèrent sa ruine. Pour Cicéron, pressé par César et par ses amis communs ou d'embrasser son parti ou de rester neutre, sollicité par ses amis particuliers et par ses propres lumières à ne point se jetter dans un parti déséspéré, ce qui est prouvé par beaucoup de lettres de lui et des autres, il se rendit au camp de Pompée, près de Dyrrachium, où le conduisoient les sentimens d'honneur et de reconnoissance plutôt que le soin de ses intérêts et de sa conservation. S'il avoit embrassé le parti de la guerre avec répugnance, il n'y trouva rien qui ne fût propre à augmenter son dégoût ; les projets qu'on avoit conçus, ceux qu'on avoit déja mis en exécution, lui déplurent également:

il ne fut satisfait que de la cause. Dès les premiers jours il s'apperçut que les plus fidèles
amis de Pompée se perdoient eux et lui par
leurs conseils. Ils ne parloient que de combattre;
ils oublioient quel ennemi ils avoient en tête,
et la différence de leurs troupes à celles de
César. Cicéron entreprit de modérer cette
présomption, en leur représentant les hazards
de la guerre, les forces et l'habileté de leur
ennemi, l'apparence qu'il y avoit d'en être
battu si l'on s'engageoit légérement dans une
action décisive : mais ses remontrances furent
méprisées jusqu'à le faire accuser de lâcheté et
de foiblesse. Il commença bientôt à craindre
de s'être jetté imprudemment dans un parti si
téméraire. La première faute de Pompée avoit
été de quitter l'Italie ; la seconde, de ne point
se transporter en Espagne, où il auroit trouvé
plus de ressources et de meilleures troupes. Aussi
César disoit-il, en partant pour l'Espagne, qu'il
alloit combattre une armée sans général, pour
revenir ensuite contre un général sans armée.
Après la réduction de cette belle province, il
revint à Rome, où il fut créé dictateur par Marcus Lépidus, alors préteur ; et usant aussitôt du
droit de cette magistrature suprême, il se

nomma consul avec Publius Servilius Isauricus.

Lorsqu'on se battoit en Espagne, Cicéron, dans sa terre de Formiés, se livroit à des amusemens conformes à la position des affaires publiques et à sa propre situation, c'est-à-dire, tristes, solitaires, consistant en réflexions morales ou politiques sur les événemens. Il discutoit en grec ou en latin ces questions, si l'homme de bien peut demeurer dans sa patrie quand elle est tombée sous la puissance d'un tyran ; si toutes sortes de moyens peuvent être employés pour la tirer de la tyrannie, au risque de la ruiner entièrement : il discutoit ces questions et autres semblables. Quel génie actif qui, au milieu des troubles de l'empire et de ses peines d'esprit, ne pouvoit rester dans le repos !

Pour César, à peine fut-il revêtu des titres de dictateur et de consul qu'il partit pour aller chercher Pompée ; il le trouva à Dyrrachium, et l'y tint bloqué. Un désavantage assez considérable qu'il essuya en ce lieu, l'obligea de s'enfuir jusqu'en Macédoine, où Pompée ne tarda pas à le poursuivre. Pendant que la guerre s'échauffoit, Cœlius qui étoit à Rome, décoré de la préture, ayant voulu exciter une sédition en faveur de Pompée, conjointement

avec Milon qu'il avoit rappellé de Marseille,
ils furent tués tous deux par des soldats qu'ils
vouloient débaucher. Toutes les espérances de
paix s'étant évanouïes jusque dans l'esprit de
Cicéron, il revint aux conseils qu'il avoit
donnés à Pompée, de faire traîner la guerre
en longueur, et de ne pas s'exposer aux hasards
d'une bataille. Mais tous les partisans de la
république se figuroient la victoire si certaine
que l'impatience de combattre devint une passion aveugle qui gagna jusqu'à leur chef, et
qui les conduisit enfin à la fatale journée de
Pharsale. Cicéron ne s'y trouva point. Il étoit
demeuré à Dyrrachium, aussi mal de corps
que d'esprit. Mais il avoit promis à Pompée
de le suivre aussi-tôt que sa santé lui en laisseroit le pouvoir ; et pour gage de sa sincérité,
il lui avoit abandonné son fils, qui, dans un
âge fort tendre, se distingua à la tête d'un
corps de cavalerie dont le chef lui avoit confié
la conduite.

La déroute de Pharsale jetta dans le parti
de la république une telle consternation, qu'ils
ne pensèrent tous qu'à monter sur les premiers
vaisseaux qui se présentèrent, pour se disper-
ser, suivant leurs espérances ou leurs inclina-

tions , dans les différentes provinces de l'empire. Le plus grand nombre , composé de ceux qui vouloient renouveller la guerre, prit directement la route d'Afrique , où étoit le rendez-vous général de tous les restes de l'armée, tandis que les autres se retirèrent dans l'Achaïe pour y recevoir la loi des événemens. Quand à Cicéron , il regarda pour lui comme la fin de la guerre , une infortune à laquelle il ne prévoyoit aucun remède. Il exhorta ses amis à suivre son exemple, en leur représentant que ceux qui n'avoient pu vaincre César avec toutes leurs forces , ne devoient pas se promettre plus de fortune après les avoir perdues. Ainsi dépourvu de tout espoir , et rebuté d'une misérable campagne dont il n'avoit recueilli d'autre fruit que des chagrins continuels et la ruine de sa santé, il se livra sans hésiter à la discrétion du vainqueur. Il s'embarqua donc pour retourner en Italie et vint descendre à Brindes. Ce fut là qu'il apprit la triste catastrophe de Pompée en Égypte , où il se retiroit, ayant comblé de bienfaits le père du monarque qui occupoit alors le trône.

Aussi-tôt qu'on eut appris à Rome la mort de Pompée , César fut élu dictateur pour la

seconde fois en son absence, et Antoine général de la cavalerie. L'Egypte et l'Asie occupèrent
plusieurs mois César. Cicéron continua de demeurer à Brindes , dans une situation si désagréable , qu'elle lui paroissoit , dit-il , pire que
tous les supplices ; obligé d'attendre la décision d'un vainqueur contre lequel il avoit porté
les armes , craignant tout des partisans de ce
vainqueur, redevable de la vie à un Antoine
dont-il méprisoit la conduite infâme et les débauches crapuleuses, livré à mille réflexions af-
fligeantes, à mille inquiétudes accablantes, auxquelles se joignoient des chagrins domestiques,
réduit à souhaiter l'avantage d'un parti qu'il
détestoit , à redouter le succès d'un parti qu'il
chérissoit. Ce dernier parti, je veux dire le
parti républicain , avoit repris des forces en
Afrique , où il étoit soutenu de toute la puissance du Roi Juba. Tous les efforts de Curion,
qui avoit porté ses armes de ce côté après avoir
chassé Caton de Sicile , n'avoient abouti qu'à
la ruine de son armée , dans une action où
elle avoit été taillée en pièces , et où il
avoit péri lui-même sur le champ de bataille.
Afranius et Pétréius ayant recueilli les restes de
l'armée d'Espagne , étoient venus se joindre
aux autres troupes ; et toutes ces forces réunies

se trouvèrent si supérieures à celles de César, que les chefs parloient déjà de passer en Italie avant qu'il fût revenu d'Egypte. Le bruit s'en étoit répandu, et dans cette supposition Cicéron devoit s'attendre à être traité en déserteur : car tandis que César comptoit entre ses amis tous ceux qui ne s'étoient pas déclarés contre sa cause, et pardonnoit généreusement à ses ennemis qui lui marquoient de la soumission, les autres avoient fait publier qu'ils reconnoissoient pour ennemis tous ceux qui ne se rendoient pas dans leur camp.

Les idées noires que devoient inspirer à Cicéron son inquiétude et sa tristesse, furent enfin un peu éclaircies par une lettre de César, qui lui confirmoit dans les termes les plus tendres et les plus obligeans la possession de son rang et de ses distinctions, qui lui accordoit même la liberté de reprendre ses faisceaux et ses licteurs. Nous avons vu plus haut que, dans son gouvernement de Cilicie, Cicéron avoit obtenu de ses soldats, après quelques exploits, le titre d'*imperator* ; or en cette qualité il avoit le droit de faire marcher devant lui des licteurs avec leurs faisceaux. En revenant de sa province, il étoit arrivé aux portes de Rome pré-

cédé de licteurs dont les faisceaux étoient ornés
de lauriers. Car il se proposoit de demander les
honneurs du triomphe, qui lui auroient été
accordés si la guerre civile ne fût point surve-
nue. Le fils de Quintus et Quintus lui - même
avoient eu la bassesse de vouloir s'excuser auprès de César aux dépens de leur oncle et de
leur frère ; mais César avoit trop de grandeur
d'ame pour s'être arrêté à leurs discours. Loin
d'approuver leur procédé , on voit au contraire
qu'il ne leur accorda leur propre grace qu'à la
considération de Cicéron qui eut la générosité
d'écrire en leur faveur et de se charger de
leur faute.

Au reste , dès qu'il eut appris que César étoit
arrivé à Tarente, il quitta Brindes pour se présenter à lui dans sa route. On s'imagineroit aisément , quand il n'en feroit pas l'aveu dans ses
lettres, qu'il dût ressentir quelque trouble à
l'approche du vainqueur contre lequel il avoit
pris les armes ; et quoiqu'il pût se flatter d'en
être reçu favorablement , il ne savoit , dit-il,
s'il valoit la peine de demander une vie , sur
laquelle on ne pouvoit plus compter un moment
lorsqu'on l'avoit reçue d'un maître. César lui
épargna autant qu'il fut possible tout embarras.

'A peine l'eut-il apperçu, qu'il courut vers lui pour l'embrasser; et continuant de marcher ensemble, il lui parla long-tems avec beaucoup de familiarité. Délivré de toutes ses craintes, Cicéron prit le chemin de Rome, dans la résolution de s'y livrer à l'étude et d'attendre dans cette tranquille occupation que la république reprît une forme supportable. « Heureusement, ,, écrivoit-il à Varron, j'ai fait la paix avec ,, mes livres, qui n'ont pas été fort satisfaits ,, de me voir si long-tems oublier leurs pré- ,, ceptes. «

En arrivant à Rome, César nomme consuls pour les trois derniers mois de l'année qui restoient, Publius Vatinius et Quintus Tufius Calenus; et avant de quitter de Rome, pour se transporter en Afrique où étoit le fort de la guerre, il se nomme consul lui-même pour l'année suivante avec Marcus Lépidus.

Cicéron, qui n'espéroit rien d'heureux de l'un ni de l'autre parti, demeura ferme dans la résolution de mener une vie solitaire au milieu de ses livres. L'étude qui jusqu'alors n'avoit été que son amusement, devenoit l'unique consolation de sa vie. Il se lia plus étroitement que jamais avec Varron qui avoit depuis long-tems

les

payer. Mais César, fatigué de ses extravagances
et de ses débauches, étoit si éloigné de lui
accorder cette grace, que prenant le ton d'un
maître absolu, il envoya ordre à Plancus,
préteur de Rome, de lui faire payer tout ce
qu'il devoit. La guerre d'Espagne ayant fini par
la mort de Cnœus Pompéius, et par la fuite de
Sextus, César revint à Rome vers la fin du
mois de Septembre; et se dépouillant aussi-tôt
de la qualité de consul, il en revêtit pour le
reste de l'année Quintus Fabius Maximus et
Caïus Trébonius. Son triomphe fut magnifique,
mais fut mal reçu du peuple; il ne vit qu'avec
douleur une fête qui lui faisoit sentir la perte
de sa liberté et la ruine des plus illustres familles romaines.

' Sur les instances de ses amis, Cicéron quitta
le séjour de la campagne; et s'étant rendu à
Rome, il y trouva l'occasion, peu de jours
après l'arrivée de César, d'exercer son éloquence en faveur de son ami le roi Dejotarus.
Nous avons encore ce discours, dont Cicéron
paroissoit faire peu d'estime, peut-être parce
qu'il n'avoit pas réussi selon ses desirs. César,
pour témoigner à Cicéron toute la confiance
qu'il avoit en lui, s'invita lui-même à venir

passer un jour dans sa maison de campagne ,
et choisit pour cette partie le troisième jour des
fêtes saturnales , qui étoient un tems consacré
à la joie. Nous avons les détails de cette journée dans une lettre de Cicéron ; on y voit que
tout se passa de part et d'autre avec beaucoup
d'honnêteté et d'aisance. En général , voici quelle étoit la conduite réciproque de ces deux hommes. César ne pensoit à rien moins qu'à se défaire de son pouvoir ; et delà venoient les témoignages de considération et d'amitié qu'il
donnoit à Cicéron. Il s'efforçoit de rendre son
autorité douce et supportable à un citoyen dont
il connoissoit l'invincible aversion pour la
tyrannie. Il le redoutoit même , à ce qu'il semble : non qu'il le crût capable d'attenter à sa
vie ; mais il appréhendoit que ses insinuations ,
ses railleries et son autorité , ne fissent naître à
d'autres le dessein de quelque violence. D'ailleurs il auroit souhaité de pouvoir tirer quelque
témoignage public de son approbation , et de
se procurer dans ses écrits une espèce de re-
commandation à la postérité. Cicéron au contraire voyant que César ne faisoit rien pour le
rétablissement de la république , et que les
premières espérances dont il s'étoit flatté s'éva-

nouissoient de jour en jour, devint plus indif-
férent que jamais pour tout ce qui n'avoit point
de rapport à ce but. La liberté étoit la seule
condition qui pût lui faire accepter sincérement
l'amitié du vainqueur, et penser ou parler de
lui avantageusement. Il ne connoissoit rien hors
de là qu'il pût regarder comme une faveur,
puisque la recevoir d'un maître c'étoit faire ou-
trage à sa propre dignité, et déguiser sous de
fausses apparences une misère réelle. L'étude
étoit donc sa principale, son unique ressource:
il se croyoit libre tandis qu'il s'entretenoit avec
ses livres.

A l'ouverture de la nouvelle année, César se
revêtit pour la cinquième fois de la dignité consulaire, et choisit Antoine pour son collègue.
Il prit pour lui-même la place qu'il avoit promise à Dolabella; mais afin d'adoucir celui-ci,
irrité par ce manque de parole, il promit de
lui résigner sa place lorsqu'il partiroit pour aller faire la guerre aux Parthes. Il ne manquoit
rien à la gloire et à la puissance de César.
Il avoit reçu du sénat les honneurs les plus
extravagans que la flatterie puisse inventer,
un temple, des autels, des prêtres. Son image

avoit été portée dans les processions publiques
avec celles des dieux : sa statue étoit placée
entre celles des rois. On avoit donné son nom
au septième mois de l'année : on venoit de le
nommer dictateur perpétuel. Il sembla jaloux
de recevoir le titre de roi , et c'est là ce qui pré-
cipita sa fin. On sait le jeu concerté entre lui
et Antoine. Vêtu de sa robe triomphale , il
étoit assis sur une chaire d'or , dans la tribune
aux harangues , pour jouir du spectacle des
courses ; le consul Antoine , qui célébroit les
lupercales (1) , s'avance avec plusieurs de ses
compagnons, vient lui offrir le diadême royal,
et tente de le lui mettre sur la tête. Mais cette
entreprise ne fut reçue de toute l'assemblée
qu'avec un profond gémissement. César , qui
s'en apperçut, rejetta aussi-tôt les offres d'Antoine , et son refus lui attira des acclamations
universelles.

Il alloit partir pour son expédition contre
les Parthes , lorsqu'il fut assassiné par une
troupe de conjurés dont les chefs étoient Mar-

(1) *Lupercales* , fêtes en l'honneur du dieu Pan.
Ceux qui célébroient ces fêtes , couroient nuds par
toute la ville , avec des fouets de peaux de chèvres ,
dont ils frappoient tous ceux qu'ils rencontroient.

cus Brutus et Caïus Cassius. Je ne raconterai
point les détails de cette conjuration fameuse ;
ils sont assez connus par l'histoire. César,
comme on sait, fut assassiné dans le sénat :
Cicéron étoit présent à sa mort ; il lui vit recevoir le coup mortel, et pousser les derniers
soupirs.

Quatrième époque.de la vie de Cicéron ; depuis la
mort de César jusqu'à la sienne.

Nous entrons dans la quatrième et dernière
époque que nous avons marquée pour la vie
du grand homme que nous tâchons de bien faire
connoître. Nous allons le voir sans aucun'titre
tenir le gouvernail de la république, la conduire et la défendre au milieu des dernières
tempêtes qui viennent l'assaillir, et après de
généreux efforts succomber enfin et s'ensévelir
avec elle.

Le tyran n'étant plus, Cicéron devenoit le
premier citoyen de Rome, c'est-à-dire, le plus
puissant et le plus respecté, par le crédit qu'il
avoit également auprès du sénat et du peuple.
Les conjurés avoient de lui cette opinion.
Aussi, après avoir percé le sein de César,

Brutus appella-t-il à haute voix Cicéron en
levant son poignard sanglant, pour le féliciter
du rétablissement de la liberté. Il paroît certain et démontré que Cicéron n'avoit aucune
connoissance du projet des meurtriers de César,
qu'il n'eut aucune part à ce meurtre, mais on
voit en même tems qu'il pressentoit et qu'il
desiroit cette fin de la tyrannie. La première
faute des conjurés fut d'avoir épargné Antoine;
la seconde, de s'être fié à lui, de lui avoir
laissé le tems d'acquérir des forces, et de se
rendre redoutable. Ils s'étoient retirés dans le
Capitole avec une grande partie du sénat; Cicéron, qui les y avoit suivis, leur conseilla dès
le premier moment, de tirer avantage de la
consternation des amis de César. Il vouloit que
Brutus et Cassius, en qualité de préteurs, con-
voquassent régulièrement l'assemblée du sénat,
et qu'on y portât quelques décrets vigoureux
pour assurer la tranquillité publique. Mais
Brutus trouva trop d'emportement dans ce
conseil. Il se crut obligé de garder plus de respect pour l'autorité du consul; et se flattant
qu'Antoine pouvoit être ramené à des vues
aussi vertueuses que les siennes, il proposa de
lui députer quelques sénateurs pour l'exhorter

à la paix. En vain Cicéron combattit cette idée ;
en vain fit-il sentir, qu'il n'y avoit point de
sûreté à traiter avec Antoine ; qu'il s'engage-
roit à tout tant qu'il seroit dominé par la
crainte, mais qu'après le péril il reviendroit à
son caractère et n'exécuteroit rien. Le sentiment
de Brutus prévalut : Cicéron demeura ferme
dans son opinion et ne quitta point le Capitole. Il laissa même passer les deux premiers
jours sans voir Antoine. Celui-ci effrayé s'étoit
retiré dans sa maison où il se tenoit caché :
mais quand il vit la tranquillité et la modération des conjurés, il reprit de la hardiesse, et
sortit de son asyle. Il ne pensoit qu'à se saisir
lui-même du gouvernement ausssi-tôt qu'il
en auroit la force, et sous-prétexte de venger
la mort de César, à perdre ceux qu'il croyoit
capables de s'opposer à son projet. Mais il usa
d'abord de beaucoup de dissimulation, et il
engagea à en user aussi Lépide qui étoit aux
portes de Rome avec une armée, prêt à partir
pour son gouvernement d'Espagne. Toutes ses
réponses furent douces et modérées ; il pro-
testa que son inclination le portoit à la paix,
et qu'il ne formoit des vœux que pour le rétablissement de la république. Deux jours se

passèrent à répéter de part et d'autre les mêmes protestations , avec toutes les apparences
de la sincérité et de l'amitié ; et le troisième
jour Antoine fit assembler le sénat , pour régler
les conditions et les confirmer par un acte so-
lemnel. Dans cette assemblée, Cicéron proposa d'abord , à l'exemple d'Athènes , pour
jetter les fondemens d'une paix durable , d'accorder une amnistie générale. Tout le monde
applaudit à cette proposition. Antoine ne parla
que de paix , que de remède aux maux de
l'état ; il proposa d'inviter les conjurés à venir
prendre part aux délibérations , en offrant de
livrer son fils pour gage de leur sûreté. A
cette condition , ils descendirent tous du Capitole , et la confiance parut renaître entre les
deux partis. Brutus soupa le même soir avec
Lépide , Cassius avec Antoine ; et le jour finit
par les acclamations de toute la ville , qui crut
sa liberté bien affermie et couronnée d'une
heureuse paix.

Sous prétexte d'amour de la paix , Antoine
avoit demandé que les actes de César fussent
confirmés par un décret du Sénat. La demande
fut faite et expliquée avec un tel air de candeur , qu'elle fut accordée sans qu'on fit assez

d'attention à l'usage pernicieux qu'on en pouvoit faire. Cicéron déplore l'imprudence des
conjurés, qui ruinèrent leur cause en donnant
à leur ennemi le tems de se remettre de sa
frayeur, et d'assembler assez de forces autour
de lui pour les faire consentir malgré eux à
divers décrets. On en porta un en faveur des
soldats vétérans, qui étoient armés pour le
soutenir; on en rendit un autre beaucoup plus
étrange, pour célebrer de magnifiques funérailles en l'honneur de César. Antoine, qui
regardoit cette cérémonie comme la plus favorable occasion d'enflammer l'esprit du peuple,
et de susciter de l'embarras au parti répabli-
cain, avoit déja pris de justes mesures pour
en assurer le succès. Son entreprise fut conduite
avec tant d'adresse, que, dans l'affreux tumulte qu'il excita, Brutus et Cassius eurent
beaucoup de peine à garantir leurs maisons et
leur vie de la fureur du peuple, ou plutôt de
la populace. Car il ne faut pas s'imaginer,
suivant l'erreur commune, que ces violences
vinssent de l'indignation des citoyens contre
les meurtriers de César, ni que le spectacle de
son cadavre sanglant, et l'éloquence d'Antoine, qui fit son oraison funèbre, eussent

diminué l'aversion du peuple pour la tyrannie.
Il est certain au contraire , qu'après sa mort
comme pendant sa vie , César n'obtint que la
haine des Romains. Il n'avoit pu , dans tout
le cours de son règne , leur arracher la moindre marque de faveur et d'approbation. Sa mémoire ne leur devint pas plus chère et plus
respectable ; et dans toutes les occasions où
leurs véritables sentimens purent éclater , telles
que les fêtes publiques et les spectacles , ils
firent toujours connoître que Brutus et Cassius
avoient réellement leur affection et leur estime.
Ce ne fut donc que l'artifice d'Antoine et les
intrigues de ses partisans qui suscitèrent un si
dangereux tumulte dans les funérailles de César.
Les séditieux n'étoient qu'un mélange confus
d'esclaves , d'étrangers et de la plus vile populace , gens vendus à la faction d'Antoine ,
qui s'étoient préparés à la violence contre des
citoyens pacifiques dont la plûpart étoient sans
armes et mettoient toute leur confiance dans la
justice de leur cause.

Cette première preuve de la perfidie d'Antoine étoit un avis assez clair pour les conjurés.
Ils comprirent enfin qu'ils n'avoient pas de fond
à faire sur ses promesses, ni de sûreté à espérer

dans une ville où il étoit le plus fort, s'ils
n'obtenoient du sénat une garde pour leur défense. Ils la demandèrent ; mais pour augmenter leurs alarmes, Antoine les fit avertir que,
dans la fureur où ils voyoient les soldats et la
populace, il croyoit leur vie fort en danger.
Cet avis qui leur fut répété plusieurs fois par
des voies secrètes, leur fit prendre enfin la résolution de quitter Rome. Trébonius se retira
dans son gouvernement d'Asie, dont il commençoit à craindre que les intrigues d'Antoine
ne le fissent dépouiller. Décimus Brutus se rendit par la même raison dans la Gaule Cisalpine,
pour s'y fortifier contre tous les évènemens,
et se mettre en état, à si peu de distance de
Rome, de secourir et d'encourager les partisans de la liberté. Marcus Brutus se renferma
avec Cassius dans une de ses terres, proche de
Lanuvium, pour observer les mouvemens de
leurs ennemis, et délibérer ensemble sur leur
propre situation.

Dès que les conjurés se furent éloignés,
Antoine reprit le masque de la modération ; et
feignant de regarder les dernières violences
comme l'effet du hasard ou de l'emportement
d'une vile populace, non-seulement il parla

de Brutus et de Cassius avec les plus grandes marques de respect, mais il affecta de proposer au sénat divers actes vraiment utiles, qui sembloient partir d'un cœur passionné pour la paix. Entre plusieurs décrets qu'il avoit déjà dressés, il en offrit un par lequel le nom et le pouvoir de dictateur étoient pour jamais abolis. La sincérité de ses intentions parut si bien prouvée par une semblable ordonnance, que le sénat ne lui répondit que par des applaudissemens ; et non-seulement le décret passa sans contradiction, mais on arrêta qu'Antoine seroit remercié au nom de l'assemblée. Après le départ de Cassius et de Brutus, il resta si peu d'espérance à Cicéron de pouvoir résister aux forces du consul, qu'il se détermina aussi à quitter Rome, en se plaignant dans toutes ses lettres que l'occasion de rétablir la république avoit été manquée par l'indolence de ses amis. « Les ides de Mars, disoit-il, n'ont rien pro- » duit d'agréable que le spectacle du jour. Il » n'a rien manqué à la vigueur de l'action, » mais elle n'a été soutenue que par des con- » seils puérils ». En traversant la campagne, il observa sur son passage la satisfaction que tout le monde ressentoit de la mort de César. « Il

» n'y a point d'expressions , écrivoit-il à Atti-
» cus, qui puissent vous représenter les témoi-
» gnages de joie qui éclatent de toutes parts.
» On vient au-devant de moi , on m'envi-
» ronne , on veut entendre de ma bouche le
» récit de ce qui s'est passé au sénat. Mais
» quelle est à présent notre politique ? que
» notre conduite offre de contradictions !
» Comment pouvons-nous craindre ceux que
» nous avons terrassés , défendre les actes de
» ceux dont nous approuvons le châtiment ,
» souffrir que la tyrannie subsiste après la des-
» truction du tyran, et voir la république anéan-
» tie après le rétablissement de la liberté? » Antoine garda encore quelque tems avec la république et avec Cicéron des mesures , dont celui-
ci ne fut jamais la dupe , quoiqu'il y répondît
avec l'honnêteté convenable.

Lorsqu'il eut mis de l'ordre dans ses affaires ,
il indiqua l'assemblée du sénat au premier jour
de juin , et profita de l'intervalle pour visiter
toute l'Italie. Son dessein dans ce voyage étoit
d'engager les vétérans à son service , en faisant
la revue de leurs quartiers. Il laissa le gouvernement de la ville à Dolabella , qui étoit demeuré son collègue depuis que César l'avoit

nommé consul à sa place. Antoine avoit pro-
testé d'abord contre cette nomination , mais
après la mort de César il avoit oublié tout ressentiment; et souffrant que Dolabella prit le
nom de consul, il lui avoit reconnu cette qualité
dans la première assemblée du sénat. Quoique
Cicéron n'eût jamais eu qu'une fort mauvaise
opinion des principes et de la vertu de son
gendre, il avoit toujours vécu honnêtement avec
lui : il lui témoigna encore plus de confiance
quand il le vit dans une situation qui pouvoit le
rendre utile à la république. Dolabella d'abord se
montra jaloux de l'estime des gens de bien ; il
en donna plusieurs preuves qui lui valurent les
complimens de son beau-père , et à son beau-
père les félicitations de tous les citoyens honnêtes. Brutus et Cassius continuoient de vivre
dans leur retraite près de Lanuvium. Leurs irrésolutions étant toujours les mêmes , ils atten-
doient à se déterminer selon les événemens ; et
dans le doute où ils étoient de la disposition
des consuls désignés , ils vouloient voir quel
seroit le succès de la première assemblée du
sénat. Quoique leur situation ne leur permit pas
d'exercer les fonctions de leur préture , ils
avoient soin de renouveller souvent dans l'es-

prit du peuple le souvenir de leurs services, par
des édits où éclatoient leur amour pour la
patrie et leur zèle pour la paix et la liberté.

Dans cet intervalle il s'éleva sur le théâtre de
la république un nouvel acteur, qui ne sortit
de l'obscurité dans laquelle il avoit vécu jusqu'alors, que pour jouer tout d'un coup les
premiers rôles et fixer sur lui tous les regards.
Ce fut le jeune Octave, que César son oncle
avoit laissé l'héritier de son nom et de ses richesses. Quelques mois auparavant, il avoit été
envoyé à Apollonie, célèbre école de Macédoine, pour y attendre son oncle et l'accompagner ensuite à la guerre contre les Parthes.
Mais au premier bruit de sa mort, il avoit repris le chemin de l'Italie pour faire l'essai de sa
fortune, sur le crédit de son nom et sur la confiance qu'il avoit aux amis de César. Balbus,
Hirtius et Pansa le présentèrent à Cicéron dans
sa maison de Cumes. Ce jeune Romain, déjà
rempli de vénération pour un si grand homme,
la lui marqua par les plus ardens témoignages,
en protestant qu'il ne vouloit se gouverner que
par ses conseils. Il arrive à Rome, se déclare
héritier de César, et se gagne la multitude en
donnant les jeux dont les préparatifs avoient été

faits pendant la vie de son oncle. Antoine l'a-
voit traité avec mépris comme un jeune homme
sans expérience ; mais ce jeune homme avoit
autant d'ambition et d'ardeur que lui , et beaucoup plus de prudence et de finesse. On voit
dans plusieurs lettres à Atticus combien Cicéron avoit de peine à se fier à Octave , combien
il avoit de motifs de s'en défier. Ce furent ,
comme nous le verrons par la suite , la puissance
énorme d'Antoine et ses funestes desseins contre la république , qui l'obligèrent d'accepter et
de soutenir de tout son crédit les seules forces
qu'on pût lui opposer. Ce consul ambitieux
s'étoit occupé dans son voyage d'Italie à rassembler les vétérans de César , et à se les attacher par de magnifiques promesses : il en avoit
déjà fait avancer un corps assez considérable
du côté de Rome , pour les employer suivant le
besoin de ses affaires. Il avoit fait servir toute
l'autorité de son consulat à fortifier sa puissance ; et l'on commençoit à découvrir quelles
avoient été ses vues en portant le sénat , sous
prétexte de zèle pour la paix , à confirmer les
actes de César. Etant le maître , non-seulement
des papiers de César , mais du sécrétaire Fabé-
rius , de la main duquel César s'étoit toujours
servi ,

servi, il avoit la commodité de forger des actes, ou d'insérer dans ceux qui existoient déjà tout ce qui lui paroissoit convenable à ses prétentions. Il avoit acheté Dolabella son collègue, et l'avoit mis dans ses intérêts en payant toutes ses dettes.

Au milieu des événemens qui se préparoient et en attendant qu'il pût être utile à la république, Cicéron, retiré dans ses campagnes, composa divers ouvrages philosophiques qui ont passé heureusement jusqu'à nous. Le plus important est son traité *sur la nature des dieux*, divisé en trois livres qu'il adressa à Brutus. Il y rassembla les opinions de tous les philosophes qui avoient jamais écrit sur cette grande matière. Il composa aussi un traité *sur la divination*, ou sur la connoissance des événemens futurs, et sur les différentes manières dont on suppose qu'elle peut être communiquée aux hommes. Il y expose en deux livres tout ce qu'on peut dire pour ou contre la réalité de cette science. La forme de ces deux ouvrages est celle du dialogue. D'autres fruits de sa retraite furent trois traités, sur la vieillesse, sur l'amitié et sur le destin. Il publia le traité sur la vieillesse, sous le nom de Caton, parce qu'il en fait son principal inter-

locuteur ; mais il l'adressa à son cher Atticus,
comme un secours dont ils avoient besoin tous
deux à l'entrée de cette dernière scène de la vie.
C'est au même Atticus qu'il adressa son traité
de l'amitié. « Quand je vous ai dédié, lui écrit-
» il, mon traité de la vieillesse, c'étoit un
» vieillard qui écrivoit à un autre vieillard.
» Aujourd'hui c'est à mon ami que j'écris sur
» l'amitié, sous le nom de Lélius un des plus
« sincères amis qui aient existé dans le monde. »
Ces deux traités ont la forme du dialogue.
Quand à son traité du destin, il en avoit pris
le sujet dans une conversation qu'il avoit eue
avec Hirtius. On suppose que ce fut vers le
même tems qu'il acheva sa traduction du Ti-
mée, fameux dialogue de Platon sur la nature
et l'origine de l'univers. Il nous reste de cette
traduction des fragmens assez considérables. Il
donnoit constamment une partie de son travail à la composition d'un autre ouvrage qui
l'occupoit depuis plusieurs années : nous en
avons déjà parlé plus haut. C'étoit l'histoire de
son tems, ou de sa propre conduite dans l'administration, mêlée de réflexions libres sur tous
ceux qui avoient abusé de leur pouvoir pour
opprimer la république. Dans ses vues, cet ou-

vrage ne devoit pas être publié. Atticus le pressoit d'y mettre la dernière main , et de le continuer jusqu'au gouvernement de César : mais
son dessein étoit de faire de cette partie une
histoire séparée, dans laquelle il vouloit établir
qu'il est juste de tuer un tyran. Un peu plus
avant dans le courant de la même année , il
fit *des topiques*, ou l'art de trouver des argumens
sur toutes sortes de questions. C'étoit l'extrait
d'un ouvrage d'Aristote , que le hasard avoit
fait tomber à Tusculum entre , les mains de
Trébatius et que celui-ci avoit marqué quelque desir de voir expliquer. Ce fut alors qu'a-
yant ouvert son traité sur la philosophie acadé-
mique, il remarqua que la préface du troisième
livre étoit la même qu'il avoit déjà publiée à la
tête de son traité de la gloire. C'étoit sa coutume
d'avoir toujours en réserve un grand nombre
de préfaces , convenables en général au sujet
habituel de ses études, qu'il pouvoit appliquer,
sans beaucoup de changement , à chaque ouvrage qu'il publioit. Il en composa aussi - tôt
une nouvelle pour le traité de la gloire ; et
l'envoyant à Atticus, il le pria de la substituer
dans sa copie à la première. Ce traité de la
gloire s'est conservé jusqu'à l'invention de l'im-

M 2

primerie, mais faute d'avoir été imprimé, il s'est malheureusement perdu. Dans le cours de la même année, il acheva son *traité des offices*, ouvrage qui a fait l'admiration de tous les siècles suivans, comme le plus parfait systême de morale naturelle, et le plus noble exemple des forces de la raison pour ouvrir à l'homme une carrière pure et innocente. Il composa aussi ses *paradoxes*, espèce de commentaire des principaux points de la doctrine des Stoïciens, confirmé par des exemples et des caractères. Il dédia cet ouvrage à Brutus.

C'est ainsi que ce génie actif employoit le tems que lui laissoient les affaires publiques. Il avoit résolu de revenir à Rome pour se trouver à une assemblée du sénat, mais des nouvelles peu agréables qu'il reçut le firent changer de dessein. Il vouloit faire le voyage de la Grèce, qu'il méditoit depuis long-tems, pour aller passer quelque mois avec son fils dans le sein des sciences et du repos. N'espérant plus rien des consuls actuels, il étoit déterminé à ne rentrer dans Rome que sous leurs successeurs. Pendant cet intervalle, on décerna à Brutus et à Cassius une commission pour les blés, que leur obtinrent leurs amis, afin qu'ils eussent occasion de prendre leurs mesures pour

l'avenir, et de se saisir de quelques provinces
où ils pussent servir utilement la république.
Brutus, en qualité de préteur de la ville, donna
les jeux Apollinaires qui furent reçus du peuple avec les plus vifs applaudissemens.

Lépide commandoit en Espagne, où Sextus
Pompéius, fils du grand Pompée, avoit eu
le tems de se fortifier. Il n'avoit point de
penchant pour une guerre éloignée de Rome,
qui lui feroit perdre le centre des affaires; et
sous prétexte du repos public, il avoit offert à
Sextus une composition honorable dont les
articles étoient, qu'aussi-tôt qu'il auroit quitté
les armes et qu'il se seroit retiré de la province,
il seroit rétabli dans ses biens et dans tous ses
honneurs, qu'il auroit le commandement de
toutes les forces navales de Rome avec la même
autorité que son père. Antoine s'étoit chargé
lui-même de proposer ce traité au sénat et de
l'appuyer de son crédit. Mais pour ne pas violer
les actes de César qui avoit confisqué les biens
de Pompée, le sénat avoit statué que le trésor
public fourniroit à Sextus Pompéius la même
somme qu'en avoit payée Antoine, afin que
Sextus pût la lui restituer, et que cet échange
prît l'apparence d'un achat. Vers le même tems,

le jeune Quintus , neveu de Cicéron et d'Atticus , donna à ses deux oncles la satisfaction de
se ranger du parti de Brutus , après avoir été
dévoué d'abord à César et ensuite à Antoine.

Cicéron s'embarqua enfin pour la Grèce.
Des vents contraires l'ayant repoussé jusqu'à
Leucopetra , on lui dit dans cette ville que les
affaires avoient pris tout d'un coup un tour si
inespéré qu'on ne parloit plus que d'une paci-
fication générale. Cette nouvelle lui fit prendre
le parti de revenir sur ses pas et de retourner à
Rome. Il y fut reçu avec tant de félicitations
et de témoignages de joie , qu'arrêté à chaque
pas par les complimens de ses amis , il employa
tout le jour à se rendre des portes de la ville à
sa maison. Cicéron et Antoine ne tardent pas
à devenir ennemis déclarés ; Antoine lève le
masque , il sort de Rome pour y rentrer avec
des troupes ; le jeune Octave l'arrête tout court
avec des vétérans dont il a formé un corps
considérable , il se joint au parti républicain
qu'il paroît défendre avec un zèle sincère ;
Cicéron le comble de louanges en public et
en particulier , il lui fait décerner par le sénat
un titre de commandement et de magnifiques
éloges ; Antoine veut s'emparer de la Gaule
Cisalpine , il assiège dans Modène Décimus

Brutus qui s'y oppose ; les nouveaux consuls ,
Hirtius et Pansa entrent en charge, ils se joi-
gnent à Cicéron qui, quoique simple particulier, est vraiment le chef du sénat et du peuple :
pendant que le siège de Modène se presse,
deux députations sont envoyées inutilement,
contre son avis, à Antoine, qui éprouve enfin
une défaite considérable, que ses adversaires
croient décisive : ces principaux détails, et
beaucoup d'autres encore, se trouvent dans les
Philippiques ou discours contre Antoine, et dans
les sommaires que j'ai mis à la tête ; je renvoie
aux uns et aux autres.

Antoine défait fut obligé de lever le siège et
de prendre la fuite avec une seule légion, mais
une bonne cavalerie. Les deux consuls Hirtius
et Pansa moururent des suites de leurs blessures.
Leurs armées toutes composées de vétérans,
refusèrent de s'attacher à Décimus Brutus, qui
avec ses levées nouvelles sans cavalerie, se
trouva hors d'état de poursuivre Antoine. Octave, devenu chef de tous les vétérans par la
mort des deux consuls, loin de marcher à la
suite d'Antoine et de compléter la défaite,
n'empêcha point le préteur Ventidius de se
joindre à lui avec trois légions. Lépide, affec-

tant toujours d'être dévoué à la république,
finit par la trahir comme il y étoit résolu, et
par joindre ses forces à celles du général fugitif.
Pollion et Plancus balançoient dans le parti républicain ; ils l'auroient embrassé probablement, et l'auroient défendu avec courage,
mais ils se trouvèrent comme forcés de grossir
le parti d'Antoine, ne voyant pas de forces
toutes prêtes avec lesquelles ils pussent unir
celles dont ils étoient pourvus. Brutus et
Cassius étoient biens décidés pour la république, et avoient des forces suffisantes pour la
secourir. Mais Cassius trop éloigné ne put venir
à son secours, il attaqua Dolabella par terre et
par mer, et le serra de si près qu'il l'obligea de
se tuer. Brutus mit toujours trop de lenteur
dans ses opérations ; il auroit dû accourir,
comme Cicéron l'en pressoit : les partisans de
la république auroient eu un centre et un appui;
Décimus Brutus et Lucius Plancus désignés
consuls, se seroient rapprochés de ce centre de
réunion, et auroient montré tous trois une
masse de puissance formidable.

Mais revenons à celui qui étoit l'ame et le
chef du parti républicain, je veux dire Cicéron.
La joie qui régnoit à Rome empêchoit encore

qu'on n'y sentit toute la grandeur de la perte
publique, et la plaie dangereuse que l'état
venoit de recevoir par la mort des deux consuls.
Les amis d'Antoine furent quelque tems si consternés, que n'osant ouvrir la bouche au sénat,
Cicéron eut toute liberté de faire décerner des
honneurs aux illustres citoyens qui étoient
morts en servant la patrie. Il fit accorder l'ovation, ou petit triomphe, au jeune César, et
joindre pour Décimus Brutus un certain nombre de jours aux prières publiques qu'ils obtinrent en commun. La délivrance de Décimus
étant arrivée le jour de sa naissance, Cicéron
fit ordonner ainsi que, pour éterniser sa victoire, son nom seroit inscrit dans le calendrier.
Les partisans d'Antoine furent déclarés ennemis de l'état. Le décret d'ovation étoit l'effet
d'une profonde politique : car, sous une apparence d'honneur, il devoit dépouiller Octave
de son autorité ; et, suivant l'ancien usage,
non-seulement sa commission devoit finir,
mais son armée devoit être congédiée au moment qu'il mettroit le pied dans la ville. Les
Gouverneurs et les généraux qui commandoient
dans les provinces furent si frappés de la défaite
d'Antoine, qu'ils renouvellèrent à Cicéron les

assurances de leur fidélité et de leur zèle pour la cause commune.

Cependant rien n'étoit fait, on ne tiroit aucun fruit de la victoire, la guerre n'étoit point finie, elle n'avoit que changé de siège, si on laissoit à Antoine le tems de se rassurer et de rassembler des forces ; Cicéron le voyoit et l'écrivoit à ses amis : il sentoit qu'Octave commençoit à lui échapper, et que ce jeune ambitieux ne tarderoit pas à abuser de sa puissance, s'il n'étoit contenu par des forces égales ou supérieures aux siennes ; il le ménageoit cependant parce qu'il n'avoit rien à lui opposer. Il enflammoit les zélés et courageux républicains, rassuroit les timides et les foibles, s'efforçoit de fixer les douteux et les chancelans ; il pressoit Cassius, et sur-tout Brutus, d'accourir, de voler dans l'Italie où leur présence étoit nécessaire ; enfin il ne cessa de soutenir la république jusqu'à ce qu'écrasé avec elle par une force supérieure il périt sous ses ruines. Octave envahit le consulat ; et trop foible encore pour usurper seul l'autorité, il se ligue avec Antoine et Lépide. Ces trois hommes, sous le nom de Triumvirs, se partagent l'empire ; ils se proposent de détruire la république et de venger la mort de César. De-là ces horribles proscriptions des partisans de la liberté et de Cicéron avant tous les autres ; de-là ces succès dont la vertu gémit et s'indigne.

Jettons un coup d'œil sur les principaux acteurs de ces dernières scènes. On voit Antoine reveillé tout d'un coup dans le sein de la débauche par la mort de Jules César , passer de la plus lâche soumission à des vues d'indépendance qu'il poursuit avec autant d'adresse que de vigueur , et sans être rebuté du nombre et de la grandeur des obstacles, parvenir enfin au pouvoir absolu qu'il s'étoit proposé. Lépide fut le principal instrument qu'il employa. Il s'en étoit d'abord servi fort heureusement à Rome ; mais lorsqu'il s'étoit cru assez fort pour soutenir seul ses prétentions , il l'avoit engagé à passer de l'autre côté des Alpes avec son armée, dans la vue de s'en faire une ressource s'il lui arrivoit quelque disgrace en Italie. Ce systême étoit si adroit , que s'il eût emporté Modène , il se seroit rendu infailliblement seul maître de Rome; au lieu qu'ayant été vaincu , il se trouvoit forcé de recevoir deux associés à l'empire , mais dont il étoit sûr du moins que l'un se gouverneroit toujours par ses inspirations.

Octave ne s'étoit pas conduit avec moins
de vigueur et de prudence. Il avoit de grandes
qualités politiques ; une pénétration d'esprit
admirable, avec une facilité à dissimuler qui
pouvoit tout persuader pour son avantage. Ne
pouvant se promettre, à son âge et sans autorité, de succéder immédiatement au pouvoir
de son oncle, il n'avoit pensé qu'à faire laisser
la place vacante jusqu'à ce qu'il fût en état de
s'en saisir. Dans cette vue, il avoit joué grave-
ment le rôle de républicain. Il s'étoit livré à
Cicéron, dont il affectoit de suivre les conseils,
pour abaisser Antoine son plus dangereux rival,
et le chasser de l'Italie. Alors il s'étoit arrêté
pour prendre de nouvelles mesures d'après sa
nouvelle situation, lorsque se trouvant le maître des affaires du dedans par la mort imprévue
des deux consuls, et voyant d'un autre côté
Antoine reprendre des forces par le secours
de Lépide, il conçut que tout ce qu'il avoit à
prétendre dans la conjoncture étoit une part à
l'empire, en attendant qu'il fût assez fort pour
se délivrer de ses rivaux. Après être entré à
l'âge de 19 ans dans la carrière semée de difficultés et de périls, on voit son ambition
calme et active avancer toujours vers le but

sans aucune fausse démarche. Il s'étoit servi du parti républicain pour humilier Antoine ; il se servit d'Antoine et de Lépide pour détruire le parti républicain : il mit Lépide , foible et méprisable adversaire , hors d'état de lui nuire ; enfin il se tourna contre Antoine , et triompha sans peine, par sa conduite sage et mesurée , d'un rival qui étoit plus grand guerrier que lui , mais qui se perdit lui-même par les fautes sans nombre que lui fit commettre sa passion insensée pour Cléopâtre. Après avoir fait couler le sang , et sacrifié tout ce qui pouvoit être un obstacle à son ambition , resté seul maître , il gouverna avec sagesse et avec douceur , sous le nom d'Auguste, cet empire où il avoit exercé tant de cruautés sous le nom d'Octave.

Lépide fut la dupe et d'Octave et d'Antoine. Vain , foible , inconstant , peu capable de l'empire auquel son ambition le faisoit aspirer, il abusa des plus glorieuses occasions de servir sa patrie , pour la ruiner et pour se perdre lui-même. Sa femme étoit sœur de Marcus Brutus, et son véritable intérêt auroit dû l'attacher à cette alliance. S'il eût suivi les conseils de Latérensis , qui l'avoit sollicité si instamment de s'unir à Plancus et à Décimus Brutus pour

achever la ruine d'Antoine et rétablir la liberté,
le mérite d'un si grand service, joint à la dignité
de sa naissance et de sa fortune, l'auroit rendu
nécessairement le premier citoyen d'un état libre.
Mais sa foiblesse le priva de cette gloire. Eclipsé
par des collègues qui avoient sur lui une grande
supériorité de talens, tel fut enfin son sort :
Octave le força de lui demander la vie à ge-
noux, quoiqu'il fût actuellement à la tête de
vingt légions, et il le dépouilla d'une dignité
qu'il n'étoit pas capable de soutenir.

Tels furent les fameux Triumvirs, les destructeurs de la république, les auteurs cruels
d'une proscription dont Cicéron fut la principale victime. Il apprit dans sa maison de
Tusculum que sa mort étoit résolue. Après
plusieurs embarquemens et débarquemens,
il prit enfin le parti de mourir dans un pays
qu'il avoit sauvé tant de fois. Il étoit arrêté
dans sa maison de Formies ; ses serviteurs
apprennent qu'on a vu dans le canton des
soldats qui le cherchoient, ils le font consentir
à se mettre dans une litière, qu'ils se hâtent de
porter vers le vaisseau par des routes détournées.
A peine étoit-il parti que les soldats arrivèrent,
ayant à leur tête Popilius Lænas, un des

principaux officiers d'Antoine , que l'éloquence
de Cicéron avoit sauvé dans une cause capitale.
Les esclaves se préparoient à défendre leur
maître au péril de leur vie , mais il leur défend
de faire la moindre résistance. Il jette sur ses
ennemis un regard si tranquille et si ferme
qu'il déconcerte leur audace ; et présentant la
tête hors de la litière , il leur dit de prendre ce
qu'ils demandoient , et de finir leur ouvrage.
Ils lui coupèrent aussi-tôt la tête. Ensuite lui
lui ayant coupé les deux mains, ils se hâtèrent
de retourner à Rome , et de porter à Antoine
le plus agréable présent qu'il pût recevoir. La
tête fut attachée à la tribune entre les deux
mains : triste spectacle pour le peuple de Rome ,
et capable d'arracher des larmes à tous ceux
qui se souvenoient que ces membres mutilés
qu'on exposoit au mépris des traîtres, s'étoient
exercés tant de fois et si glorieusement dans le
même lieu pour la liberté de la république. La
mort des autres proscrits , dit un écrivain de ce
siècle , n'excita que des regrets particuliers ,
mais celle de Cicéron causa une douleur universelle.

Conclusion de tout l'ouvrage. Réflexions parti-
culières sur la conduite de Cicéron dans les
derniers tems : observations générales sur sa vie
et sur son caractère.

Je ne crains pas d'assurer que ce grand
homme est le seul dont les lumières supérieures'
aient apperçu ce que demandoit le salut de
la république, et dont les conseils l'auroient
sauvée si on les eût suivis. On lui reproche de
s'être livré imprudemment à Octave, et on lui
oppose la fameuse lettre de Brutus dont on
croit que la force l'accable. Je vais rapporter
cette lettre toute entière en françois, en la
faisant précéder d'une lettre de Cicéron à
Brutus ; et je ferai ensuite quelques réflexions
sur ces deux pièces.

Cicéron à Brutus, salut.

Vous possédez Messala. Quelle lettre de ma
part, toute exacte qu'on la suppose, pourroit
vous expliquer mieux l'état de la république
et ce qui se passe parmi nous, que ne vous
l'exposera celui qui connoît tout parfaitement,
et qui est en état d'exprimer nettement ce
qu'il

qu'il sait ! Son mérite vous est connu, je ne
puis néanmoins refuser mes louanges à tant de
qualités rares. Non, Brutus, vous ne pourriez
trouver quelqu'un qui l'égale en probité, en
constance, en application aux affaires, en
zèle pour la république ; de sorte que l'éloquence où il excelle mérite à peine de faire
partie de son éloge. Dans ce talent même, ce
qu'on admire le plus en lui est cette sagesse qui
lui a fait choisir avec un jugement si ferme et
avec un goût si éclairé la meilleure manière de
parler en public. Telle est d'ailleurs son attention
à s'instruire et son ardeur pour l'étude, que
devant infiniment à la nature, il semble que
ce ne soit pas à elle qu'il est le plus redevable.
Mais mon amitié m'emporte. Le but de ma
lettre n'est pas de louer Messala, sur-tout en
écrivant à Brutus, qui connoît son mérite aussi
bien que moi, et encore mieux que moi le
talent dont je parle avec complaisance. Si quelque chose est capable d'adoucir mon regret de
son départ, c'est qu'en se rendant auprès de
vous qui êtes un autre moi-même, il remplit
un devoir et suit le vrai chemin de l'honneur.

Mais c'est assez sur Messala. Je reviens, après
un assez long intervalle, à une de vos lettres,

dans laquelle vous louez ma conduite sur
plusieurs points, en me reprochant de passer
les bornes et de me montrer prodigue dans la
distribution des honneurs. Voilà ce que vous
me reprochez ; d'autres m'accusent probablement d'avoir été trop sévère dans les punitions;
ou peut-être me faites-vous également ces deux
reproches. Si cela est , je suis bien aise de vous
faire connoître mes vrais sentimens sur ces deux
objets, et non simplement de citer une pensée
de Solon , le plus instruit des sept sages , le
seul d'entr'eux qui fût législateur. Il disoit que
deux choses maintenoient un état , les peines
et les récompenses. On doit, sans doute,
dans les unes et les autres , comme dans tout
le reste , garder certaines mesures et observer
un juste tempérament. Mon dessein n'est pas
de discuter ici un si grand objet ; mais il est
à propos, je pense, d'exposer les motifs qui
ont dirigé mes avis depuis le commencement
de la guerre.

Vous n'avez pas oublié , mon cher Brutus,
qu'après la mort de Jules César et vos mémorables (1) ides de Mars , je vous déclarai ce qui

(1) Les ides de Mars , environ le milieu du mois,
jour où César fut tué.

avoit manqué à votre entreprise ; et quelle tempête alloit fondre sur la république: Vous nous aviez délivrés d'un grand mal , vous aviez effacé une tâche honteuse imprimée sur le peuple Romain , vous vous étiez couverts d'une gloire immortelle ; mais les moyens d'une puissance illégitime tomboient entre les mains de Lépide et d'Antoine , l'un inconstant , l'autre vicieux , tous deux haïssant le repos et redoutant la paix. Ils brûloient l'un et l'autre de troubler la république , et nous n'avions pas de forces à leur opposer, quoique toute la ville, animée d'un même esprit , fît éclater son zèle pour le maintien de la liberté. On me trouvoit alors trop violent ; vous , plus sages que moi peut-être , vous quittâtes cette ville que vous veniez d'affranchir , vous refusant aux desirs de l'Italie entière qui vous offroit de s'armer pour votre cause. Quand je vis Rome au pouvoir des traîtres , opprimée par les armes d'Antoine , et si peu de sûreté dans ses murs , que vous n'y aviez pu demeurer ni vous ni Cassius, je crus que je devois , moi , en sortir aussi , ne fût-ce que pour m'épargner l'affreux spectacle d'une ville opprimée par des pervers sans aucune espérance de secours. Cependant toujours

semblable à moi-même, toujours possédé de
l'amour de la patrie, je ne pus soutenir la
pensée de l'abandonner dans ses périls. Lorsque j'étois en route pour me rendre en Grèce,
en pleine saison, des vents (1) étésiens, un
vent du midi m'ayant repoussé en Italie,
comme s'il eût voulu me détourner de ma résolution, je vous trouvai à Vélie, et votre
rencontre me pénétra de douleur. Vous vous
retiriez, Brutus, vous vous retiriez, puisque
vos Stoïciens ne veulent pas qu'on dise du sage
qu'il prend la fuite.

Dès que je fus retourné à Rome, je m'ex-
posai à la scélératesse et à la fureur d'Antoine;
et lorsque je l'eus irrité contre moi, je com-
mençai à prendre des mesures vraiment dignes
des Brutus, vraiment dignes de votre sang,
pour assurer la liberté publique. Je passe sur
mille circonstances qui n'ont rapport qu'à moi,
et j'observe seulement que le jeune César, à
qui nous devons de vivre encore, si nous voulons convenir de la vérité, n'a rien fait d'utile
que par mes conseils. Je ne lui ai fait décerner,
mon cher Brutus, que les honneurs qui lui

(1) Vents du nord qui régnoient en été.

étoient dûs , des honneurs indispensables. Car
enfin , lorsque nous commençâmes à vouloir
rappeller la liberté , avant que nous eussions
pu être instruits des généreux efforts de Décimus Brutus (1) , lorsque nous n'avions d'autre
défense que cet enfant qui avoit éloigné le joug
dont Antoine menaçoit nos têtes , quels honneurs en effet ne méritoit-il pas ? Cependant
il ne reçut alors de moi que des louanges ,
et des louanges fort modérées. Je lui fis décerner le commandement ; faveur insigne , très-
honorable pour sa jeunesse , mais indispensable puisqu'il étoit à la tête d'une armée. Eh !
de quoi serviroit une armée sans commandement ? Philippus proposa de lui élever une
statue ; Servius demanda qu'il pût obtenir les
magistratures avant l'âge , Servilius qu'on abré-
geât encore le tems : on craignoit de n'en pas
faire assez. Mais je ne sais pourquoi on est toujours plus libéral dans la crainte , que recon-

(1) Parent de Marcus Brutus , un des meurtriers
de César. Il se retira dans Modène , et empêcha
Antoine de s'emparer de la Gaule Cisalpine. Antoine
l'assiégea dans cette ville , mais il fut obligé de lever
le siége.

noissant après le succès, Lorsque Décimus
Brutus fut délivré du siège , jour heureux pour
les Romains , qui étoit en même-tems celui de
sa naissance , je fis ordonner que ce grand jour
seroit marqué de son nom dans le calendrier.
Je ne fis en cela que suivre l'exemple de nos
ancêtres , qui ont rendu le même honneur à
une femme , à Harentia (1) , dont nos prêtres
célèbrent religieusement la fête tous les ans.
En accordant cette distinction à Décimus , mon
dessein étoit d'éterniser le souvenir d'une victoire insigne. Je ne m'apperçus que trop alors
qu'il y avoit plus de mauvaise volonté que de
gratitude dans une partie du sénat. Ces mêmes
jours, je prodiguai (puisque vous me reprochez
d'être prodigue) je prodiguai les honneurs à la
mémoire de Pansa , d'Hirtius et d'Aquila. Mais
qui peut m'en faire un reproche , si ce n'est
celui qui , une fois délivré de ses frayeurs ,
oublie le danger passé ? Outre le sentiment
d'une juste reconnoissance , je portois mes
yeux dans l'avenir , et je voulois laisser un
signe éternel de la haine publique contre nos

_____

(1) Les Romains lui décernèrent des honneurs di-
vins, parce qu'elle avoit élevé Romulus et Rémus.

cruels ennemis. Vos amis, citoyens excellens, mais peu au fait des affaires, n'approuvent pas, ni vous non plus, je m'imagine, que j'aie fait décerner l'ovation (1) au jeune César. Je me trompe peut-être, et je ne suis pas de ces hommes trop attachés à tout ce qui vient d'eux ; mais il me semble n'avoir rien fait de plus sage dans toute la guerre. Je ne dois pas m'expliquer davantage, de peur qu'on ne m'accuse d'avoir accordé plus à la politique qu'à la reconnoissance. J'en ai même trop dit, passons à autre chose.

J'ai décerné des honneurs à Décimus Brutus, j'en ai décerné à Plancus. Les grandes ames sont sensibles à la gloire ; et le sénat est sage d'employer tous les moyens honnêtes pour engager à servir la république. Mais on me blâme d'avoir fait élever à Lépide une statue aux rostres que j'ai fait ensuite renverser. Je voulois,

___

(1) Ovation, ou petit triomphe. C'étoit l'effet d'une profonde politique, comme nous l'avons dejà dit, de faire décerner à Octave un honneur qui l'auroit dépouillé de son autorité, s'il l'eût accepté : car, suivant l'ancien usage, non-seulement sa commission devoit finir, mais son armée devoit être congédiée, au moment qu'il mettroit le pied dans la ville.

par cet honneur , l'arracher à des projets furieux : mais la folie de cet homme léger a fait
échouer ma prudence. Au reste , je n'ai pas
fait tant de mal en lui élevant une statue , que
de bien en la faisant abattre.

J'en ai dit assez sur les honneurs ; disons
maintenant un mot des punitions. J'ai souvent
observé dans vos lettres , que vous étiez jaloux
de vous faire une réputation de clémence envers les vaincus. La sagesse préside sans doute
à toutes vos actions : mais s'il est permis quelquefois de laisser le crime impuni , ce qui s'appelle pardonner , je suis persuadé que , dans la
guerre présente , cette conduite est pernicieuse.
De toutes les guerres civiles arrivées de notre
tems , il n'y en a pas une où , de quelque côté
que la fortune se déclarât , l'on ne pût s'attendre qu'il resteroit quelque forme de république. Dans celle-ci , je ne répondrois pas
quelle forme la république pourra conserver si
nous sommes vainqueurs ; mais si nous sommes vaincus , il n'y a plus de république à espérer. Quand j'ai opiné avec rigueur contre
Antoine et contre Lépide , je n'étois pas animé
d'un esprit de vengeance , je n'avois d'autre vue
que de détourner les citoyens pervers d'attaquer

la patrie, et d'arrêter à l'avenir cette témérité par un grand exemple. D'ailleurs ces avis n'étoient pas les miens plus que ceux de tout le sénat. On trouve cruel d'étendre la punition jusque sur les enfans qui n'ont rien fait pour la mériter. Mais cela s'est fait de tout tems et chez tous les peuples. Les enfans de Thémistocle furent réduits à l'indigence : et si l'on traite avec cette rigueur des citoyens juridiquement condamnés, pourquoi traiterions-nous avec plus d'indulgence des ennemis publics ? et comment se plaindroient de moi, des hommes qui doivent convenir que, s'ils avoient vaincu, ils m'auroient bien moins épargné ?

Tels ont été les motifs des avis que j'ai ouverts dans le sénat sur les punitions et sur les récompenses. A l'égard des autres points, vous n'ignorez pas, je crois, quels ont été mes sentimens et mes décisions. Il n'est pas nécessaire d'en parler : ce qui est d'une nécessité indispensable, mon cher Brutus, c'est que vous passiez au plutôt en Italie avec votre armée. On vous attend avec une extrême impatience. Dès que vous paroîtrez, vous verrez tout le monde accourir à vous. Si nous avons l'avantage, et

nous l'aurions eu complétement si Lépide ne se
fût pas obstiné à perdre tout et à périr lui-même
avec les siens , nous avons besoin de votre autorité imposante pour rétablir l'ordre dans la ville:
s'il reste encore quelque combat à livrer , tout
notre espoir est dans l'ascendant de votre nom
et dans la force de vos troupes. Mais hâtez-vous,
au nom des dieux : vous connoissez le mérite
de la diligence et le prix des occasions. Vous
apprendrez bientôt par les lettres de votre mère
et de votre sœur , combien je m'intéresse à
vos neveux. J'ai plus d'égard ici à vos desirs ,
que j'écouterai toujours bien volontiers , qu'à
cette fermeté de conduite que quelques-uns at-
tendent de moi. Mais il n'est rien en quoi j'aie
plus à cœur d'être constant et de le paroître,
que dans mon amitié pour vous.

C'est ainsi que Cicéron écrivoit à Brutus :
nous allons voir la lettre de Brutus à Cicéron ,
que nous avons annoncée. Ce n'est point la
réponse à celle qui précède, mais elle a été
écrite à-peu-près dans le même tems. J'y fais
tutoyer Cicéron par Brutus ; j'ai pensé que le
ton de la lettre le demandoit.

Brutus à Cicéron, salut.

Cher Cicéron, j'ai lu un article de ta lettre à Octave ; Atticus me l'a envoyé. Le vif intérêt que tu prends à ma personne m'a causé un plaisir qui n'a rien pour moi de nouveau : j'y suis accoutumé ; presque tous les jours on vient me dire que, fidèle à l'amitié, tu as dit ou fait quelque chose à ma gloire et pour le maintien de ma dignité personnelle. Cependant le même article de ta lettre a pénétré mon ame de la plus vive douleur qu'elle puisse ressentir. Tu remercies Octave d'avoir servi la république, tu le remercies dans des termes si humbles, si supplians.... que dirai-je ? je rougis de l'abjection où nous nous réduisons nous-mêmes...., Oui, il faut le dire... tu lui demandes de s'intéresser à notre existence. Mais quel néant à ce prix ne seroit point préférable ? Enfin, tout ton langage annonce que la tyrannie n'est point détruite, que nous n'avons fait que changer de tyran. Relis tes paroles, et ose nier que ce ne soit la prière d'un esclave qui tremble devant un roi. On attend de lui une chose, lui dis-tu, c'est qu'il ménage les citoyens qui ont l'estime des honnêtes gens et de tout le peuple, c'est qu'il veuille bien s'occuper de leur sort. Eh quoi ? s'il ne le veut pas, nous n'existerons plus ! Ne vaut-il donc pas mieux ne plus exister que d'exister par lui ? Non, certes, je ne puis croire que Rome soit abandonnée des dieux à ce point, qu'Octave doive être supplié pour un citoyen quel qu'il soit, je ne dirai pas pour les libérateurs du monde. Je puis prendre ce ton de fierté, je le dois, en parlant à ceux qui ne savent ni pour qui ils doivent craindre, ni à qui ils doivent demander. Quoi ? Cicéron, tu reconnois un tel pouvoir dans Octave, et tu es son ami ! Si je te suis cher, peux-tu souhaiter de me voir à Rome, lorsque pour y être il faudroit que je fusse recommandé à un enfant ? De quoi lui rends-tu graces, si tu crois devoir lui demander qu'il veuille bien s'occuper de notre sort ? lui fais-tu un mérite d'aimer mieux que nous lui soyons redevables de notre existence qu'à Antoine ? Est-ce au destructeur et non au successeur de la tyrannie, que l'on demande de conserver dans tous leurs droits les bienfaiteurs de la république ? Ah ! sans doute c'est cette foiblesse, c'est ce profond abattement, dont je ne

te fais pas d'ailleurs un crime plus qu'à tous les
autres, qui ont poussé Jules César à l'ambition
de régner, qui après sa mort ont fait naître
dans Antoine le desir d'occuper sa place, qui
aujourd'hui élèvent cet enfant si haut que tu
crois devoir lui adresser des prières pour des
hommes tels que nous, comme si nous ne
pouvions conserver nos droits que grace à
celui qui à peine encore est un homme. Si
nous nous souvenions que nous sommes Romains, nous ne verrions pas les derniers des
mortels montrer plus d'ardeur pour se mettre
en possession du pouvoir, que nous pour les
en éloigner, et la domination de César n'ins-
pireroit pas plus d'audace à Antoine, que la
fin de sa vie ne lui causeroit d'effroi. Toi,
personnage consulaire, toi qui as étouffé tant
d'horribles projets, dont je crains bien que la
punition éclatante n'ait servi qu'à retarder de
quelques momens notre ruine, peux-tu réfléchir à ce que tu as fait, et donner ton approbation à ce qui se passe aujourd'hui, ou le souffrir du moins avec tant de patience et de mollesse
que tu aies l'air de l'approuver? Eh! d'où vient
la haine que toi particulièrement tu portes à
Antoine? C'est sans doute qu'il vouloit nous

réduire à nous mettre sous sa protection , à lui devoir notre existence , nous auxquels il devoit sa liberté ; c'est qu'il prétendoit disposer de la république en maître. Si tu as été d'avis de prendre les armes pour arrêter ses usurpations et réprimer sa tyrannie , étoit-ce pour en supplier un autre de vouloir bien prendre sa place , ou pour rendre la république libre et indépendante ? Mais peut-être s'agissoit-il moins de notre servitude que des conditions auxquelles nous devions servir. Eh ! si nous avions consenti à subir le joug , n'aurions-nous pas trouvé dans Antoine un maître facile , je dis même un maître libéral , qui nous auroit accordé autant de part que nous aurions voulu aux graces et aux honneurs ? En effet , qu'auroit-il pu refuser à ceux dont il auroit vu que la soumission eût été le plus ferme appui de son pouvoir ? mais nous n'avons rien connu d'assez haut prix pour le mettre en échange de notre foi et de notre liberté. Cet enfant lui-même que son nom de César semble animer contre les meurtriers de César , pour combien n'acheteroit-il pas de nous , si nous voulions nous prêter à ce trafic , toute la puissance dont il sera bientôt revêtu , puisque nous sommes si jaloux de vivre, de posséder des richesses, et d'être appellés consulaires ? Ce sera donc inutilement qu'aura péri César, dont la chûte nous a causé tant de joie, si après sa mort nous devons rester esclaves.

Demeure qui voudra dans l'indifférence ; voici moi mon sentiment : puissent les dieux et les déesses m'ôter tout plutôt que la résolution où je suis, de ne point accorder à l'héritier de l'homme que j'ai tué, ce que je n'ai pu souffrir dans cet homme, ce que je ne souffrirois pas dans mon père s'il revenoit au monde, d'être sous mes yeux et de mon aveu plus puissant que le sénat et les loix ! Crois-tu donc que les Romains puissent être libres par celui sans la permission duquel nous ne pourrions trouver place dans Rome ? Et qu'entends-tu, Cicéron, par la faveur que tu lui demandes pour nous ? Est-ce là vie ? Mais qu'est ce que la vie, si on la conserve aux dépens de l'honneur ? Sont ce les droits et la dignité de citoyen ? mais on les a perdus dès qu'il faut les demander à un autre. Pour être citoyen de Rome, suffit-il, selon toi, d'habiter Rome ? C'est la liberté, non le lieu, qui fait le citoyen. J'étois esclave du vivant de César, un coup généreux m'a

rendu libre. Je ne connois nulle part d'exil,
tant que l'esclavage et les affronts seront pour
moi les plus terribles des maux. Ne retombons-
nous pas dans l'ancien désordre, si, contre
l'usage des villes grecques où les rejettons des
tyrans étoient immolés avec eux, celui qui a
succédé au nom du tyran a le droit de se faire
supplier pour les vengeurs et les destructeurs
de la tyrannie ? Puis-je desirer de revoir, puis-
je même honorer du nom de cité, une ville
qui a refusé la liberté, lorsqu'elle lui étoit offerte, lorsqu'on la pressoit de la recevoir, et
qui se laisse plus abattre par la terreur du nom
de son dernier oppresseur dans la personne
d'un enfant, qu'elle ne se fie à elle-même après
avoir vu périr par la main d'un petit nombre
d'hommes celui dont la puissance étoit si formidable ?

Non, Cicéron, ne me recommande plus désormais à ton César ; ne te recommande plus
toi-même à lui, si tu veux m'en croire. Sans
doute, c'est trop estimer le peu qui te reste
maintenant à vivre, si, pour assurer tes jours,
tu daignes supplier un enfant. Prends garde que
ce que tu as déja fait, et ce que tu fais encore
de plus glorieux contre Antoine, ne soit moins
réputé

réputé l'ouvrage de la vertu que l'effet de la
crainte. Si tu as un tel goût pour Octave , que
tu veuilles lui être redevable de notre existence , on ne croira pas que tu aies fui un
maître , mais que tu en as cherché un qui fût
ton ami. J'approuve les éloges que tu as donnés jusqu'ici à ses actions ; elles méritent des
louanges, s'il les a faites pour détruire la domination d'autrui et non pour établir la sienne.
Mais s'il en est au point qu'il faille lui adresser
pour nous des prières , si tu juges toi-même
que ce privilége doive lui être dévolu , c'est lui
accorder une trop grande récompense , c'est
lui donner ce que la république sembloit avoir
recouvré avec son secours. Ne songes-tu donc
pas que si Octave mérite quelques honneurs
pour avoir soutenu la guerre contre Antoine ,
ceux qui ont abattu un pouvoir dont Antoine
n'a recueilli que les débris , ne seront jamais
assez récompensés par le peuple romain lui-
même , quand il accumuleroit sur eux tous
ses bienfaits. Mais vois combien la crainte du
présent agit sur les hommes plus que le souvenir du passé. Antoine est vivant , Antoine est
armé! Pour César, on a fait de lui ce qu'on
pouvoit, ce qu'on devoit ; son destin est réglé

irrévocablement. Octave seroit-il donc un assez important personnage pour que Rome attende ce qu'il ordonnera de notre sort ; et nous, serions-nous des êtres assez méprisables pour que notre sort doive dépendre d'un seul homme ?

Pour moi, puisqu'il faut te répondre, je déclare que, loin de m'abaisser à d'indignes supplications, je repousserai toujours quiconque exigera qu'on le supplie. Je m'éloignerai de ceux qui consentent à vivre esclaves ; je nommerai Rome tout lieu du monde où je vivrai libre, et je vous regarderai d'un œil de pitié, vous autres en qui ni l'âge, ni les honneurs, ni l'exemple de la vertu d'autrui, ne sauroient affoiblir l'amour de la vie. Je m'estimerai heureux de la fermeté de mes principes ; ma vertu me tiendra lieu de toutes les récompenses. Eh ! peut-on rien concevoir qui surpasse le témoignage d'une ame vertueuse, contente de sa liberté, supérieure à tous les événemens humains ? Non, je ne céderai pas à ceux qui sont capables de céder ; je ne me laisserai pas vaincre par ceux qui veulent être vaincus. J'oserai et tenterai tout ; je ne renoncerai jamais au dessein d'affranchir ma patrie. Si la fortune fait son devoir, nous serons tous contens d'elle ; sinon,

je le serai de moi. Eh ! puis-je faire un plus
noble usage de cette vie mortelle, que de
l'occuper des actions et des pensées propres à
rendre libres mes concitoyens ? Je t'en conjure,
Cicéron, je t'y exhorte, ne te livre pas à tes
défiances. En éteignant les maux présens, aie
toujours l'œil sur les maux futurs ; prévois-les
afin de les prévenir ; songe que le courage et
l'assurance qui t'ont fait sauver la république,
lorsque tu étois consul, et qui te la font défendre aujourd'hui que tu es consulaire, ne sont
rien sans la constance et la fermeté des principes. La vertu, qui s'est déja fait connoître, je
l'avoue, est jugée plus rigoureusement que
celle qui n'est pas encore éprouvée. Si elle
fait bien, c'est une dette qu'elle acquitte : si
elle fait mal, on se croit trompé, on se plaint
amérement. Ainsi, que Cicéron résiste à Antoine,
c'est une conduite louable ; mais personne n'en
est surpris, parce que le grand consul nous
répondoit du grand consulaire. Mais, si après
avoir déployé pour la ruine d'Antoine tant de
grandeur et de force, le même Cicéron vient à
fléchir devant d'autres, il n'a plus à l'avenir de
gloire à espérer ; la gloire même acquise, il la
perdra sans retour. Car rien n'est vraiment beau

que ce qui est dirigé par une raison toujours la
même. Nul n'est plus obligé que toi d'aimer
la république , et de prendre la défense de la
liberté ; tes talens naturels, tes anciennes actions, les desirs et l'attente de tous les Romains,
t'en font une loi.

Je conclus qu'il ne faut pas supplier Octave
pour nous , ni lui recommander notre sort.
Excite , au contraire , tout ton courage, et
crois que cette ville où tu as fait de si grandes
choses , ne sera libre et glorieuse qu'autant que
le peuple aura des chefs pour résister aux projets des méchans.

Dans ces deux lettres , que j'ai cru devoir
citer tout entières , Brutus paroît avoir un
grand avantage sur Cicéron , et c'est ainsi qu'on
semble en avoir jugé dans tous les siècles qui se
sont écoulés depuis eux. Il y a peut-être de la
présomption et de la témérité à contredire
l'accord général de tous les esprits ; mais je
dirai sincérement ce que j'ai senti en lisant
les deux lettres. L'une m'a paru sage , honn-
nête , raisonnable, remplie d'égards pour celui
auquel elle est adressée , et dont elle blâme la
conduite en plusieurs points ; l'autre , quoiqu'elle prévienne par un ton de force et un

air de grandeur qui frappent, m'a semblé dure,
déclamatoire, pleine de ce faste des sentimens
et de ce bruit des paroles qui ont pu en imposer
aux hommes, mais dont ils auroient reconnu
le vuide s'ils avoient considéré les faits avec
attention. Que l'on examine la conduite de
Cicéron en la comparant avec celle des meurtriers de César, et que l'on juge. En immo-
lant le tyran, les conjurés épargnent l'instrument et le ministre de la tyrannie, je veux
dire Antoine. Au lieu de profiter de l'ardeur du
peuple romain, qui brûloit de recouvrer la
liberté, ils laissent à Antoine le tems de
reprendre ses esprits ; ils s'abandonnent, contre
l'avis de Cicéron, à un ambitieux qui vouloit
succéder au pouvoir de César, et qui les trompoit par une modération feinte. Antoine s'est
assuré des forces ; Brutus et Cassius sortent de
Rome où ils auroient dû commander en qualité
de préteurs ; ils se cachent au lieu de lever des
troupes pour les opposer au nouveau tyran de
leur patrie. Ils se remuent enfin, et se trouvent
chacun dans leur province à la tête d'une puissante armée ; mais ni l'un ni l'autre, après la
mort des deux consuls, n'accourt en Italie pour
secourir Décimus Brutus et pour affermir Plan-

cus , tous deux consuls désignés. Telle est la conduite des meurtriers de César ; voyons en parallèle celle de Cicéron. N'ayant pu faire goûter son avis à Brutus et aux autres , il s'éloigne de Rome , où Antoine étoit trop puissant pour qu'il pût agir ; il y revient, et il s'y fixe dès qu'il croit pouvoir être utile à la république : il a de la peine à se fier au jeune Octave ; mais cet enfant que méprise Brutus a levé des légions , il s'est mis en état d'arrêter Antoine qui accouroit à Rome avec des troupes pour l'opprimer. Cicéron devoit-il rejetter un secours offert à la république , le seul secours qu'elle eût alors ? Il s'efforce , par des éloges et par des honneurs , d'attacher Octave irrévocablement au parti républicain ; il engage dans ce même parti les deux nouveaux consuls, qui , tous deux , avoient été dévoués à César pendant qu'il vivoit. Sans aucun titre de magistrature , il devient le chef et l'ame de tout le sénat , qui n'agit que par ses conseils. Antoine est vaincu près de Modène , il lève le siège et s'enfuit avec les débris de sa défaite : le traître Lépide se joint à lui avec toutes ses forces. Cicéron trouvoit la conduite d'Octave très-équivoque ; il continuoit cependant de le traiter avec égard ; il lui écrivoit même en faveur des conjurés, dans la crainte qu'il ne se déclarât contr'eux. Mais que pouvoit-il faire ? La mort imprévue des deux consuls avoit rompu toutes ses mesures, et Octave se trouvoit à la tête des trois corps d'armée réunis. Que Brutus n'accouroit-il donc comme Cicéron l'en pressoit ? pourquoi reprocher à celui-ci des ménagemens dont il étoit lui-même la cause, puisque sa présence l'auroit mis en état de moins craindre la force en armes qu'il croyoit devoir ménager ? Pour moi je le dis et je le dirai toujours : dans ces dernières conjonctures où Cicéron a joué un si grand rôle, on doit le juger d'après les mesures qu'il a prises, et non d'après les événemens dont il n'étoit pas le maître, ni d'après les reproches un peu durs d'un citoyen vertueux, mais qui devoit agir au lieu d'écrire. Je le vois constant et ferme dans le dessein de défendre la liberté de sa patrie et la constitution de la république, tant qu'il est libre de le faire, et qu'une force supérieure ne l'en empêche pas ; au lieu que Brutus (je le dis sans aucune intention de déprimer ses vertus et ses qualités rares) a démenti plus d'une fois cette rigueur stoïque et cette sévérité d'un vieux romain qu'il affectoit dans ses discours. Il avoit

tué son ami et son bienfaiteur pour rendre la
liberté à sa patrie ; il déclaroit que, pour la
même cause, il n'auroit pas épargné son père :
et malgré ces héroïques sentimens, par une
vaine ostentation de clémence, il ménage Caïus
Antonius, frère d'Antoine, qui devoit être sacrifié à la nécessité, et dont la vie mettoit en
péril la sienne. Lépide, son beau-frère, est
déclaré ennemi de l'état, Brutus demande instamment que ses biens ne soient pas confisqués
pour l'intérêt de ses neveux, qu'il craint de voir
réduits à l'indigence. Cette foiblesse étoit-elle
digne de l'ancien Brutus, dont il descendoit par
le sang et qu'il se proposoit pour modèle ? Enfin,
pour omettre bien des traits, Brutus meurt,
mais en mourant blasphême contre la vertu ;
Cicéron offre tranquillement sa tête aux meurtriers, et meurt sans se plaindre.

Au reste, il est dans la lettre de Brutus un
mot que les traducteurs me paroissent n'avoir
pas entendu, et qui leur a fait croire que Cicéron
avoit demandé à Octave la vie de Brutus et des
autres conjurés. Une pareille lâcheté de la part
de Cicéron, s'il en eût été capable, lui auroit
mérité des reproches encore plus durs que ceux
de Brutus. *Salus* en latin veut dire deux choses,

la vie naturelle et la vie civile. Un citoyen,
privé de ses droits ou d'une partie de ses droits,
n'étoit pas *salvus et incolumis*. Brutus abuse quelquefois dans sa lettre de l'équivoque du mot;
cependant il l'explique très-bien dans un endroit de cette même lettre. Vous demandez à
Octave, dit-il à Cicéron, une chose que vous
ne pouvez obtenir. Par cela même que nous
obtiendrons de lui *nostram salutem*, nous la
perdrions. *Videmur ergò tibi salutem accepturi
cum vitam acceperimus ?* Croyez-vous donc que
nous recevrons *salutem* en recevant la vie ?
Quam (*salutem*), *si priùs dimittimus dignitatem et
libertatem*, *quî possumus accipere ?* Pouvons-
nous recevoir *salus*, si nous abandonnons
auparavant la dignité et la liberté ? Donc,
d'après ce passage difficile à entendre et encore
plus à rendre, *amissio dignitatis et libertatis*
étoit *amissio salutis*.

Après cette discusion grammaticale qui m'a
paru nécessaire, nous allons revenir à Cicéron.
Sa conduite politique en général est à couvert de
toute censure. Jamais citoyen ne fut plus ferme
dans ses principes et plus constant dans son affection pour sa patrie. Son tempérament naturel, le caractère de son esprit et de ses mœurs,

son genre de vie, rendoient ses propres intérêts
comme inséparables de ceux de la république ;
invariablement attaché à l'ancienne constitution,
il se proposa toujours pour objet de mettre
l'ascendant des affaires du côté des magistrats
et du sénat, sans blesser les droits et la liberté
du peuple : et dans un gouvernement populaire,
ce principe sera toujours l'objet des sages et la
règle des honnêtes gens. Cicéron ne s'en proposa point d'autre dès le premier moment qu'il
prit part aux affaires publiques, et jusqu'à la
fin de sa vie il suivit constamment la même
route. S'il paroît s'en être écarté dans quelques
endroits de son histoire, avec un peu d'attention on verra que le changement ne fut jamais
que dans ses mesures ; et que tendant toujours
à la même fin, il fut seulement obligé de céder
quelquefois à la force des conjonctures, à la
violence du pouvoir, ou personnellement aux
justes égards qu'il devoit à sa sûreté. Il croyoit
devoir se plier aux circonstances ; en cela différent de Caton, qui, dans la rigueur de ses
principes, incapable de fléchir, marchoit toujours sur la même ligne, aux risques de se perdre lui-même sans aucun fruit pour l'état. Peut-
être tous deux ont-ils passé quelquefois les bor-

nes ; et l'on pourroit reprocher à Caton trop de
rigidité dans sa conduite comme à Cicéron un
peu trop de complaisance pour Pompée et pour
César. Mais ce qui prouve que Cicéron chan-
geoit de mesures et non de principes , c'est que
toutes les fois que, dans Rome ou hors de Rome,
il put agir selon ses vues et son caractère , on
le vit déployer une politique aussi ferme que
sage , vraiment digne de louanges , ou plutôt
au-dessus de tout éloge ; on le vit suivre avec
une merveilleuse exactitude les principes de
justice et d'intégrité qu'il a tracés dans tous ses
écrits. Il se conduisit admirablement bien dans
sa province de Cilicie ; mais en général il étoit
comme déplacé hors de Rome, il étoit impatient d'y revenir. Et voilà pourquoi il supporta
son exil avec tant d'impatience et même de
foiblesse. Après avoir enflammé les Athéniens
et les avoir engagés à marcher contre Philippe,
Démosthène parcouroit les villes de la Grèce,
et leur inspiroit les mêmes sentimens ; dans son
exil , il soulève plusieurs peuples et forme un
puissant parti contre la Macedoine. Cicéron
hors de Rome n'auroit pu produire ces grands
effets ; mais dans Rome il animoit de son esprit le sénat qui faisoit marcher tout l'empire ;

il attachoit au sénat les Chevaliers romains
et le peuple et les faisoit tous agir de concert pour le bien général. Ecoutons-le s'expliquer lui-même dans une de ses philippiques :
« Aussi, dit-il , je reste dans la ville, et j'y res-
» terai si on m'y laisse. C'est ma demeure
» propre : c'est le centre de mes travaux ; c'est
» le poste d'où j'observe tout, d'où je veille et
» pourvois à tout. »

Cicéron offre seul plusieurs grands hommes,
le grand administrateur , le grand orateur , le
grand poëte, le grand rhéteur, le grand philoso-
phe, le grand écrivain dans tous les genres, dans
le genre épistolaire, dans le genre oratoire , dans
le genre philosophique et moral ; ajoutez à tout
cela qu'il étoit bon père , bon époux , bon
ami, homme d'une bonne société, d'une humeur enjouée et agréable , dont on aimoit à
recueillir les paroles pleines de finesse et de
sel , possesseur de beaucoup de talens et ne se
montrant jaloux d'aucun talent des autres. Nous
ne disons ici qu'un mot de son mérite d'orateur , parce que nous en avons parlé suffisamment dans le discours préliminaire qui est à
la tête de ce volume ; discours où nous avons
traité de l'éloquence en général , et en particu-

lier de celle de Cicéron. Plusieurs trouveront
fort extraordinaire que je l'aie annoncé comme
grand poëte : il l'étoit vraiment pour son siècle ;
et l'on doit juger de son talent poétique, non
d'après quelques mauvais vers que ses ennemis
ont pris plaisir à publier, mais d'après de très-
bons poëmes, les meilleurs de ce tems où Horace et Virgile n'avoient pas encore paru. Ses
ouvrages de rhétorique renferment d'excellens
préceptes, fruit de la réflexion et de la pratique,
exprimés avec toutes les graces du style. Ses
ouvrages philosophiques ne sont pas moins estimés, soit pour le fond, soit pour la diction.
Trois sectes partageoient alors les Romains instruits, celle des Stoïciens, celle des Epicuriens,
et celles des Académiques : Cicéron embrassa
cette dernière, comme tenant le milieu entre la
rigidité du stoïcisme et le relâchement de l'épi-
curéisme. Ses lettres de toutes les espèces sont
d'excellens modèles, et un des plus beaux monumens qui nous reste de l'antiquité pour l'histoire de ces tems-là. On vante sur-tout celles à
Atticus. Bien des gens prétendent y trouver la
preuve des foiblesses qu'ils reprochent à Cicéron et qu'ils exagèrent. Mais, je le leur demande,
si on pouvoit lire au fond de l'ame des plus
grands hommes, combien n'y découvriroit-on

pas de foiblesses, qui feroient dire que c'étoient toujours des hommes, quoique grands hommes. Or en écrivant à son cher Atticus, Cicéron lui parloit à cœur ouvert, et lui dévoiloit son ame avec autant de liberté que s'il se fût parlé à lui-même.

Les Romains conservèrent pendant plusieurs siècles un souvenir si vif de sa mort, qu'ils en ont transmis à la postérité toutes les circonstances, comme d'un plus mémorables événemens de leur histoire. Il paroît que le lieu de l'exécution étoit visité par les voyageurs avec un respect qui tenoit du culte religieux. Quoique la haine d'une action si noire tombât principalement sur Antoine, Auguste ne put se garantir d'une tache d'ingratitude et de perfidie, qui sert d'explication au silence que les écrivains du même siècle ont gardé sur un citoyen tel que Cicéron. N'est-il pas étrange en effet qu'on ne trouve pas même son nom dans Horace et Virgile? plus courageux que les autres, Tite-Live le loue dans le tems même que, forcé de se soumettre aux conjonctures, il semble diminuer le crime de sa mort. Après avoir fait l'éloge de ses admirables qualités, il ajoute que, pour lui donner des louanges dignes de lui, il faudroit sa propre éloquence. On rapporte

aussi d'Auguste, qu'ayant surpris un jour son
petit-fils qui lisoit un des ouvrages de Cicéron,
et qui se hâta de le cacher sous sa robe dans la
crainte de déplaire à l'Empereur, il prit le
livre, en lut quelques pages, et le rendit à ce
jeune homme en lui disant : « c'étoit un grand
» homme, mon fils, un amateur zélé de sa
» patrie. » Dans la génération suivante, c'est-
à-dire après la mort de ceux qui s'étoient trou-
vés comme engagés par des intérêts ou des différends personnels à le haïr pendant sa vie et
à décrier sa mémoire, l'envie, qui commençoit
à s'appaiser, laissa prendre à sa réputation
tout l'éclat qu'elle méritoit ; et sous le règne
de Tibère, dans le tems que Crémutius Cordus,
sénateur et historien, etoit condamné à mort
pour avoir loué Brutus, un autre écrivain ne
put s'empêcher, dans un transport de zèle pour
Cicéron, de se livrer aux plaintes les plus
amères contre Antoine. Depuis ce tems, tous
les écrivains de Rome, historiens et poëtes, se
sont efforcés à l'envi de louer Cicéron comme le
plus illustre de leurs concitoyens, et comme le
père de l'éloquence et du savoir. Ils ont pré-
tendu qu'il avoit fait plus d'honneur à leur patrie par ses ouvrages que tous leurs conquérans
par la force des armes, et qu'il avoit étendu la

réputation de leur esprit au-delà des bornes de leur empire. Même en convenant des défauts que quelques-uns lui ont reprochés, de sa vanité extrême, de ses irrésolutions dans quelques circonstances critiques, d'une trempe d'ame qui lui faisoit prendre trop de confiance dans les succès, et qui l'abattoit trop aisément dans les disgraces, on peut dire que c'est non-seulement un des plus beaux génies, mais encore un des plus grands hommes qui aient paru dans le monde.

Si on rassemble tous les traits sous lesquels ils nous est représenté par les anciens, on trouve qu'il avoit la taille haute, mais mince, le cou d'une longueur extraordinaire, le visage mâle et les traits réguliers, l'air si ouvert et si serein qu'il inspiroit tout-à-la-fois la tendresse, et le respect. Son tempérament étoit foible, mais il l'avoit fortifié si heureusement par sa frugalité, qu'il l'avoit rendu capable de toutes les fatigues d'une vie fort laborieuse et de la plus constante application à l'étude. La santé et la vigueur étoient devenues sa disposition habituelle. C'est d'après Asinius Pollio, Plutarque et Sénèque, qu'est tracé ce portrait de sa personne.

DISCOURS

DISCOURS

DE CICÉRON,

POUR QUINTIUS.

Sommaire du plaidoyer pour Publius Quintius.

CAIUS *Quintius , frère de Publius Quintius,*
avoit contracté une société pour des biens situés
dans la Gaule, avec Sextus Névius , huissier
public , défendu par Hortensius et soutenu
d'amis puissans. Caïus Quintius mourut et
laissa héritier de sa fortune Publius Quintius
son frère. Celui-ci vouloit rompre la société.
Névius prétendoit qu'il lui étoit dû, suivant
Cicéron il devoit plutôt. Celui-ci, après bien
des débats , paroît se désister de ses prétentions ,
et laisse partir Quintius que ses affaires appel-
loient dans la Gaule. Il profite de son absence
(c'est toujours d'après Cicéron que je raconte
la chose) pour se présenter en justice et pour
agir comme si Quintius se fût enfui pour se dis-
penser de répondre à l'ajournement : ce qui à
Tome II.   P

Rome étoit une honte et déshonoroit un particulier. Il se fait autoriser par le préteur Burriénus, à saisir les biens de Quintius. Armé
du décret, il envoie saisir les biens qu'il avoit
en Gaule : Quant à ceux qu'il avoit à Rome,
il en est empêché par Sextus Alphénus, chevalier Romain, fondé de procuration de Quintius.
Celui-ci revient à Rome : Névius reste dix-huit
mois sans faire de poursuite. Enfin, il s'adresse
au préteur Dolabella, il lui demande que
Quintius donne une caution de payer la somme
à laquelle il sera condamné pour avoir laissé
ses biens saisis pendant trente jours, ou de
consigner une somme, s'il prétendoit que ses biens
n'avoient pas été saisis. Quintius demandoit au
préteur de faire juger le fond, c'est-à-dire, de
faire juger s'il devoit à Névius ou si Névius
lui devoit. Dolabella lui ayant refusé absolument sa demande, il se trouvoit fort embarrassé. S'il consentoit à donner une caution,
c'étoit se déshonorer lui-même et convenir que
ses biens avoient été saisis. En consignant une
somme, il se voyoit réduit à parler le premier
dans une cause où son honneur étoit intéressé.
Cependant de deux maux il choisit le moindre,
et prit le parti de consigner une somme.

La cause avoit déja été plaidée une fois sans avoir été jugée ; Cicéron entreprit de dé-fendre Quintius contre Hortensius qui parloit une seconde fois pour Névius. Après avoir tâché dans son exorde, d'intéresser les juges en fa-veur de Quintius, et de les indisposer contre Névius ; après avoir dans sa narration exposé les faits à-peu-près comme je viens de les rap-porter, mais en les développant dans une juste étendue, il avance trois propositions qu'il s'en-gage de prouver, que Névius n'étoit point fondé à requérir la saisie des biens de Quintius, qu'il n'a pu les saisir en vertu de l'ordonnance du préteur, qu'il ne les a point saisis.

1°. Névius n'étoit point fondé à requérir la saisie des biens de Quintius, il ne lui étoit rien dû, comme le prouve son silence et sa con-duite, et quand il lui auroit été dû, il ne de-voit pas agir aussi rigoureusement avec un as-socié et un parent. Quand même Quintius au-roit manqué à l'ajournement, il ne devoit pas requérir la saisie de ses biens, mais il n'a pas manqué à l'ajournement.

2°. Névius n'a pu saisir les biens en vertu de l'ordonnance du préteur, ce que Cicéron démontre en faisant lire cette ordonnance. L'or-

donnance entre autres choses permettoit de saisir
les biens de l'absent en cas qu'il ne fût pas représenté ; l'orateur prouve fort au long que
Quintius a été représenté, et bien représenté.
Il insiste sur ce que Névius avoit envoyé saisir
les biens avant que d'avoir obtenu l'ordonnance.

Toute la troisième partie de la confirmation
manque, et le commencement de la récapitulation.

La péroraison est fort pathétique, très-pro-
pre à faire plaindre Quintius et à rendre odieux
Névius.

Cette cause a dû être plaidée l'an de Rome
672, de Cicéron 26.

Il y avoit deux mots dans le discours dont
j'ai eu beaucoup de peine à fixer le sens en françois, et sans lequel sens il restoit toujours quelque obscurité ; c'est defendere absentem et
possidere bona ex decreto, représenter un
absent, faire pour lui tout ce qu'il feroit s'il
étoit présent ; et saisir des biens en vertu d'un
décret.

Plaidoyer pour Publius Quintius.

Les deux avantages qui ont le plus de pouvoir dans une république , je veux dire le crédit et l'éloquence , se réunissent aujourd'hui
contre nous ; et je le sens , l'un m'effraie autant que l'autre m'en impose. J'ai lieu de craindre que l'éloquence d'Hortensius ne déconcerte ma timidité ; je tremble sur-tout que le
crédit de Névius ne nuise à Quintius. Je ne
serois pas si fort inquiet de voir chez nos ennemis, dans un degré éminent , les deux avantages dont je parle , s'ils étoient du moins chez
nous dans un degré médiocre. Mais telle est
notre situation : il faut que moi qui ai peu de
talent , et presque point d'exercice , je me mesure avec le plus éloquent des orateurs ; Quintius , dont le crédit est extrêmement foible ,
qui ne trouve en lui-même aucune ressource
et très-peu de secours dans ses amis, se voit en
tête un adversaire dont le crédit est redoutable. Ajoutez encore à tout le reste que Junius,
qui a plaidé quelquefois cette cause devant
vous même , Aquilius (1) Junius, si fort exercé

(1) D'après une loi de Sylla , les sénateurs seuls

P 3

dans toutes sortes d'affaires, qui s'est beaucoup
et souvent occupé de la nôtre, se trouve absent aujourd'hui, arrêté inopinément par une
fonction publique (1) ; et l'on s'est adressé à
moi qui, supposé même que j'eusse des talens
supérieurs. n'ai pas eu assez de tems pour
m'instruire d'une affaire aussi embarrassée et
aussi importante. Ainsi donc, ce qui ordinairement m'est de quelque secours dans les autres
causes, me manque dans la cause actuelle.
Moins je me reconnois de talent, plus je tâche
d'y suppléer par le travail, dont on ne sent
bien tout l'avantage, qu'autant qu'on a eu le
loisir nécessaire. Plus notre infériorité est frap-

occupoient les tribunaux ; et cependant nous voyons
qu'Aquillius, chevalier Romain, a été nommé juge:
c'est que, dans les causes particulières, le préteur
pouvoit prendre des juges parmi les chevaliers Romains, et même parmi le peuple.

(I) On ne sait pas au juste ce que veut dire ici
legatione. Est-ce la lieutenance d'une province ? Est-
ce ce qui s'appelloit lieutenance libre, qu'on se faisoit donner pour ses propres affaires ? Est-ce une députation ou ambassade pour quelque affaire publique ?
Je me suis servi dans ma traduction d'une expression
vague, sans déterminer la chose.

pante , plus vous devez , Aquillius (1) , vous et
vos assesseurs , nous écouter favorablement ,
pour que la vérité attaquée de toutes parts ,
trouve enfin un recours et un appui dans l'é‑
quité des hommes qui nous jugent. Que si vous
n'entreprenez pas de soutenir la foiblesse aban‑
donnée contre la force protégée ; si dans ce
tribunal c'est le crédit et non la vérité qui dé‑
cide ; assurément il n'est plus rien d'intact et
de sacré dans cette ville ; les petits et les foi‑
bles ne peuvent plus se rassurer par la droiture
des juges et par leur intégrité. Oui , sans doute ,
Aquillius , ou la vérité aura accès auprès de
vous et de ceux qui vont juger avec vous ; ou
repoussée d'ici par le crédit et par la violence ,
elle n'aura plus nulle part de refuge.

Si je parle de la sorte , ce n'est pas que je
doute de votre équité et de votre fermeté ; ce
n'est pas que Quintius n'ait la plus grande con‑
fiance dans ces citoyens d'élite que vous avez
pris pour assesseurs. Mais , certes , la grandeur
du péril l'épouvante : il voit qu'un séul juge‑

---

(1) Aquillius étoit le juge donné par le préteur ,
les assesseurs étoient du choix d'Aquillius.

ment va décider de toute son (1) existence civile ; et dans cette pensée , il ne considère pas
moins votre puissance que votre justice. Car
tous ceux dont la vie est à la disposition d'un
autre , songent plus souvent à ce que peut
qu'à ce que doit celui du pouvoir et de la volonté duquel ils dépendent. D'ailleurs , Quintius a pour adversaire en apparence Névius ,
mais en effet il a à lutter contre les hommes
les plus éloquens de nos jours , les plus recom-
mandables de cette ville par mille vertus et
mille qualités rares. Ils se réunissent pour soutenir Névius de tout leur crédit ; ils le défendent avec ardeur, si on peut appeller défendre que de se prêter à la passion d'un autre ,
pour qu'il fasse succomber plus facilement
celui qu'il voudra dans un jugement inique.

Eh ! peut-on rien citer , Aquillius , peut-on
rien imaginer de plus inique et de plus révoltant, que de m'obliger à parler le premier dans
une cause où je défends l'honneur et l'existence d'un citoyen ; dans une cause sur-tout où

(1) Paul Manuce explique très-bien *de fortunis
omnibus. De totâ incolumitate*, dit-il : *amissâ enim
existimatione , quæ agitur hoc judicio , quid ei reliquum
erit ?*

doit me répondre un Hortensius, que la nature
a doué du génie le plus fécond, du plus beau
talent pour la parole, et qui fait ici la fonction
d'accusateur. Ainsi, moi qui ne devrois être occupé qu'à repousser les coupables adversaires,
et à guérir nos blessures, je me vois forcé de
deviner ces coups, et de les repousser en quelque sorte avant qu'ils aient été portés. Eux au
contraire auront l'avantage de nous attaquer
lorsqu'il ne nous sera plus libre d'éviter leurs
attaques, ni de remédier aux fausses imputations qu'ils se proposent de lancer contre nous
comme des traits empoisonnés. C'est l'injustice criante du préteur qui en est cause : il a
voulu, contre l'usage général, qu'on pronon-
çât sur la condamnation par défaut (1) avant
de prononcer sur le fond ; et en outre il a disposé le jugement de manière que l'accusé fût
obligé de se défendre avant que d'avoir entendu une seule parole de l'accusateur. C'est là
l'ouvrage du crédit et de la puissance de ceux
qui se prêtent aux désirs et à la passion de

(1) Latin de probro. *Probrum*, c'est-à-dire, *vadi-*
monium desertum, ex quo probrum sequebatur. Au
reste, je renvoie au sommaire pour bien entendre
tout l'exorde, et plusieurs endroits du discours.

Névius , avec autant de chaleur que s'il s'agissoit de leur affaire propre ou de leur élévation:
ils essaient ce qu'ils peuvent en des choses où
ils doivent montrer d'autant moins leur pouvoir que le mérite et la naissance leur en donnent davantage.

Puisqu'au milieu de toutes ces disgraces , de
tous ces contretems , Quintius s'est jetté entre
vos bras , Aquillius , qu'il a eu recours à votre
équité , à votre intégrité , à votre sensibilité ;
puisque , par la persécution de ses adversaires,
il n'a pu trouver encore d'égalité dans la justice, de parité dans le droit d'action , d'im-
partialité dans les juges ; puisque , par une
vexation énorme , tout lui a été contraire , tout
s'est déclaré contre lui : il vous demande ,
Aquillius , à vous et à vos assesseurs , il vous
demande instamment qu'après tant d'agitations
et de tempêtes , le droit et la justice trouvent
enfin ici le repos et une entière assurance. Et
afin que vous puissiez plus aisément prononcer pour la bonne cause , je ferai ensorte que
vous soyez instruits de la manière dont les
choses se sont passées dès l'origine, et comment
la société s'est établie.

Caïus Quintius , frère de celui que je dé-

fends , étoit (1) en tout un père de famille
sage et attentif ; il est un seul point dans lequel
sa prudence fut un peu en défaut , je veux
dire lorsqu'il s'associa avec Névius , honnête
homme , mais qui n'avoit pas appris à connoître les loix d'une société , ni les devoirs
d'un bon père de famille. Non que l'esprit
manquât à Névius ; il ne fut jamais regardé
comme un insipide bouffon , ni comme un
crieur peu plaisant : mais , sans doute , la nature ne lui ayant rien donné de meilleur que
la voix , son père ne lui ayant laissé que la
liberté , il a trafiqué de sa voix pour s'enrichir ,
il a usé de la liberté pour railler impunément.
Ainsi donc s'associer avec un tel homme ,
c'étoit lui fournir l'occasion de s'instruire comment aux dépens d'autrui on faisoit profiter
ses deniers. Toutefois Quintius , engagé par
l'amitié intime qui les unissoit , forme avec lui,
comme je viens de le dire , une société pour
les biens qu'il avoit dans la Gaule. Il y possédoit de beaux pâturages , des champs en bon
état et d'un grand rapport. Névius quitte Rome

(1) *Ceterarum rerum* pour *in ceteris rebus.*

et les portiques où il exerce (1) sa profession
pour se transporter dans la Gaule et jusqu'au
delà des Alpes : il change de lieu sans changer
de caractère. Accoutumé , dès sa plus tendre
jeunesse , à gagner sans rien débourser , il n'eut
pas plutôt tiré quelque peu d'argent de sa
bourse pour mettre dans la société , qu'il ne
pouvoit se contenter d'un gain médiocre : et il
n'est pas étonnant qu'un homme qui avoit
trafiqué de sa voix , cherchât à tirer de grands
profits de ce que sa voix lui avoit fait gagner.
Il détachoit donc de la masse commune des
sommes assez fortes , et détournoit dans sa
maison tout ce qu'il pouvoit. Il étoit en cela
de la plus scrupuleuse exactitude , comme si
c'étoit l'usage de condamner en justice (2) celui des associés qui se montre le plus fidèle.
Mais est-il besoin de parcourir les détails dans

(I) *Ab atriis Liciniis atque à præconum consessu ,*
c'est-à-dire , *ab atriis Liciniis in quibus præcones
considebant. Atria Licinia* étoit un quartier de la ville
où se rassembloient les huissiers ou crieurs publics.

(2) *Arbitrium* est ici pour *judicium. Judicium pro
socio ,* expression judiciaire , *judicium de societate.*
Ou il faut ajouter *ad* au mot d'*arbitrium ,* ou il faut
lire *arbitrio.*

lesquels Quintius voudroit me faire entrer ?
Ces détails ne sont pas étrangers à la cause ;
mais comme ils ne lui sont pas essentiels (1),
Je les supprime.

La société subsistoit depuis plusieurs années;
Névius avoit souvent donné lieu aux soupçons
de Quintius , et n'étoit guère en état de rendre
compte de biens qu'avoit administrés la cupidité plutôt que la bonne foi : Quintius meurt
dans la Gaule sous les yeux de Névius , il
meurt subitement. Il institue héritier , dans son
testament , Quintius pour qui je parle , afin de
donner en mourant la plus grande marque de
distinction à celui à qui sa mort causoit la plus
grande tristesse. Quelque tems après la mort de
mon frère , Quintius partit pour la Gaule ; il y
vécut fort amicalement avec Névius. Il y avoit
près d'un an qu'ils étoient ensemble , ils
avoient eu bien des conférences touchant la
société , et en général au sujet de toutes les possessions dans ce pays. Névius ne dit jamais un
mot de dettes qu'eussent contractées avec lui

---

(1) *Tamen quia non postulat* : ces mots ont été ajou-
tés au texte d'après les conjectures d'un savant , et ne
se trouvent pas dans tous les livres.

la société, et en particulier le testateur. Celui-
ci avoit laissé quelques dettes, qui devoient
être acquittées à Rome avec de l'argent ayant
cours à Rome : Quintius affiche et annonce
dans la Gaule à Narbonne une vente de fonds
qui étoient à lui seul. Alors Névius, parfait
honnête homme, fait tout ce qu'il peut pour
le détourner de cette vente : vous ne pouvez,
lui disoit-il, vendre avec avantage dans le tems
où vous avez affiché. J'ai de l'argent à Rome ;
si vous faites bien, usez-en comme d'un argent
commun, vu mon ancienne amitié avec votre
frère, et notre alliance ensemble : car Névius
a épousé une cousine de Quintius, et il en a
des enfans. Rien n'étoit plus honnête que la
proposition de Névius ; Quintius s'imagina que
sa conduite répondroit à son langage. Il re-
nonce à sa vente et part pour Rome. Névius
quitte la Gaule en même-tems pour le suivre.
Il étoit dû de l'argent à Scapula par le frère de
Quintius : celui-ci vous fait décider à vous-
même (1), Aquillius, ce qui seroit payé à ses

(1) Pour entendre tout cet endroit, il faut supposer que les dettes laissées par le frère de Quintius
étoient spécifiées en monnoies, ayant cours dans la

enfans. Voici pourquoi on employoit votre ministère : il ne sufffisoit pas, vu la différence des monnoies, d'examiner sur les registres ce qui étoit dû, si on ne demandoit aux questeurs ce qui devoit être payé aux Scapula. Votre liaison avec ceux-ci vous fait décider et marquer ce qui leur seroit payé d'après le rapport avec le denier romain.

En tout cela Quintius agissoit d'après les avis et les conseils de Névius : il n'est pas étonnant qu'il prît conseil d'un homme qu'il voyoit prêt à l'aider de sa bourse. Peu content de lui avoir promis dans la Gaule, à Rome même il ne cessoit de lui dire, qu'au moindre signe de sa volonté, il lui compteroit la somme. Quintius voyoit que Névius pouvoit l'obliger,

Gaule, et ; comme nous l'avons exprimé plus haut, devoient être acquittées à Rome avec la monnoie ayant cours à Rome. Dans ces cas, on s'adressoit aux questeurs pour savoir les rapports des monnoies. Quintius s'adressa donc aux questeurs ; Aquillius, qui se trouvoit questeur pour lors, et qui étoit lié avec les Scapula, se chargea lui-même de marquer le rapport de la monnoie de Gaule avec le denier romain. — *Si on ne demandoit aux questeurs.* J'ai suivi la leçon, *nisi à quæstoribus quæsisset.*

il jugeoit qu'il le devoit. Il ne pensoit pas qu'il eût envie de le tromper parce qu'il n'avoit pas de raison de le faire. Il s'arrange donc pour payer les Scapula, comme s'il avoit eu son argent comptant. Il avertit Névius, il le prie de lui remettre la somme qu'il lui avoit promise.

Alors ce parfait honnête homme (il croira peut-être que je raille quand je l'appelle pour la seconde fois de ce nom), Névius, dis-je, qui le croyoit dans le plus grand embarras, veut profiter de la circonstance pour le contraindre à en passer par où il voudroit : Non, lui déclare-t-il, je ne vous donnerai pas une obole, si vous n'avez réglé auparavant les comptes et les intérêts de la société, et si je ne suis sûr de n'avoir par la suite rien à démêler avec vous. Nous verrons cela dans un autre tems, dit Quintius ; pour le moment remettez-moi, je vous prie, la somme que vous m'avez promise. Névius persiste à dire qu'il ne le feroit point à d'autres conditions ; qu'il ne s'embarrassoit pas plus d'avoir promis, que, si chargé de faire une vente (1), il eût fait quelque pro-

____

(1) Les critiques ont remarqué avec raison *cum auctionem venderet*, comme une expression extraor-

mésse

messe au nom du propriétaire. Surpris de ce manque de parole , Quintius obtient un délai des Scapula ; il envoie en Gaule pour qu'on vende les biens qu'il avoit affichés. Ils sont vendus en son absence dans un moment peu favorable ; il paie des intérêts aux Scapula à cause du délai. Alors il va trouver Névius ; car se doutant bien qu'il y auroit entre eux quelque différend , il vouloit prendre des mesures pour finir au plutôt et arranger toute cette affaire avec le moins de désagrément possible. Névius donne pour arbitre Trébellius son ami particulier ; de notre côté , nous donnons un ami commun , notre parent , qui avoit été élevé dans la maison de Névius , avec qui il étoit fort lié , Sextus Alphénus. Les parties ne pouvoient s'accorder : Quintius consentoit bien à faire une modique perte , mais un butin modique ne pouvoit contenter Névius. Ainsi il fut dès-lors question de s'ajourner , de don-

---

dinaire ; plusieurs proposent de lire *quum in auctione venderet*. Quoiqu'il en soit , on voit que l'orateur insiste sur la bassesse de la profession de Névius. Il le représente faisant des promesses au nom du propriétaire des effets d'une vente , et ne craignant pas de manquer à ces promesses.

Tome II.   Q

ner et de recevoir des répondans (1). **On**
avoit passé quelque tems à débattre la chose ;
on avoit souvent différé ; rien ne finissoit :
Névius se présente pour finir.

Je vous en conjure, Aquillius, et vous,
Romains, qui composez le tribunal, écoutez
ce qui suit avec attention ; vous verrez une
fraude et une manœuvre d'une singulière espèce. J'ai fait des ventes dans la Gaule, disoit
Névius ; j'ai vendu ce que je souhaitois ; j'ai
pris mes mesures pour que la société ne me fût
point redevable ; je ne demande plus de répondans et ne promets plus d'en donner ; si cependant Quintius veut me poursuivre en justice,
je ne m'y oppose pas. Comme celui-ci vouloit
aller visiter les biens qu'il avoit dans la Gaule,
il n'exige point pour le moment de Névius
des répondans. On se retire donc sans avoir

(1) Lorsque les parties ne pouvoient pas s'accorder devant des arbitres, elles s'ajournoient, et four-
nissoient chacune des répondans comme elles paroî-
troient devant le préteur au jour marqué. D'après ces
notions, il est aisé d'entendre cette phrase, *res esse*
in vadimonium cœpit. Manquer à l'ajournement c'étoit
vadimonium deserere. Il faut remarquer l'expression *in*
vadimonium pour *in vadimonio.*

donné de répondans. Quintius ensuite reste à Rome près de trente jours ; il fait remettre les affaires qu'il avoit avec d'autres, afin d'être libre et de pouvoir partir pour la Gaule. Il part, et sort de Rome le dernier de janvier (1), sous le consulat de Scipion et de Norbanus. Retenez bien cette datè, Romains, je vous en conjure. Il part avec Lucius Albius, fils de Sextus, de la tribu Quirina (2), honnête homme, avantageusement connu. Ils arrivent à l'endroit qu'on nomme les gués de Volaterres (3), ils y voient Publicius, intime ami de Névius, qui lui amenoit de Gaule des esclaves pour les vendre. Arrivé à Rome, Publicius dit à Névius le lieu où il a vu Quintius. Névius aussi-tôt (4)

(1) Latin, *ante diem* 11 *Kalendas Februarii*, c'est-à-dire, *die secundo antè diem kalendas*, ce qui est la même chose que *pridié kalendas*.

(2) J'ai suivi la leçon *Quirinâ*, en sous-entendant *ex tribu*.

(3) *Les gués de Volaterres*, dans l'Etrurie, ainsi appellés, parce que la mer dans cet endroit est fort peu profonde.

(4) J'ai traduit en suivant la leçon qui supprime les mots inutiles, *viderit Quintium. Quod ubi ex Publico cognovit Nævius pueros.*

Q 2

envoie des esclaves chez ses amis , lui-même il
rassemble tous les hommes de sa connoissance
qu'il trouve sous les portiques où il exerçoit sa
profession et dans la place qui conduit au mar-
ché , il les prie de se trouver le lendemain
dès le matin , au comptoir Sextius (1). Ils y
viennent en grand nombre. Ils les prend à
témoins qu'il a répondu à l'ajournement, et que
Quintius n'y a pas répondu. On prend toutes
les signatures de cette troupe de nobles personnages (2). On se retire. Névius demande au
préteur Burriénus qu'il soit autorisé par une
ordonnance à saisir les biens de Quintius. Il
fait décréter les biens de celui avec lequel il
avoit été uni par les liens d'une amitié intime ,
et l'étoit encore par ceux d'une association (3),

(1) On ignore quel étoit l'endroit de la ville que
Cicéron appelle *ad tabulam Sextiam*. *Dès le matin*;
mot à mot *à la seconde heure du jour*. On sait que les
Romains partageoient le jour et la nuit en quatre parties, de chacune trois heures , ou en douze heures
égales.

(2) *De nobles personnages*. Ironie.

(3) La société, quoique rompue par la mort du frère
de Quintius , subsistoit toujours jusqu'à ce qu'on eût
fait les partages et les arrangemens.

ceux d'une alliance qui ne pouvoit être rompue tant que ses enfans vivroient. On voit aisément par là qu'il n'est pas de droit si saint
et si vénérable que la cupidité ne viole et ne
foule aux pieds. En effet , si la parenté s'entre-
tretient par la tendresse , une société par la
bonne foi , l'amitié par la droiture , celui qui
entreprend de ravir l'honneur et l'existence civile à un parent , à un associé , à un ami ,
doit nécessairement se reconnoître pour un
homme dur, faux et perfide. Alphénus , fondé
de procuration de Quintius , intime ami et parent de Névius , arrache les affiches du décret ,
il emmène un jeune esclave dont Névius
s'étoit saisi ; il annonce à Névius qu'il est
fondé de procuration de Quintius , que Névius
lui-même doit ménager l'honneur et l'existence
civile de l'absent , qu'il doit attendre son retour ; que , s'il se refusoit à cette demande, s'il
avoit résolu (1) par de tels procédés de l'ame-
ner à subir toutes ses conditions , il ne lui demandoit aucune grace ; que , s'il vouloit l'attaquer en justice , il sauroit lui répondre. Ces

_____

(1) Latin *imbiberit* , c'est-à-dire , *instituerit* , *in
animo habuerit.*

choses se passoient à Rome, lorsque Quintius,
contre tout droit, contre tout usage, contre
les ordonnances des préteurs, se voit déposs-
sédé avec violence de pâturages et de champs
qui lui appartenoient en commun, par des.
esclaves qui étoient toujours les siens en vertu
de la communauté.

Croyez, Aquillius, que la conduite de
Névius à Rome a été raisonnable en tout et
régulière, si vous trouvez que les violences
exercées dans la Gaule, d'après ses ordres,
sont conformes à la justice et à la règle. Chassé
et dépouillé de ses terres par un trait d'iniquité
aussi criant, Quintius se réfugia auprès de (1)
Flaccus qui commandoit pour lors dans la
province, et que je nomme avec tous les
égards que son rang exige. Vous pourrez apprendre par ses édits, combien il a cru devoir
punir rigoureusement un pareil attentat. Cependant à Rome Alphénus étoit tous les jours
aux prises avec notre rusé gladiateur. Le peu-

_____

(1) Il y avoit un Caïus Flaccus, qui douze ans auparavant avoit été consul avec Marcus Hérennius;
tout ce qu'on sait, c'est que celui-ci ne devoit pas
être le même.

ple étoit pour lui parce que son adversaire l'attaquoit à outrance (1). Névius demande que le
fondé de procuration donne une caution de
payer ce qui sera décidé par le juge. Alphénus
dit qu'on ne peut exiger d'un fondé de procuration, une caution que l'accusé lui-même ne
seroit pas obligé de donner s'il étoit présent.
On en appelle aux tribuns. Alphénus étoit assuré qu'ils interviendroient, il promet néanmoins en se retirant que Quintius se présentera
aux Ides de Septembre.

Quintius revient à Rome, il se présente en
justice. Névius, cet homme si violent, si prompt
à chasser, à dépouiller, à déposséder, ne fait
aucune poursuite pendant dix-huit mois, il
reste tranquille, traîne les choses tant qu'il
peut, et tâche de faire accepter ses conditions
à Quintius. Enfin il demande au préteur Dolabella (2) que, suivant les règles, Quintius

(1) Cicéron continue dans la métaphore de gladiateur. Le peuple en général n'aimoit pas les gladiateurs, qui en vouloient à la vie de leurs adversaires,
qui caput petebant. Or, Névius en vouloit à l'existence civile de Quintius, *petebat caput Quintii*.

(2) C'est le même Dolabella qui gouverna la Cilicie au sortir de sa préture, et dont Verrès fut le

Q 4

lui donne caution de payer la somme à laquelle il seroit condamné. Je poursuis, lui
disoit-il, un homme dont j'ai tenu les biens
saisis pendant trente jours en vertu de l'ordonnance du préteur. Quintius ne refusoit pas de
donner seul des répondans si ses biens avoient
été saisis en vertu d'une ordonnance. Dolabella décide (je ne dis pas si sa décision étoit
juste, je me contente de dire qu'elle étoit
extraordinaire ; quoique après tout j'aurois
mieux fait de ne rien dire absolument, chacun auroit pu en juger par lui-même) il décide
que Quintius attaquera Névius en consignant
une somme, puisque ses biens avoient été saisis pendant trente jours en vertu de l'ordonnance du préteur Burriénus. Les défenseurs de
Quintius protestoient contre la décision de
Dolabella ; ils montroient qu'il falloit juger le
fond (1), afin que les deux parties donnassent

lieutenant et vice-questeur. — *Je poursuis...* Dans la
formule doit entrer *quod ab eo petat.* Des savans proposent ensuite de lire, *cujus ex edicto.* J'adopte leur
conjecture, et j'ai traduit en conséquence.

(1) *Juger le fond*, c'est-à-dire, juger si Quintius
devoit à Névius, ou Névius à Quintius.

caution entre elles , ou qu'aucune des deux
n'en donnât , qu'il n'étoit pas nécessaire de
compromettre l'honneur de l'une des deux parties. Quintius lui-même s'écrioit qu'il ne vouloit pas donner de caution ; il craignoit de
paroître avoir reconnu que ses biens avoient
été saisis en vertu d'une ordonnance : il pensoit
d'ailleurs que , s'il consignoit une somme , il
parleroit le premier, ce qui arrive maintenant,
dans une cause où son honneur étoit intéressé.
Dolabella , suivant l'usage des nobles qui,
quand une fois ils ont commencé à agir bien
ou mal , vont si loin qu'aucun homme de
notre origine ne sauroit les atteindre , Dolabella persiste opiniâtrement dans son injustice :
il veut que Quintius donne une caution ,
ou consigne une somme , et cependant qu'on
fasse retirer avec violence nos défenseurs qui
protestoient contre sa décision.

Quintius s'en retourne fort affligé , et non
pas à tort ; on le réduisoit à l'alternative aussi
triste qu'injuste , ou de (1) se déshonorer lui-
même par son propre jugement , s'il donnoit
seul une caution , ou de parler le premier dans

(1) Voyez le sommaire.

une cause qui intéressoit son honneur , s'il
consignoit une somme. Comme d'un côté rien
ne le forçoit de prononcer contre lui-même ,
ce qu'il y a de plus fâcheux pour un accusé ,
et que de l'autre il avoit l'espérance d'avoir
pour juge un homme dans lequel il trouveroit
d'autant plus de secours qu'il apporteroit au
tribunal moins de crédit , il a préféré de consigner une somme. Il l'a consignée. Il vous a
pris pour juge (1) , Aquillius ; il a procédé par
cette voie. Voilà en quoi consiste toute la
cause , et sur quoi vous avez à prononcer.

Vous le voyez , Aquillius , il ne s'agit pas
ici de simples intérêts pécuniaires , mais de
l'honneur et de l'existence civile de Quintius.
Nos ancêtres ont établi que quiconque auroit
à se défendre dans une cause où il seroit intéressé aussi sérieusement , parleroit le dernier ;
vous le voyez néanmoins: par la vexation inouïe
des accusateurs , nous parlons les premiers ;
ceux-là attaquent qui pour l'ordinaire se défendent , et l'on force aujourd'hui d'employer

____

(1) C'étoit le préteur qui donnoit les juges ; mais
on étoit censé les prendre soi-même en ne les récu-
sant pas.

pour ruiner et pour perdre , des talens (1)
qu'on employoit auparavant pour sauver et secourir les malheureux. Il leur restoit encore ,
ce qu'ils ont fait hier , de vous traduire vous-
même devant le préteur , afin de vous obliger
à nous fixer le tems que nous aurions pour
plaider. Et ils auroient obtenu sans peine leur
demande , si vous n'eussiez montré l'étendue
de vos droits , la nature de votre ministère et
de vos obligations. Jusqu'à présent nous n'avons
rencontré que vous d'impartial , dans un démêlé avec des adversaires qui ne se conten-
tèrent jamais d'obtenir ce que tout le monde
trouvoit juste et raisonnable : tant ils croient
que la puissance , si elle n'est injuste et oppres-
sive , perd sa force et son crédit.

Hortensius vous presse d'aller aux avis , il
exige de moi que je ne perde pas le tems en
paroles inutiles, il se plaint que la première fois
(2) qu'on a plaidé , il ne lui a pas été possible

___

(1) Cicéron parle ici d'Hortensius , qui défendoit
des accusés , mais qui ne se constituoit jamais accusateur.

(2) Nous avons vu dans le commencement du discours , que la cause avoit été plaidée d'abord par
Marcus Junius.

de conclurre ; je ne veux donc point qu'on nous soupçonne de chercher à éterniser l'affaire, et je n'ai point la présomption de me croire en état de l'exposer mieux qu'elle ne l'a été auparavant. Je me resserrerai le plus que je pourrai, soit parce que la cause a déja été débattue par un premier orateur, soit parce qu'on exige de moi qui ne peux ni préparer ni prononcer de longs discours, la briéveté que j'aime déja tant par elle-même. Je ferai ce que je vous ai souvent vu faire (1), Hortensius, je diviserai la cause en plusieurs parties bien distinctes. Vous le faites toujours parce que vous le pouvez toujours : je le ferai ici parce que je crois le pouvoir ici. Ce que votre talent vous donne en toute occasion, ma cause aujourd'hui me le permet. Je me fixerai des bornes et des limites dont je ne pourrai m'écarter quand j'en aurois le désir. Par là, je désignerai les articles que j'ai à discuter, Hortensius verra ceux auxquels il doit

(2) Hortensius, comme le dit ailleurs Cicéron, avoit un talent particulier pour bien diviser ses causes : mais peut-être Cicéron ne faisoit-il pas de ce talent, un aussi grand cas qu'il le paroît ; peut-être y a-t-il un peu d'ironie dans sa phrase.

répondre, et vous, Aquillius, vous pourrez envisager de loin les objets sur lesquels vous avez à prononcer.

Nous prétendons, Névius, que vous n'avez point saisi les biens de Quintius en vertu de l'ordonnance du préteur : c'est là dessus qu'on nous a fait consigner une somme. Je montrerai d'abord que vous n'aviez nulle raison de requérir devant le préteur la saisie de Quintius ; ensuite que vous n'avez pu les saisir en vertu de l'ordonnance ; enfin que vous ne les avez point saisis. Je vous en prie, Aquillius, et vous, Romains, qui composez le tribunal, retenez bien ce que je m'engage de vous prouver. Vous suiviez plus aisément toute l'affaire si vous ne perdez point de vue les points que je vous annonce ; et la crainte seule de vous déplaire me fera rentrer sans peine dans le cercle où je me suis enfermé moi-même, si j'entreprenois d'en sortir. Je dis donc que Névius n'étoit pas fondé à requérir ; je dis qu'il n'a pu saisir en vertu de l'ordonnance ; je dis qu'il n'a pas saisi réellement : ces trois chefs bien établis, je conclurrai.

Névius n'avoit nulle raison de requérir (1).

(1) Paul Manuce a raison d'observer qu'il faut lire *postularet* au lieu de *postulares*.

Comment peut-on s'en convaincre ? Parce que Quintius ne devoit rien à Névius , ni en son propre nom , ni au nom de la société. Qui est-ce qui dépose de ce double fait ? Celui même qui nous attaque avec tant de chaleur. C'est vous , Névius , oui , c'est vous que je produis ici pour témoin. Après la mort de son frère , Quintius a été avec vous dans la Gaule un an et plus (1) ; faites voir que vous lui avez demandé cette prétendue créance si énorme ; faites voir que vous lui avez quelquefois parlé ; prouvez que vous lui ayez dit qu'il vous étoit dû , et je conviendrai qu'on vous devoit. Caïus Quintius meurt ; celui qui, comme vous dites , vous devoit une somme immense pour certains articles. Quintius , son héritier , vient vous trouver vous-même dans la Gaule sur une terre apppartenante à la société , dans un lieu enfin où étoient, non seulement les fonds de la société , mais tous les comptes et tous les registres. Il auroit fallu être bien peu attentif à.

_____

(1) Il a dit plus haut , *près d'un an :* mais les orateurs ne sont pas si exacts sur les comptes , ils ne calculent quelquefois que d'après l'affection du moment.

ses affaires , bien négligent , bien différent de
vous , Névius , pour voir les fonds passer des
mains de celui avec qui on auroit formé une
société dans celles de son héritier , sans instruire
cet héritier dès qu'on l'auroit vu , sans avoir
avec lui - même une explication , sans lui porter les comptes , et , si on n'eut pas été d'accord
sur quelque point , sans faire décider ce point
à l'amiable , ou en justice rigoureuse. Comment?
Ce que font les plus honnêtes gens, ceux qui
sont et qui veulent paroître les plus attachés à
la personne de leurs parens et de leurs amis , les
plus zélés pour leur réputation , Névius ne le
feroit pas , lui dont la cupidité est si ardente ,
si active , qu'il ne voudroit pas faire le plus
léger sacrifice pour laisser à son parent tant soit
peu d'honneur ? Et celui-là n'auroit point
demandé une somme d'argent qui lui eût
été due , qui , piqué du refus de ce qu'on
ne lui devoit pas , veut ravir à un parent , non
une somme d'argent , mais son sang et sa vie (1)!
vous n'avez pas voulu , sans doute , être impor-
tun à celui que vous ne laissez pas à présent

(1) C'est-à-dire , la réputation et l'honneur , sans lesquels on ne vit plus.

respirer en liberté ! Celui que maintenant vous
brulez indignement de perdre, vous ne l'abordiez
qu'avec honte ! Oui, je le crois, vous ne vouliez
pas ou vous n'osiez pas aborder un parent qui
avoit de l'amitié pour vous , un parent plus
âgé que vous (1) , rempli d'honneur et de
probité ! Après vous être souvent , comme il
arrive , enhardi vous-même , _après avoir
préparé et médité ce que vous deviez dire ,
après être venu bien déterminé à parler d'argent
dû , une timidité naturelle , une pudeur vir-
ginale, vous retenoit soudain , la parole vous
manquoit tout à coup ; malgré toute l'envie
que vous en aviez , vous n'osiez aborder Quintius , vous trembliez de lui dire quelque chose
de désagréable. C'étoit cela assurément.

Eh ! croira-t- on que Névius ait épargné les
oreilles de celui dont il attaquoit l'honneur sans
ménagement ? S'il vous eût été dû quelque
chose, Névius , vous l'eussiez demandé sur le
champ , ou du moins peu de jours après , ou
du moins au bout de quelques semaines, après

---

(1) Quintius devoit être plus âgé que Névius :
Cicéron dit en finissant ce plaidoyer que Quintius
étoit presque à la fin de sa carrière.

six

six mois sans aucun doute, après l'année ex-
pirée sans contredit. Pendant dix-huit mois !
Vous auriez la facilité de parler tous les jours
à Quintius, et vous n'en dites pas un mot, vous
attendez près de deux ans pour lui en parler !
Quel est le prodigue, le dissipateur encore dans
l'abondance, avant qu'il ait consumé ses biens,
qui eût été aussi négligent que Névius ?
Nommer l'homme, c'est tout dire. Caïus Quintius vous devoit. Vous ne lai avez jamais rien
demandé. Il est mort ; les fonds sont passés à
son héritier. Vous étiez tous les jours avec
celui-ci ; après deux ans vous lui parlez enfin
d'une créance. Peut-on douter lequel des deux
est plus probable, ou que Névius, s'il lui eût
été dû quelque chose, l'auroit demandé sur le
champ, ou qu'il n'en auroit point parlé même
après deux ans ? Direz-vous que vous n'avez
pas eu occasion d'en parler à Quintius ? Mais
vous avez vécu avec lui plus d'une année. Que
vous n'avez pu poursuivre votre droit dans la
Gaule ? Mais on rendoit la justice dans la province, et les tribunaux étoient ouverts à
Rome. Reste que vous soyez demeuré tranquille
par une négligence excessive, ou par une bonté
singulière. Si vous parlez de négligence, nous

serons surpris ; si vous parlez de bonté, nous
rirons. Je ne vois pas ce que vous pouvez dire
encore. C'est une preuve assez forte qu'il n'est
rien dû à Névius, de ce qu'il a été si long-tems
sans rien demander.

Mais si je fais voir que même sa conduite
actuelle atteste qu'il ne lui est rien dû. En effet ,
que demande aujourd'hui Névius ? De quoi
s'agit-il , sur quoi roule ce procès qui dure
depuis deux ans ? De quoi est-il question dans
cette affaire pour laquelle il fatigue tant de
personnages (1) distingués. Il demande l'argent
qui lui est dû. Quoi ! après un si long délai ?
mais il le demande ; écoutons-le. Il veut qu'on
examine les comptes de la société et qu'on en
vuide les différends. C'est bien tard : mais qu'on
s'occupe enfin de cet objet; nous y consentons.
Ce n'est point là ce que je demande, dit Névius;
ce n'est point là ce qui m'inquiète. Quintius se
sert de mon argent depuis tant d'années : à la
bonne heure , qu'il s'en serve ; je ne le lui demande pas. Que prétendez vous donc? Voulez-
vous , comme vous l'avez répété en plusieurs

(1) Le juge, ses assesseurs , et tous ces nobles présens à la cause.

endroits , que Quintius ne reste pas dans Rome ;
qu'il ne garde pas le rang qu'il a soutenu jusqu'ici avec honneur ? qu'il ne soit plus compté
parmi les citoyens ? qu'il coure risque de perdre
son existence civile et tous ses droits les plus
précieux , qu'il parle le premier devant le juge ,
et qu'après avoir parlé il entende enfin alors la
voix de son accusateur ? mais pourquoi ce procédé de votre part ? est-ce pour recouvrer plutôt votre créance ? mais il y a long-tems que vous
auriez pu la recouvrer si vous l'aviez voulu.
Est-ce afin d'intenter un procès plus honnête ?
mais vous ne pouvez sans un crime affreux
égorger Quintius votre parent. Est-ce afin que
le procès soit moins désagréable ? mais c'est une
peine pour Aquillius de juger dans une cause
capitale , et Hortensius n'est pas accoutumé à
plaider de pareilles causes. Et nous, Aquillius ,
comment procédons nous ? Névius nous demande de l'argent : nous soutenons qu'il ne lui
en est pas dû. Il veut qu'on prononce sur le
champ : nous ne nous y opposons pas. Que
veut-il encore? S il craint que les deniers ne
soient pas prêts lorsqu'on aura rendu le jugement, qu'il reçoive de moi des cautions comme
je paierai la somme à laquelle j'aurai été con-

R 2

damné, et que pour ce que je demande il me
donne des cautions dans les mêmes termes qu'il
en recevra de moi. Par là tout est fini dès à
présent, Aquillius ; vous pourrez dès à présent
vous retirer, delivré d'un embarras je dirai
presque égal à celui de Quintius. Que faisons-
nous, Hortensius? pourquoi former un procès
de cette nature? ne pouvons-nous pas enfin,
mettant bas les armes, nous débattre sur une
affaire pécuniaire sans risquer notre existence
civile? ne pouvons-nous pas répéter ce qui nous
appartient sans attaquer l'honneur d'un parent?
ne pouvons-nous pas prendre le personnage de
demandeur et quitter celui d'accusateur ?

Non pas, dit Névius? je recevrai de vous des
cautions et je ne vous en donnerai point. Y a-
t-il de l'équité dans cette proposition ? peut-on
dire que ce qui est juste pour Quintius soit injuste pour Névius ? j'ai saisi, dit-il, les biens de
Quintius en vertu de l'ordonnance du préteur.
Exigez vous que j'en convienne ; qu'un fait dont
nous attaquons la réalité devant les juges, nous
le confirmions par notre aveu comme s'il étoit
réel? ne peut-on pas, Aquillius, trouver un
moyen pour que chacun recouvre au plutôt ce
qui lui est dû, sans perdre, sans deshonorer

personne ? assurément s'il étoit dû quelque
chose à Névius , il le demanderoit ; il aimeroit
mieux voir agiter la contestation unique (1)
d'où procèdent tous les autres , et laisser toutes
les contestations incidentes. Un homme qui,
pendant plusieurs années , n'a point parlé de
créance à Quintius, quoiqu'il pût lui en parler
tous les jours ; qui , lorsqu'il a commencé ses
poursuites insidieuses , a perdu tout le tems en
délais ; qui, après avoir interrompu toute procédure , a employé la mauvaise foi pour déposs-
séder avec violence Quintius de terres apparte-
nantes à la société ; un homme qui , pouvant
plaider sur le fond sans que personne s'y oppo-
sât, a mieux aimé faire consigner une somme
pour la condamnation par défaut (2) ; un
homme enfin qui, appellé à la contestation
simple d'où sont nées toutes les autres , se re-
fuse à la forme de procès la plus équitable, qui
avoue que ce n'est pas le bien , mais la vie et
le sang qu'il demande : un tel homme ne dit-il

(1) La contestation purement civile pour un objet
pécuniaire.

(2) Latin *de probro*. Voyez plus haut pag. 4, la
remarque que nous avons déjà faite.

pas ouvertement , s'il m'étoit dû quelque
chose , je le répéterois. Et il y a long-tems que
je l'aurois recouvré. Je ne susciterois pas un
procès de cette eonséquence , je n'emploierois
pas d'aussi odieuses procédures , un si grand
nombre de protections , s'il ne falloit que répéter une créance : mais il faut arracher de force,
et malgré tout , ce qui n'est pas dû ; il faut
le ravir et l'emporter ; il faut dépouiller Quintius de toute son existence ; il faut intéresser
des hommes nobles , puissans , éloquens ; il
faut faire violence à la vérité ; il faut menacer ,
intimider , effrayer , afin que Quintius épou-
vanté par tout cet appareil , succombant enfin,
se rende de lui-même. Lorsque j'envisage tous
ces sujets de terreur , lorsque je vois ces hommes
eontre qui nous avons à combattre, ce concours
de grands personnages qui nous sont contraires,
il me semble que tous les maux sont prêts à
fondre sur nous et qu'il nous est impossible de
les éviter : mais lorsque mes regards et ma
pensée se reportent vers vous , Aquillius , je
crois que plus nos adversaires montrent de chaleur , plus ils font d'efforts pour réussir , plus
ces efforts seront foibles et sans effet.

Quintius ne vous devoit donc rien , Névius,

comme l'annonce votre conduite. Mais quand
il vous auroit dû , étoit-ce une raison pour
requérir devant le préteur la saisie de ses biens?
je crois que cela n'est ni juste, ni utile à personne. Qu'allègue-t-il donc póur sa défense?
Quintius , dit-il , ne s'est point présenté à l'a-
journement.

Avant de montrer la fausseté du fait, je
veux , Aquillius , examiner la chose même et
le procédé de Névius d'après les règles de l'honnêteté et les usages de la vie civile. Celui-là ,
dites-vous , n'avoit pas répondu à l'ajournement , avec qui l'affinité , l'association , toutes
sortes de liaisons anciennes vous unissoient ;
convenoit-il de se pourvoir aussi-tôt devant le
préteur ? Etoit-il juste de requérir qu'une ordonnance vous autorisât à saisir les biens de
Quintius ? ces dernières voies , ces voies si rigoureuses , ces odieuses hostillités , n'y recou-
riez-vous avec tant d'ardeur que pour porter
d'abord les choses à l'extrême , au dernier
excès de cruauté ? en effet , que peut-il arriver
à un homme de plus cruel, de plus fâcheux ,
de plus déshonorant ? peut-on imaginer un
plus grand opprobre , une disgrace plus affreuse ? l'infortune ou l'injustice ont-elles dé-

pouillé quelqu'un de ses posessions ; tant que
la réputation est intègre , l'honneur qui reste
console de l'indigence. Un homme décrié
dans l'esprit du public , ou chargé d'un décret
infamant , peut encore jouir de ses biens ; il
n'attend pas , ce qui est la plus fâcheuse extrémité , le secours d'autrui : c'est toujours une
consolation et une ressource dans son malheur.
Mais celui dont les biens ont été vendus à l'enj
can , dont les grandes richesses , que dis-je ?
dont le vivre et le vêtement nécessaire ont été
soumis à la voix du crieur public , celui-là est
exclus du nombre des vivans , il est même, si
on peut le dire , relégué au-dessous des morts.
Une mort glorieuse honore souvent une vie
diffamée ; ici une vie diffamée ne laisse pas
même la ressource d'une mort honorable (1).
Ainsi donc celui dont les biens sont saisis en

(1) En ajoutant *ici* , comme je voudrois que le latin
ajoutât *hîc* avant *vita turpis* , il m'a paru que la phrase
présentoit un sens. *Une vie diffamée* , par la sentence
de condamnation. L'orateur appelle *mort* l'exécution
de la sentence. En général , tout cet endroit est un
peu contourné ; il sent un peu la déclamation de rhéteur et de jeune homme. Ce plaidoyer est un des
premiers de Cicéron qui n'avoit alors que 26 ans.

vertu d'une ordonnance , perd avec ses biens
son honneur et sa réputation : celui. dont le
décret est affiché dans les quartiers les plus
peuplés d'une ville, n'a pas même l'avantage
de périr obscurément : celui à qui on donne des
maîtres et des arbitres (1) absolus pour décider
suivant quelle règle et avec quelles circonstances il périra; celui qu'on livre à la voix d'un
crieur impitoyable qui le met indignement à
prix , voit tout vivant la disposition et les ap-
prêts de ses funérailles, si l'on doit appeller
funérailles une cérémonie cruelle où ce ne sont
pas des amis affligés qui se rassemblent pour honorer ses obsèques, mais de barbares enchéris-
seurs qui , comme une troupe de vautours (2),
viennent déchirer et se partager les restes de
sa vie.

Aussi nos ancêtres ont-ils voulu que les
ventes à l'encan fussent rares ; les préteurs ne
les permettent qu'avec de grandes précautions.
Fait - on à des hommes délicats des torts évi-
dens, lors même qu'ils ne peuvent tenter d'au-

(1) Cicéron appelle maîtres et arbitres , des hommes choisis par le préteur pour présider à la vente de
biens saisis.

(2) Vautours , le latin dit bourreaux.

tres voies , ils n'ont recours à celle-ci qu'avec circonspection et avec crainte, forcés par la nécessité , malgré eux , après plusieurs fuites et défauts de la part du débiteur , après avoir été souvent joués et trompés : car ils sentent de quelle conséquence il est d'afficher les biens d'autrui. Nul homme honnête ne veut égorger un citoyen même lorsqu'il en a le droit ; il aime mieux annoncer qu'il a épargné celui qu'il pouvoit perdre , que de publier qu'il a perdu celui qu'il pouvoit épargner. Voilà comme les hommes délicats en agissent avec ceux même dont ils ne sont ni parens ni alliés, avec leurs plus grands ennemis : ils le font pour l'intérêt de leur propre réputation et par un sentiment de bonté naturelle ; ils veulent que n'ayant jamais fait de peine à personne avec dessein , on ne puisse être fondé à leur en faire.

Il a manqué , dites-vous, à l'ajournement. Qui? un parent. Quand ce seroit un crime atroce, le titre de parenté l'adouciroit. Il a manqué à l'ajournement. Qui? un associé. Vous auriez dû passer quelque chose même de plus fort à celui avec lequel l'inclination ou les circonstances vous avoient uni. Il a manqué à l'ajournement. Qui? celui qui fut toujours prêt à vous

servir. Vous avez donc porté à celui qui ne vous
a manqué qu'une seule fois tous les coups que
nous destinons à ceux qui , pour nous faire
tort , ont épuisé les ruses de la mauvaise foi.
S'il s'étoit agi pour vous, Névius, de la moindre
somme (1) ; si pour le plus léger intérêt , vous
aviez craint une surprise, n'auriez vous pas
recouru aussi-tôt à Aquillius ou à quelqu'autre
jurisconsulte ? il s'agissoit des loix de l'amitié ,
de la parenté , d'une société ; il convenoit de
suivre les régles du devoir et de l'honneur ; et
vous n'avez consulté ni Aquillius ni Lucullus
(2), vous ne vous êtes pas consulté vous-même,
vous ne vous êtes pas dit : Il y a deux heures
que Quintius n'a pas répondu à mon ajourne-

(1) Mot à mot , *de deux as* , deux sols de notre
monnoie. Des livres portent , *si de prædiis tuis*.

(2) Lucius Lucullus, un des assesseurs d'Aquillius,
et que Cicéron dans son Brutus , dit avoir été fort instruit dans le droit. C'est le même qui ensuite se distingua dans la guerre contre Mithridate. — *Il y a
deux heures*. Cicéron transporte Névius au moment
où après s'être rendu au comptoir Sextius avec plusieurs témoins , il s'adresse ensuite au préteur Burriénus pour qu'il l'autorise à saisir les biens de
Quintius.

ment; que fais-je ? certes, si vous vous fusssiez dit seulement ces mots ; que fais-je ? la cupidité et l'avarice auroient un peu respiré : vous auriez laissé agir la raison et la réflexion ; faisant un retour sur vous-même , vous ne vous seriez point porté à une odieuse démarche , qui vous force de convenir devant vos juges qu'à la même heure où l'on n'a point répondu à votre ajournement, vous avez pris le parti de perdre votre parent et de consommer sa ruine.

Je consulte aujourd'hui pour vous, Névius, après coup , dans une affaire qui m'est étrangère, je consulte sur un objet sur lequel vous avez oublié de consulter en tems convenable, dans votre affaire propre. Je vous demande conseil, Aquillius, Lucullus, Quintilius, Marcellus (1). Un homme , mon associé , mon parent, avec qui j'étois lié depuis bien des années, avec qui j'ai eu depuis peu des démêlés pour des intérêts pécuniaires , n'a point répondu à mon ajournement ; demanderai-je (2) au préteur

_____

(1) Cicéron nomme ici le juge et ses trois assesseurs.

(2) Au lieu de *postulone* je voudrois qu'on lût *postulemne*.

qu'il m'autorise à saisir ses biens ? ou , puisqu'il
a une maison à Rome, une femme et des
enfans , ne signifierai-je pas plutôt un ajournement à son domicile ? quel est là dessus votre
avis ? Assurément, Aquillius, vous connoissant
vous et vos assesseurs , connoissant votre bonté
et vos lumières , je ne me tromperois guère sur
ce que vous répondriez, supposé que l'on vous
consultât. Vous conseilleriez d'abord d'attendre;
ensuite, d'aller trouver les amis du débiteur ,
s'il paroissoit se cacher et amuser trop long-
tems son créancier ; après cela , de s'informer
quel est son fondé de procuration; enfin, de si-
gnifier un ajournement à son domicile. En un
mot , il est mille choses que vous conseilleriez
de faire avant que d'en venir malgré soi à la
dernière extrémité. Que dit à cela Névius ? il se
moque , sans doute , de la simplicité qui nous
fait chercher dans la vie les principes exacts
et les procédés délicats des ames honnêtes. Que
m'importe , dit-il, cette délicatesse et cette exac•
titude ? que les hommes de bien s'en occupent.
Quant à ce qui me regarde, qu'on examine ,
non ce que je possède, mais par quels moyens
je l'ai acquis ; qu'on se rappelle comment je
suis né, de quelle manière j'ai été élevé. Il y a

. long-tems qu'on a dit que d'un bouffon il étoit
plus facile de faire un homme riche qu'un bon
père de famille. S'il n'ose exprimer de bouche
ces sentimens, sa conduite parle assez haut.
Sans doute, s'il vouloit vivre suivant les règles
de l'honnêteté, il lui faudroit apprendre et
désapprendre bien des choses ; l'un et l'autre
est trop difficile à son âge. Quintius, dites-vous,
ayant manqué à l'ajournement , je n'ai pas
balancé à faire décréter ses biens. C'est fort mal.
Cependant, puisque vous prétendez avoir pu
agir de la sorte, puisque vous exigez qu'on vous
le passe , à la bonne heure. Mais si Quintius
n'a jamais manqué à un ajournement ; si vous
avez forgé ce prétexte par un excès de fraude et
de mauvaise foi ; s'il n'a existé aucun ajournement adressé à Quintius ; comment vous appel-
rons nous ? un méchant homme ? mais, quand
même Quintius auroit manqué à votre ajournement, la demande faite au préteur contre lui
et la saisie de ses biens montreroient en vous
le plus méchant des hommes. Vous appellerons-
nous chicaneur rusé ? vous ne désavouez (1) pas

(1) J'ai ajouté la négation avec Lambin , et j'ai
lu *non negas.*

ce titre. Foube adroit? vous vous en piquez,
vous vous en faites gloire. Audacieux intéressé,
perfide? ce sont des noms ordinaires et communs;
et la chose est nouvelle, elle est inouie. Quel
nom faut-il donc vous donner? je crains, certes,
de me servir de mots, ou trop forts pour mon
caractère, ou trop foibles pour ma cause.

Quintius, dites-vous, a manqué à l'ajournement. Dès qu'il fut de retour à Rome, il
vous demanda quel jour vous prétendiez lui
avoir adressé cet ajournement. Vous lui
répondites sur le champ que c'étoit le cinq de
février. En vous quittant, Quintius tâche de se
rappeller le jour où il partit de Rome pour la
Gaule. Il prend son journal, il y trouve le jour
de son départ au dernier de janvier. Si donc
Quintius étoit à Rome le cinq de février, nous
convenons qu'il avoit reçu votre ajournement,
et qu'il s'étoit engagé d'y répondre. Et comment prouver qu'il n'y étoit pas? Albius, fort
honnête homme, est parti avec lui. Il servira
de témoin. Des amis intimes d'Albius et de
Quintius les ont accompagnés. Ils serviront aussi
de témoins. Les registres de Quintius, tant de
témoins qui étoient à portée de savoir le fait,
et qui n'ont aucune raison de mentir, seront

confrontés avec le témoin unique de votre ajournement.

Faut-il qu'une pareille cause jette Quintius dans de mortelles inquiétudes ? cet infortuné restera-t-il encore long-tems en péril et dans les allarmes ? sera-t-il plus effrayé par le crédit de son adversaire que rassuré par l'équité de ses juges ? Il a toujours mené une vie simple et austère ; naturellement sérieux et retiré , on ne l'a point vu dans les promenades publiques (1) ni dans le Champ de Mars ; il ne s'est point trouvé dans des repas ; il a tâché de conserver ses amis par ses égards, et ses biens par son économie ; il s'est montré jaloux de cette ancienne régularité dont nos mœurs actuelles ont éclipsé tout le mérite. Si dans une cause également bonne, il se retiroit avec désavantage , il auroit toujours beaucoup à se plaindre : quoique sa cause soit meilleure , il ne demande pas même à recevoir un égal traitement ; il consent à être traité plus mal , pourvu seulement que ses biens, son honneur et toute sa personne ne soient pas livrés à la cupidité et à la cruauté de Névius.

(1) *Solarium* étoit probablement une promenade publique à Rome.

Voilà ,

Voilà, Aquillius , ce que je m'étois engagé
de prouver d'abord : j'ai fait voir que Névius
n'avoit aucune raison de requérir parce qu'il ne
lui étoit rien dû , et que, quand même il lui
auroit été dû, Quintius n'avoit rien fait qui autorisât Névius à employer une pareille procédure. Je vais prouver maintenaut qu'il n'a pu
saisir les biens de Quintius en vertu de l'ordonnance du Préteur. Greffier, lisez l'ordonnance (1).

Ordonnance du préteur.

*Celui qui se sera caché pour frustrer son créan-
cier.* Quintius n'est point dans ce cas ; à moins
que ceux-là ne se cachent qui partent pour leurs
affaires en laissant un fondé de procuration.
Celui qui n'aura point d'héritier. Ce n'est point
là non plus le cas de Quintius. *Celui qui pour
s'exiler aura changé de pays.* Cela ne le regarde
pas encore. *Celui qui poursuivi en son absence
n'aura pas été représenté.* Cet article là même ne
sauroit tomber sur celui pour qui je parle (2).

(1) Je crois qu'après *recita edictum*, il faut ajouter
le titre *edictum*; et j'ai traduit en conséquence.

(2) J'ai traduit comme si après *solum verterit*, on

Dans quel tems , ou comment croyez-vous ,
Névius, que Quintius a pu être représenté en
son absence ? est-ce lorsque vous requériez
la saisie de ses biens ? personne n'a paru alors :
car on ne pouvoit pas deviner que vous feriez
cette réquisition ; et il étoit inutile de s'opposer
à ce qu'un préteur enjoignoit , à ce qu'il enjoignoit contre sa propre ordonnance (1). Quelle
est donc la première occasion qu'ait eue Alphénus de représenter Quintius absent, lorsque vous
décrétiez ses biens ?' mais il s'est montré alors ;
il ne l'a point souffert , il a arraché les affiches
du décret : il a rempli fort exactement le premier
devoir d'un fondé de procuration. Voyons ce
qui a suivi. Vous arrêtez dans la rue un esclave
de Quintius ; vous voulez l'emmener : Alphénus
ne le souffre pas , il vous le retire de force , il

lisoit avec Lambin , *dici hoc de Quintio non potest.*
QUI ABSENS JUDICIO DEFENSUS NON FUERIT. Ne
is quidem. Il est certain que ce qui suit demande
quelque chose de semblable.

(1) J'ai traduit comme si on lisoit , *quod prætor*
non modò fieri , sed et non ex edicto suo fieri jubebat.
Comment s'opposer à un souverain magistrat qui
agit sciemment contre sa propre ordonnance , qui
commet une injustice d'une manière si décidée ?

le fait reconduire chez Quintius. Ici il est encore
très constant qu'il a rempli le devoir d'un fondé
de procuration attentif. Vous dites que Quintius
vous doit. Alphénus dit que non. Vous êtes
prêt à l'ajourner. Il promet de répondre à
l'ajournement. Vous l'appellez en justice. Il
vous y suit. Vous demandez un jugement. Il
ne s'y oppose pas. N'est-ce donc point là représenter un homme dans son absence ? mais
quel étoit le fondé de procuration ? c'étoit
peut-être un personnage méprisable , inconnu,
indigent , un chicaneur , un fripon , fait pour
essuyer les insultes journalières d'un bouffon
enrichi. Rien moins que cela. C'étoit un chevalier romain opulent , qui administroit bien sa
fortune , celui enfin que Névius laissoit à Rome
pour fondé de procuration toutes les fois qu'il
partoit pour la Gaule.

Et vous osez dire , Névius , que Quintius
n'a pas été représenté en son absence , lorsqu'il
l'a été par celui qui ordinairement vous représentoit ! et lorsque que celui là même à qui
vous étiez dans l'usage de recommander et de
confier en partant vos biens et votre honneur ,
a consenti de paroître en justice pour Quintius ,
vous osez dire qu'il n'y a eu personne pour

représenter Quintius en justice? Je lui demandois,
dites vous, des cautions. Mais vous aviez tort de
lui en demander. Vous persistiez dans vos demandes (1). Alphénus s'y refusoit. Le préteur
l'ordonnoit, ajoutez vous. Aussi en appelloit-
on aux tribuns. Ici, dit Névius, je vous tiens.
Ce n'est pas vouloir un jugement, ce n'est pas
représenter quelqu'un dans un jugement que
d'implorer le secours des tribuns. Lorsque je
pense aux lumières d'Hortensius, je ne crois
pas qu'il allègue une pareille raison ; mais
lorsque j'apprends qu'il l'a déja alléguée, et
que je considère la cause en elle-même, je ne
vois pas quelle autre chose il pourroit dire.
D'après l'aveu d'Hortensius lui-même, Alphénus a arraché les affiches du décret, il a promis de répondre à l'ajournement, il n'a point
refusé d'abord d'accepter le jugement tel que
le lui offroit Névius, il (2) ne l'a refusé ensuite
que parce qu'il lui demandoit des cautions, il

(1) J'ai suivi la leçon *ità videbare*, vous jugiez toujours à propos de le faire.

(2) J'ai traduit comme si on lisoit d'après Lambin ; *non recusasse, ità tamen cùm satis dare à prætore
juberetur, recusasse more et instituto.*

l'a refusé d'après nos usages et nos coûtumes,
en implorant le secours du magistrat établi
pour secourir les citoyens. Ainsi de toute nécessité, ou les faits sont controuvés, ou Aquill-
lius, un homme de cette considération, un
juge lié par le serment, doit établir dans Rome,
comme un point de jurisprudence, que celui
dont le fondé de procuration n'aura point
accepté toutes les formes judiciaires qu'on aura
expressément demandées, et aura osé en appeller du préteur au tribun, que celui-là, dis-je,
n'est pas représenté, qu'on est autorisé à saisir
ses biens; que ce malheureux qui est absent, qui
ignore le sort qu'on lui prépare, doit être, par
un excès de déshonneur et d'infamie, dépouillé
de tous les droits et privilèges qu'il partage
avec nous. Si personne ne peut approuver un
tel procédé, tous doivent convenir que Quintius
a été représenté en justice. Dans cet état des
choses, les biens n'ont pas été saisis en vertu
de l'ordonnance. Mais, dit-on, les tribuns du
peuple n'ont pas même écouté Alphénus. Si
cela est, je l'avoue, le fondé de procuration
devoit obéir à la décision du préteur. Mais si
Brutus a dit publiquement qu'il feroit une
opposition, à moins qu'Alphénus et Névius

ne fissent quelque arrangement entr'eux ;
peut-on dire qu'on ait appellé aux tribuns , non
suivant l'usage (1), pour se soustraire à une
injustice, mais pour arrêter le cours des jugemens en implorant la puissance tribunitienne.

Qu'arrive-t il ensuite ? Alphénus , afin que
tout le monde pût voir que Quintius avoit un
représentant , pour qu'il ne put rester aucun
soupçon contre sa probité , ou contre l'honneur
de Quintius , Alphénus assemble un grand
nombre d'honnêtes citoyens , et en présence
de Névius , il proteste qu'il le prioit d'abord au
nom de leur amitié commune , de ne former
sans motif aucune violente entreprise contre
Quintius en son absence : mais que s'il per-
sistoit à l'attaquer avec animosité et acharne-
ment , il étoit prêt à le défendre par toutes les
voies justes et légitimes ; que Névius n'étoit
point fondé dans ses demandes ; qu'il ne se
refusoit pas au jugement que Névius lui présentoit. Un grand nombre de citoyens honnêtes
ont signé l'écrit qui contient la promesse d'Alphénus et sa proposition : le fait ne sauroit être

(1) J'ai suivi la leçon *more*, et j'ai un peu com-
menté la phrase pour faire la pensée de l'orateur.

douteux. Lorsque les choses étoient entières ,
que les biens n'étoient ni décrétés ni saisis ,
Alphénus promet à Névius que Quintius se
présentera à l'ajournement, Quintius se présente.
L'affaire est restée deux ans en litige par les
mauvaises difficultés de Névius , jusqu'à ce
qu'on ait inventé un moyen pour s'éloigner de
l'usage ordinaire , et pour convertir une cause
civile toute simple en une procédure tout à fait
étrange.

Est-il, Aquillius, un devoir de fondé de
procuration qu'ait négligé Alphénus ? de quoi
s'appuie-t-on pour soutenir que Quintius n'a
pas été représenté en son absence ? dira-t-on ,
ce que diront sans doute , et Hortentius parce
qu'il l'a avancé dernièrement , et Névius parce
qu'il le crie continuellement , que la partie
n'étoit pas égale entre Névius et Alphénus ,
dans ces tems où les partisans de Marius avoient
l'avantage ? quand j'avouerois ce point , il faudra toujours qu'ils conviennent que Quintius
ne manquoit pas d'un fondé de procuration ,
mais que celui qu'il avoit étoit en crédit. Or , il
me suffit pour le gain de ma cause qu'il y eût
un fondé de procuration avec lequel Névius
pût se mesurer. Quelque fût cet homme ,

S 4

pourvu qu'il représentât l'absent, et qu'il le
défendît par des voies légitimes et avec le secours
d'un magistrat, qu'est-ce que cela fait à la chose?

Il étoit, dites vous, dans le parti de Marius.
En effet, il avoit été élevé chez vous, vous
l'aviez instruit dès son enfance pour qu'il ne le
cédât pas même à un fameux (1) gladiateur. Ce
que vous aviez toujours desiré le plus ardem-
ment, Alphénus le vouloit : et en cela la partie
étoit égale entre vous deux. Il étoit, dites vous
encore, intime ami de Brutus, et c'est pour
cela que ce tribun faisoit opposition. Mais vous,
Névius, vous l'étiez de Burriénus qui pronon-
çoit une injustice, vous l'étiez enfin de tous
ceux que la violence et le crime rendoient alors
fort puissans, et dont l'audace répondoit au
pouvoir (2). Vouliez-vous que ceux-là eussent

(1) Alphénus étoit dans le parti de Marius, c'est-
à-dire, dans le parti contraire aux nobles. Cicéron
joue ici sur le mot *nobilis* qui signifie *noble* et *fameux*.

(2) Dans le tems dont parle Cicéron, Sylla avoit
l'avantage et approchoit de Rome. Les nobles avoient
donc repris courage, et commençoient à abuser de
leurs forces. — *Mais seulement à ceux*... C'est-à-dire,
à tous ces nobles qui vous protégent. Névius, après
avoir été partisan de Marius, étoit devenu partisan

l'avantage qui se donnent aujourd'hui tant de
mouvement pour que vous ayez gain de cause ?
Osez le dire, non en face de tout lemonde, mais
seulement à ceux qui viennent vous appuyer de
toute leur protection. Toutefois je ne veux pas
rappeller des évènemens dont il faut, je pense,
effacer pour toujours la mémoire. Je me contente
de dire que, si l'esprit de parti rendoit Alphénus
puissant, Névius l'étoit infiniment davantage.
Si Alphénus abusoit de son crédit pour faire des
demandes injustes, Névius en obtenoit de bien
plus injustes encore ; car il n'y avoit, je crois,
aucune différence entre vous deux pour le parti
que vous aviez embrassé. Vous, Névius, vous
l'emportiez sans peine pour l'âge (1), pour la
subtilité, pour l'artifice. Sans parler du reste,
disons qu'Alphénus a péri avec ceux et pour
ceux auxquels il étoit attaché. Quand à vous,
voyant que vos amis ne pouvoient vaincre,

de Sylla, c'est-à-dire, étoit passé dans le parti des
nobles.

(1) Alphénus étoit plus jeune que Névius ; nous
venons de voir qu'il avoit été son disciple et son
élève : ils étoient tous deux partisans de Marius ; il
n'y avoit donc aucune différence entre eux pour ce
parti lorsqu'il avoit l'avantage.

vous avez tâché de vous faire amis des vainqueurs.

Mais si, à votre avis, la partie n'étoit pas égale entre vous et Alphénus parce qu'il pouvoit au moins implorer contre vous le secours d'un homme en place; parce qu'il se trouvoit un magistrat auprès de qui il pût faire valoir sa cause ; que doit-on penser aujourd'hui de Quintius qui n'a pas encore trouvé de magistrat impartial, qui n'est point jugé suivant les formes ordinaires, que l'on a forcé de consigner une somme, au préjudice de qui on a fait des propositions et des demandes, je ne dis pas injustes, mais inouïes jusqu'à ce jour ? Je veux plaider sur une affaire pécuniaire. — On ne le vous permet pas. — Mais c'est le fond de notre démêlé. — N'importe ; il faut que vous subissiez un procès capital. — Accusez donc puisqu'il le faut absolument. — Non, si aupavant on ne vous oblige par un usage nouveau de parler le premier. On vous limitera le tems à notre gré, le juge même sera cité en justice. Quoi encore? Si vous trouvez un défenseur d'une exacte probité, qui s'embarrasse peu de la considération dont nous jouissons et de notre crédit, Philippus, le plus distingué de

cette ville par son éloquence , par la fermeté
de son caractère, par les honneurs qu'il a
obtenus , agira pour moi ; Hortensius plaidera
pour moi , cet homme d'un génie rare , dont
la réputation égale la puissance : j'aurai dans
mes intérêts les plus nobles et les plus puissans
personnages , dont la présence et le concours
feroient trembler , non-seulement Quintius qui
subit un procès capital , mais tout autre qui ne
courroit aucun péril. C'est ici que la partie n'est
pas égale , et non lorsque vous aviez en tête
Alphénus. Vous n'avez pas même laissé à Quintius une place pour se mesurer avec vous (1).
Ainsi , ou montrez qu'Alphénus ne s'est point
donné pour fondé de procuration , qu'il n'a
point arraché les affiches du décret, qu'il s'est
refusé à un jugement ; ou, les faits étant certains,
convenez en , vous n'avez pas été autorisé par
l'ordonnance à saisir les biens de Quintius.

En effet si vous avez été autorisé à les saisir ,
je vous le demande, pourquoi n'ont-ils pas été
vendus ? pourquoi les autres demandeurs et

_____

(1) Car vous avez gagné tous les préteurs ; de sorte
que Quintius n'a pu encore trouver de magistrat
impartial.

créanciers ne se sont-ils pas présentés ? Quintius
ne devoit-il à personne ? Il devoit, et même à
un grand nombre ; car son frère avoit laissé
assez de dettes. Comment ? Tous ces créanciers
étoient absolument étrangers à sa famille, il
leur étoit dû ; et il ne s'en est trouvé aucun assez
méchant pour oser attaquer la réputation de
Quintius en son absence. Névius, son parent,
son associé, son ami intime, auquel il n'étoit
rien dû (1), est le seul qui, comme s'il eût
attendu une grande récompense de son odieuse
démarche, ait mis tout en usage pour ruiner,
pour perdre son parent ; pour le priver de
biens acquis avec honneur, et même de la
lumière du jour. Où étoient les autres créanciers ? où sont-ils aujourd'hui ? est-il quelqu'un
qui dise que Quintius se soit caché pour les
frustrer, qui prétende qu'il n'ait pas été représenté
en son absence ? il n'en est aucun. Au contraire,
tous ceux qui ont ou qui ont eu avec lui des
affaires s'intéressent pour lui, le défendent ; ils
s'emploient avec ardeur pour que la mauvaise
foi de Névius ne porte aucune (2) atteinte à la

(1) J'ai traduit comme si on lisoit, *qui, cum ipsi
nihil deberetur, ultrò, quasi...*

(2) Un savant critique observe qu'avant *derogetur*

probité de Quintius reconnue en tant d'occasions. Vouloit-on l'obliger de consigner une
somme ? il falloit produire des témoins pris
parmi eux, qui fussent en état de dire : Il n'a
point répondu à mon ajournement, il m'a
frustré, il m'a demandé du délai pour une dette
qu'il avoit niée ; je n'ai pu l'attaquer en justice,
il s'est caché, il n'a point laissé un fondé de
procuration. Pas un mot de cela. On cherche
des témoins pour le dire. Mais il faut attendre,
je pense, que ces témoins aient parlé. Que
cependant ils fassent cette réflexion : s'ils sont
dignes de foi, ils ne seront regardés comme
tels qu'autant qu'ils voudront s'en tenir à la
vérité : s'ils n'y ont point d'égard, ils n'obtien-
dront aucune créance ; et tout le monde verra
que la considération doit servir à établir la vérité, et non à faire triompher le mensonge.

Pour moi, je le demande d'abord, pourquoi Névius n'a-t-il point fini une affaire qu'il
avoit commencée ? c'est-à-dire, pourquoi n'a-
t-il point vendu les biens qu'il avoit saisis d'a-

il faut sous entendre ou plutôt ajouter *ei*. Peut-être
faudroit-il changer *derogetur* en *deminuatur*, ou le
prendre dans le même sens.

près l'ordonnance ? ensuite , pourquoi parmi tant d'autres créanciers aucun ne s'est-il joint à lui ? ainsi , Névius , vous êtes obligé d'en convenir , aucun d'eux n'a été assez téméraire pour se présenter ; et vous , vous n'avez pu continuer et finir ce que vous aviez honteusement entrepris. Mais n'avez-vous point déclaré vous-même que les biens de Quintius n'ont pas été saisis en vertu de l'ordonnance ? Votre témoignage , sans doute , qui seroit à mépriser , dans une affaire étrangère , étant contre vous et dans votre affaire propre , sera d'un grand poids. Vous avez acheté les biens d'Alphénus , vendus par le dictateur Sylla ; vous vous êtes associé Quintius pour l'acquisition de ces biens. Je n'en dis pas davantage : vous formiez une association volontaire avec celui qui vous avoit frustré dans une association (1) héréditaire ! vous approuviez par votre

_____

(1) Quintius n'étoit associé de Névius que parce qu'il étoit héritier de son frère mort , qui avoit été l'associé de cet homme ; il ne l'étoit que jusqu'à ce qu'on eût pris les arrangemens convenables. Au reste , chose étrange ! On voit ici Névius acheter les biens d'Alphénus proscrit par Sylla , d'Alphénus , anciennement son ami , et Quintius se joindre à Né-

conduite celui que vous regardiez comme deshonoré et privé de son existence civile !

Je craignois , ô Aquillius , je craignois de
n'avoir point dans cette cause assez de fermeté
et d'assurance ; je pense qu'ayant à parler
contre Hortensius , et en présence de Philippus qui ne manqueroit pas de me suivre avec
attention , je serois troublé et interdit dans
plusieurs endroits de mon discours. Roscius (1)
me prioit et me pressoit de défendre son beau-
frère (car Quintius a épousé sa sœur) ; je lui disois
qu'il ne me seroit guère possible non-seulement
de plaider une cause si importante contre de tels
orateurs , mais d'essayer même d'articuler un
seul mot. Comme il insistoit , je regarderois ,
lui dis - je avec la confidence de l'amitié ,
comme une grande effronterie dans un homme
quel qu'il fût , d'essayer de faire un geste en

vius pour l'acquisition des biens du même Alphénus,
qui l'avoit représenté et défendu en son absence avec
tant d'exactitude et de zèle.

(1) Roscius , comédien fameux ; quoique cette profession fût regardée comme diffamante chez les Romains , il étoit ami intime de Cicéron et de plusieurs
autres grands personnages.

présence de Roscius, parce que sans doute, en se mesurant avec lui , les plus grands acteurs même perdoient ce qu'ils avoient paru avoir dans leur jeu d'art et d'agrément ; or , je crains qu'il ne m'arrive quelque disgrace pareille en parlant contre un homme aussi consommé dans son art qu'Hortensius.

Alors Roscius pour me rassurer me dit entre autres choses : et certes quand il n'eût rien dit , il n'est personne qui n'eût été touché par le seul empressement qu'il témoignoit pour obliger son beau-frère : car si d'un côté Roscius est un comédien si habile , qu'il paroît seul digne de se montrer au théâtre , de l'autre c'est un homme si honnête qu'il paroît seul digne de ne jamais en approcher. Quoiqu'il en soit , il me dit : Mais si pour le gain de notre cause , il suffit de prouver qu'il n'est personne qui en deux jours ou en trois tout au plus , puisse fournir une course de sept cent mille pas , craignez-vous donc de ne pouvoir prouver cela même contre Hortensius ? nullement , lui dis-je : mais quel rapport cela a-t-il avec la cause ? c'est , dit-il , précisément en cela qu'elle consiste , et comment , lui répliquai-je ? il m'apprend une circonstance de l'affaire et

un

un fait de Névius qui suffiroit seul pour le confondre. Je vous en prie, Aquillius, et vous Romains, qui composez le tribunal, écoutez-moi avec attention. Vous verrez dès l'origine, la cupidité et l'audace attaquer d'une part, et de l'autre l'équité et la modération résister tant qu'elles ont pu.

Vous demandez, Névius, d'être autorisé par l'ordonnance à saisir les biens de Quintius. Quel jour le demandez-vous? Je veux l'apprendre de vous-même; je veux qu'une action sans exemple, soit constatée par la bouche de son auteur; dites le jour, Névius? le vingt de Février (1). — Bon. Combien y a t-il d'ici à votre terre dans la Gaule? je vous le demande, Né-

_____

(1) Mot à mot, *le cinquième jour avant les calendes intercalaires.* Jusqu'à César l'année romaine étoit lunaire; pour se rapporter avec le cours du soleil, tous les ans après le 23 Février, on ajoutoit un mois appellé intercalaire. Calendes intercalaires, c'est-à-dire, premier du mois intercalaire. La veille ou le second jour avant les calendes intercalaires, car les calendes étoient regardées comme le premier, 23 février; le troisième 22; le quatrième 21; le cinquième 20. Paul Manuce croit avec raison qu'après *antè* il manque *diem.*

Tome II.   T

vius. — Sept cent mille pas. — Fort bien. Quintius est dépossédé de sa terre, quel jour? ne
pouvons-nous pas encore l'apprendre de vous?
dites le jour. . . . . Vous avez honte de le dire,
je le vois ; mais c'est trop tard et inutilement. Il
est dépossédé, Aquillius, le vingt-trois du
même mois de Février. En deux jours, ou supposé que quelqu'un au sortir du tribunal se
soit mis aussi-tôt en route, en moins de trois
jours, on fournit une course de sept cent mille
pas (1). O chose incroyable ! ô cupidité aveugle ! ô célérité prodigieuse ! les ministres et les
satellites de Névius partis de Rome arrivent en
deux jours au-delà des Alpes dans le pays des
Sébusiens. Quel mortel heureux d'avoir de tels
couriers, ou plutôt de tels Pégases !

Ici, quand Névius auroit pour défenseurs
tous les Crassus avec les Antonius, quand vous
voudriez, Philippus, vous qui avez brillé
parmi ces beaux génies, plaider cette cause
avec Hortensius, cependant j'aurois nécessairement l'avantage. Non, tout ne dépend point

(1) Environ 233 de nos lieues communes, en supposant que le mille d'Italie soit le tiers d'une de nos
lieues communes.

de l'éloquence , comme vous pensez ; et il est des vérités si claires que rien ne sauroit les obscurcir.

Avant de demander la saisie des biens , auriez-vous, Névius , envoyé des exprès pour faire chasser de ses terres (1) un maître, pour le faire chasser de force , et par ses propres esclaves ? choisissez lequel vous voudrez. L'un est incroyable , l'autre est atroce , l'un et l'autre sont inouïs jusqu'à présent. Voulez-vous qu'on ait fait sept cent mille pas en deux jours ? dites que oui ; dites-vous que non ? Vous avez donc envoyé auparavant. Je l'aime mieux : car en disant le premier, vous paroîtriez mentir avec effronterie ; en avouant le second , vous convenez d'un fait odieux que vous ne pouvez même couvrir du mensonge. Une démarche si passionnée , si audacieuse , si téméraire , sera-t-elle approuvée de juges aussi respectables , d'Aquillius et des autres ? Que signifient cette fureur, cette promptitude , cette précipitation extraordinaire ? n'annonce t-elle pas la violence ,

_____

(1) Les terres et les esclaves appartenoient en partie à Quintius , puisqu'il avoit sa part dans la société, et que la société n'étoit pas rompue.

le crime , le brigandage ; tout enfin plutôt que
la règle , l'honneur et la justice ? Vous en-
voyez sans y être autorisé par le préteur. Dans
quelle vue ? Saviez-vous s'il vous y autorise-
roit ? Quoi ! ne pouviez-vous pas attendre pour
envoyer qu'il vous y autorisât ? vous étiez résolu de réquérir. Quand ? après trente jours.
Sans doute , si rien ne vous en empêchoit,
si vous persistiez dans la même résolution ,
si vous étiez en santé , enfin si vous viviez.
Le préteur vous auroit autorisé. Apparemment s'il l'eût voulu , s'il eût été en santé , s'il
eût rendu la justice, si on n'eût pas refusé de
(1) se soumettre à sa décision , de donner des
cautions et de subir un jugement. Eh ! je vous
prie , si Alphénus, le fondé de procuration de
Quintius , eût voulu alors vous donner des
cautions et subir un jugement ! si enfin, il eût
voulu souscrire à toutes vos demandes , qu'auriez-vous fait ? auriez-vous rappellé le courier
envoyé par vous dans la Gaule ? Mais Quintius
auroit déjà été chassé de ses terres, jetté hors
de sa maison , arraché à ses Dieux Pénates ;

(1) Je crois qu'il faut lire avec Lambin , *recusaret
quin ex ipsius decreto.*

et ce qu'il y a de plus indigne , d'après vos ordres , il eût été insulté par ses propres esclaves. Vous auriez peut-être corrigé cela par la suite , et vous qui osez attaquer l'existence civile d'un autre , vous êtes forcé de l'avouer , la passion et l'avarice vous ont aveuglés à ce point, que malgré l'ignorance où vous étiez des événemens qui pouvoient arriver , vous abandonniez à l'incertitude de l'avenir l'avantage que vous pouviez vous promettre d'un crime. Je parle comme si , dans le tems même où le préteur vous avoit permis de saisir en vertu de l'ordonnance , vous aviez dû ou pu déposséder Quintius en dépêchant quelqu'un pour prendre possession.

Tout annonce , Aquillius , que dans cette cause, l'injustice et le crédit combattent contre la foiblesse et le bon droit. Comment le préteur vous a-t-il permis de saisir ? en vertu de l'ordonnance , sans doute. En quels termes est conçue l'obligation de consigner une somme ? *s'il est vrai que* (1) *les biens de Quintius*

(1) C'est-à-dire , la somme déposée par Névius sera perdue , s'il est vrai que les biens de Quintius... En suivant la correction proposée et suivie par quel-

n'ont pas été saisi en vertu de l'ordonnance. Revenons donc à l'ordonnance. Comment permet-
elle de saisir , si Névius a saisi de toute autre manière que ne l'a ordonné le préteur ,
n'est-ce pas une conséquence nécessaire qu'il
n'a point été saisi en vertu de l'ordonnance ,
et que nous avons gain de cause ? oui , assurément. Voyons l'ordonnance.

*Tous ceux qui en vertu de mon ordonnance fe-
ront une saisie.* C'est de vous qu'il parle , Névius , comme vous le croyez : car vous dites
avoir saisi en vertu de l'ordonnauce. Il vous
donne des leçons...il vous apprend , il vous
marque comment vous devez procéder. *J'ordonne qu'ils fassent la saisie de cette manière.*
De quelle manière ? *Ce qu'on pourra bien garder sur le lieu , on le gardera sur le lieu même ; ce
qu'on ne pourra garder , il sera permis de l'emporter ou de l'emmener.* Après ? *Nous ne voulons
pas qu'on chasse le maître malgré lui.* Celui même
qui se cache pour frustrer ses créanciers , celui
qui n'est représenté par personne en justice ,

ques-uns... *Ni ex edicto...* il en résultera ce sens , la
somme déposée par Quintius sera perdue , s'il n'est pas
vrai que les biens de Quintius.....

celui même qui use de fraude avec ses créanciers,
le préteur ne veut pas qu'il soit chassé de sa terre
malgré lui. Lorsque vous partez pour saisir,
pour prendre possession, le préteur lui-même,
Névius, vous dit clairement : possédez, mais
ensorte que Quintius posséde avec vous ;
posséde, mais sans qu'on fasse de violence à Quintius. Et comment observez-vous
cet article ? Je ne dis pas que vous avez déposs-
sédez quelqu'un qui ne s'est pas caché, qui
avoit à Rome une maison, une femme, des
enfans, un fondé de procuration, qui n'avoit
pas manqué à votre ajournement. Je laisse toutes ces circonstances . je dis qu'un maître a
été chassé de sa terre, que des esclaves ont
insulté leur maître devant ses foyers et ses
pénates. Voilà ce que je dis.

*Il manque ici la conclusion de la seconde partie,
toute la troisième partie dans laquelle l'orateur
faisoit voir que Névius n'avoit nullement saisi
les biens de Quintius ; et le commencement de la
récapitulation.*

Je vais récapituler toute la cause : Névius
ne s'est pas même expliqué avec Quintius,

quoiqu'il fût avec lui, qu'il pût tous les jours lui
faire des demandes ; voilà ce que j'ai fait voir d'a-
bord. Il a préféré toutes les voies de justice les plus
embarrassantes pour les juges , les plus odieuses
pour lui-même , les plus périlleuses pour Quintius , à la simple discussion d'intérêt pécuniaire , qui pouvoit être finie en un jour , et
qui seule, de son propre aveu , a donné naissance, à toutes les poursuites actuelles ; voilà
ce que j'ai fait voir ensuite. Ici , je lui ai fait
une proposition ; s'il vouloit répéter une somme
d'argent , Quintius donneroit une caution
comme il paieroit ce qui auroit été prononcé,
pourvu que lui-même donnât également une
caution si Quintius répétoit quelque somme. J'ai
exposé combien il y avoit de choses à faire avant
que de réquérir la saisie des biens d'un parent ,
sur-tout ce parent ayant à Rome une maison,
une femme, des enfans , et un fondé de procuration , ami commun. Névius dit qu'on n'a
point répondu à l'ajournement. J'ai montré
qu'il n'y avoit eu aucun ajournement , que le
jour où , selon lui , Quintius a promis de
répondre , Quintius n'étoit pas même à Rome
ce jour-là ; je me suis engagé à le prouver par
des témoins qui devoient être instruits , et qui

n'avoient aucune raison de mentir. J'ai prouvé
que les biens de Quintius n'ont pu être saisis
en vertu de l'ordonnance, parce qu'il ne s'é-
toit pas caché pour frustrer ses créanciers, et
qu'on ne pouvoit pas dire non plus que pour
s'exiler il eut changé de pays. Reste que personne ne l'a représenté en justice. J'ai soutenu
que celui qui l'a représenté, et amplement
représenté, n'étoit pas un homme étranger à
sa famille, ni un chicaneur et un scélérat,
mais un chevalier romain, son parent et son
ami ; celui - là même dont Névius se servoit
pour fondé de procuration ; j'ai soutenu que
si le fondé de procuration de Quintius en avoit
appellé aux tribuns, il n'en avoit pas moins
été prêt de subir un jugement ; que par son
crédit, il n'avoit pas dépouillé Névius de ses
droits, que c'étoit au contraire Névius, qui
par le sien avoit eu d'abord l'avantage, et à
présent nous laissoit à peine la liberté de respirer. J'ai demandé par quelle raison les biens
n'avoient pas été vendus, puisqu'on les avoit
saisis en vertu de l'ordonnance ; j'ai demandé
encore pourquoi, parmi un si grand nombre
de créanciers, aucun n'a suivi l'exemple de
Névius, aucun ne parle maintenant contre

Quintius ,. pourquoi ils s'intéressent tous pour
lui , sur-tout dans une cause où les dépositions
des créanciers sont regardées comme essentielles.
Après cela , je me suis servi du propre témoignage de l'adversaire , qui dernièrement a
pris pour associé celui qu'il annonce , en le
poursuivant avec tant de rigueur , n'avoir pas
même été alors au nombre des citoyens. Puis ,
j'ai parlé de cette incroyable promptitude , ou
plutôt de cette étonnante audace ; j'ai démontré qu'il falloit nécessairement , ou qu'on eût
fait sept cent mille pas en deux jours , ou que
Névius ait envoyé saisir les biens de Quintius
nombre de jours avant de demander d'être autorisé à les saisir. Après quoi , j'ai fait lire l'ordonnance qui défend expressément de chasser
de force un maître de ses terres ; ce qui prouve
clairement que Névius n'a point saisi en vertu
de l'ordonnance , puisque d'après l'aveu de
Névius , Quintius a été chassé de force de ses
terres. J'ai prouvé que les biens n'avoient été
nullement saisis parce qu'on n'est censé saisir
des biens qu'autant qu'on n'en saisit pas une
partie , mais tout ce qui est susceptible de l'être.
J'ai dit que Quintius avoit à Rome une maison dont Névius n'avoit pas même approché;

qu'il avoit beaucoup d'esclaves ; que Névius
n'avoit saisi aucun d'eux , qu'il n'avoit touché
à aucun ; qu'il n'avoit pas même essáyé d'en
prendre , excepté un seul , et qu'en ayant été
empêché , il s'étoit tenu tranquille. Vous savez que dans la Gaule , Névius n'a point envoyé
saisir les terres propres de Quintius ; qu'enfin
tous les esclaves propres de Quintius n'ont pas
été chassés même des pâturages que Névius a
saisis , dont il a chassé de force son associé.
Par cette conduite de Névius , par tout ce qu'il
a dit d'ailleurs , par tout ce qu'il a fait ou médité
de faire , on voit clairement qu'il n'a eu et n'a
maintenant d'autre but que de s'approprier à
lui seul , de force , par injustice , par une sentence inique , un fonds qui appartient à la
société.

Maintenant que la cause est plaidée , l'importance de l'affaire de Quintius , et le péril
qu'il court , demandent , sans doute , qu'il
vous supplie , Aquillius , vous et les autres qui
vont le juger , qu'il vous conjure par sa vieillesse et son dénuement absolu , de suivre les
mouvemens de votre bonté naturelle. Par là ,
sans compter qu'il a pour lui la justice , son
abandon total pourra plûtôt vous exciter à

la compassion que le crédit de Névius vous
porter à la rigueur. Du moment où nous vous
avons eu pour juge , de ce moment là même
nous avons commencé à mépriser des menaces
qui auparavant nous faisoient trembler. S'il ne
s'étoit agi que de balancer les raisons , nous aurions été sûrs de faire goûter facilement les
nôtres à tout homme quel qu'il fût : mais
comme il falloit comparer les personnes , nous
avons pensé que nous avions encore plus besoin d'un juge tel que vous. Oui , il est question maintenant de savoir si une vie dure ,
économe et simple , peut se défendre contre le
luxe et la licence ; ou si deshonorée , dépouillée
de tous ses droits , elle sera livrée toute nue à
l'audace et à la cupidité.

Non , Névius , Quintius ne se mesure pas
avec vous pour le crédit , il ne vous le dispute
point en richesses ni en puissance ; il vous laisse
tous les talens merveilleux qui vous donnent
de la considération. Il avoue qu'il ne parle pas
agréablement , qu'il ne sait point s'accommo-
der à la volonté de tout le monde , passer
d'un parti ruineux à un parti florissant ; qu'il
ne sait point vivre avec profusion et avec faste,
orner splendidement et magnifiquement un

festin , fermer sa maison à la pudeur et à l'innocence ; la tenir ouverte, la prostituer même
aux passions et aux plaisirs ; mais qu'il aima
toujours la probité , la bonne foi , la régularité , une vie dure et austère : il ne le sent que
trop , les avantages de Névius l'emportent et
peuvent tout dans nos mœurs actuelles : oui, sans
doute , mais non pas toutefois au point de rendre maîtres de l'existence et du sort des citoyens
les plus honnêtes ceux qui , renonçant aux principes des gens de bien , aiment mieux copier un
Gallonius (1) dans son trafic et dans ses dissi-
pations , et ajoutent à ses vices l'audace et la
perfidie. S'il est permis de vivre à un homme
que Névius veut perdre ; si un citoyen honnête peut rester dans sa ville en dépit de Névius, s'il est libre à Quintius de respirer malgré
le désir et la puissance de Névius , si la considération qu'il s'est acquise par son honnêteté ,
il peut la retenir avec votre secours , Aquill-
lius , malgré les efforts de l'insolence , on
peut espérer que cet infortuné pourra enfin

_____

(1) Gallonius , crieur public , qui avoit acquis de
grandes richesses ; il étoit décrié par son faste et ses
profusions.

trouver du repos. Mais si Névius peut tout ce
qu'il veut, et s'il veut ce qu'il ne doit pas,
quelle ressource nous reste t-il ? quel dieu im-
plorons-nous ? à quel homme aurons - nous
recours ? Peut-on assez se plaindre , assez gémir sur un malheur aussi déplorable ?

Il est triste d'être dépouillé de son existence
civile et sur-tout par une odieuse vexation. Il
est dur de se voir opprimé, mais sur-tout par
un parent. Il est malheureux d'être entièrement
ruiné, et sur-tout avec infamie. C'est une chose
affreuse de se voir perdu même par un homme
qui a des vertus et de l'honneur ; que sera-ce
si c'est par un homme qui a trafiqué de sa voix
dans la profession de crieur public ? C'est une
indignité de succomber sous les efforts même
d'un égal ou d'un supérieur, que sera-ce si l'on
succombe sous un inférieur, et un inférieur
placé si bas ? C'est une chose déplorable d'être
livré à un autre avec ses biens, que sera-ce si
c'est à un ennemi ? C'est une chose horrible
de subir un procès capital, que sera-ce si on
y parle le premier ? Quintius a eu recours à tout,
il a tout mis en œuvre ; il n'a réussi à fléchir,
ni le préteur dont il n'a pu obtenir justice, à
qui même il n'a pu faire de demande à sa

volonté ; ni les amis de Névius aux pieds desquels il s'est plusieurs fois jetté, demeurant dans
cette humble posture, les conjurant au nom des
dieux, ou de plaider contre lui par des voies
légales, ou de se contenter de lui faire une
injustice, sans le déshonorer. Enfin il a soutenu
les regards dédaigneux et superbes de son ennemi, il l'a touché en pleurant la main de
Névius même, cette main exercée à proscrire
les biens de ses proches. Il a conjuré par les
cendres de son frere, par le nom de sa cousine devenue sa femme, par les enfans nés de ce
mariage qui n'ont point de plus proche parent
que Quintius, il l'a supplié de prendre enfin
des sentimens de tendresse, d'avoir quelques
égards, sinon pour la parenté, du moins
pour son âge ; sinon pour un homme seul,
du moins pour l'humanité toute entière ; de
finir avec lui, par un arrangement quelcon-
que, pourvu qu'il fût supportable. Dédaigné
par les amis de Névius, répoussé par Névius
lui-même, effrayé, persécuté par tous les chefs
de ses tribunaux, il ne lui reste que vous,
Aquillius, auquel il puisse s'adresser. Il vous
recommande toute sa fortune et toute son existence ; il remet entre vos mains son honneur

et ses dernières ressources. Outragé de mille manières, en butte à mille injures, malheureux sans être coupable, il a recours à vous. Chassé d'un superbe héritage, chargé d'affronts, voyant Névius dominer dans son patrimoine, ne pouvant former de dot pour une fille nubile, il n'a rien fait néanmoins qui deshonore sa vie précédente. Il vous en prie donc, Aquillius, qu'il lui soit permis d'emporter de ce lieu, presque à la fin de sa carrière, la réputation et l'honneur qu'il a apportés à votre tribunal; il vous en conjure, ne souffrez pas qu'un homme, sur la probité duquel il ne s'éleva jamais aucun nuage, soit enfin à la soixantième année de son âge déshonoré, décrié, diffamé; ne souffrez pas que Névius lui enlève comme des dépouilles tout ce qu'il possède de plus précieux, et que par votre décision il empêche que cette bonne renommée qui a accompagné Quintius jusqu'à la vieillesse, ne le suive encore jusqu'au tombeau.

DISCOURS

DISCOURS

POUR

ROSCIUS D'AMÉRIE.

Sommaire du plaidoyer pour Sextus Roscius
d'Amérie.

*Sextus Roscius, citoyen riche et distingué de
la ville municipale d'Amérie dans l'Ombrie,
avoit été assassiné à Rome en revenant de souper, victime probablement de l'inimitié de deux
Roscius de la même ville, dont l'un étoit surnommé Capito et l'autre Magnus. Ces deux
Roscius se liguèrent pour s'emparer de la dépouille de leur ennemi mort avec Chrysogonus,
affranchi de Sylla, tout-puissant auprès de son
maître qui n'avoit pas encore abdiqué la dictature. Ils voulurent faire croire que le malheureux qui avoit péri de mort étoit au nombre des
proscrits; ile firent plus, ils s'emparèrent de
ses terres, et apostèrent un accusateur, nommé
Erucius, pour citer en justice son fils comme
son meurtrier. Cicéron entreprit courageusement*

la défense de ce fils, sans craindre la puissance
de l'affranchi de Sylla.

Après un exorde plein de force et d'adresse,
le plus propre à intéresser les juges en sa faveur, en faveur de celui qu'il défend, et à les
indigner contre ses adversaires ; après une narration des faits qui éloigne du fils de Roscius
tout soupçon du meurtre de son père, et le fait
retomber sur les deux Roscius ses ennemis, il
expose son sujet d'une manière intéressante, et
divise son plaidoyer en trois parties.

Dans la première il détruit l'accusation. Le
caractère de Sextus Roscius, la vie qu'il a
menée, éloignent de lui toute idée qu'il ait
voulu tuer son père. Le père, dit l'accusateur,
haïssoit son fils, il l'avoit rélégué à la campagne, il songeoit à le déshériter. L'orateur
prouve fort au long que le père de Roscius, en
le chargeant de gouverner ses terres, lui avoit
donné une marque d'amitié et de confiance plutôt
que de haine. Par rapport au second fait,
comme l'accusateur l'avoit avancé sans preuves,
Cicéron le réfute en peu de mots et se contente
de le nier. Il s'emporte contre Erucius, de reprocher un parricide, sans produire de motifs
qui aient pu engager à commettre un pareil

forfait. Un lieu commun sur l'atrocité du parricide et sur le supplice infligé à celui qui s'en est rendu coupable, relève cet endroit du discours. Roscius n'avoit pas de raison pour tuer son père, il n'en avoit pas les moyens et les facilités, il n'a pu commettre ce crime, ni par lui ni par d'autres ; l'orateur le démontre d'une manière pressante, et passe à la seconde partie.

Il tourne l'accusation contre Titus Roscius Magnus, qui étoit assis sur le banc des accusateurs ; il montre qu'il a eu bien des motifs de tuer le père de Roscius ; il étoit pauvre, audacieux, mortel ennemi de l'assassiné. Il a eu pour commettre le meurtre, des facilités et des moyens que l'accusé n'avoit pas. Les circonstances qui ont suivi le meurtre en désignent le véritable auteur. Plusieurs reproches graves sont faits à Titus Roscius Capito ; on lui reproche fortement à lui et à Roscius Magnus de s'être ligués avec Chrysogonus, et de retenir les esclaves du malheureux qu'on accuse.

La troisième partie devoit rouler sur cet affranchi de Sylla, Cicéron devoit prouver contre lui, que les biens de Roscius n'avoient pas été vendus et n'avoient pu l'être : elle manque presque toute entière ; il n'en reste que le com-

V 2

mencement , et la fin d'une excursion véhémente
contre les richesses odieuses et la puissance
de Chrysogonus.

Dans la peroraison , qui est assez longue ,
l'orateur fait des réflexions sur l'état actuel de
la république ; il se plaint avec un ton véhément
et pathétique de la situation cruelle du malheureux qu'il défend.

Cette cause a dû être plaidée l'an de Rome
673 , de Cicéron 27. Quoique l'orateur eût
parlé avec beaucoup d'égards et de ménagement
de Sylla ; cependant, comme il n'avoit pas me-
nagé son affranchi , il crut devoir s'éloigner
de Rome. C'est là le sentiment de Plutarque.
D'autres pensent , avec plus de raison , je crois,
que Cicéron alors ne fit un voyage en Grèce
que pour affermir sa santé , et pour se fortifier
dans le grand art de la parole , en se mettant
sous la discipline des plus habiles maîtres de ce
pays. Il ne revint à Rome qu'après trois ans.
La cause de Roscius étoit la première cause publique qu'il eût plaidée. On appelloit cause publique en général une cause où l'accusateur ne
demandoit pas des intérêts particuliers , mais
sollicitoit la punition d'un crime qui intéressoit tout le monde. Cicéron avoit déja plaidé

plusieurs causes particulières ; mais ou il n'a point laissé les discours par écrit , ou ils ne sont point parvenus jusqu'à nous. Quoique dans ses premiers discours , Cicéron annonce déja le grand orateur qu'on admira par la suite ; cependant on y remarque en quelques endroits une jeunesse de style qu'on n'apperçoit pas dans les premiers plaidoyers de Démosthène , qu'il prononça à l'âge de 17 ans , beaucoup plus jeune que n'étoit alors Cicéron.

Plaidoyer pour Sextus Roscius d'Amérie.

Vous êtes sans doute surpris , Romains , que parmi tant d'illustres orateurs et de citoyens du nom le plus distingué qui se tiennent dans le silence, je me sois levé seul pour prendre la parole , moi que la jeunesse , la médiocrité du talent , et la foible considération dont je jouïs , mettent si fort au-dessous de ces grands personnages. Tous ceux , en effet, que vous voyez ici s'intéresser à cette cause , sont persuadés qu'on doit repousser une injustice atroce et sans exemple ; mais intimidés par le malheur des tems , ils n'oseroient la repousser eux-mêmes. C'est donc un devoir à remplir qui les

amène à ce jugement ; un danger à craindre
leur ferme la bouche. Eh quoi ? l'emporterois-
je sur tous les autres par la grandeur du courage ? Non certes. L'emporterois-je par l'ardeur
à secourir les malheureux ? Quoique infiniment
jaloux de cette gloire , je n'ai garde de me
l'attribuer aux dépens de personne. Quelle est
donc la raison qui m'a déterminé à me charger
plutôt qu'un autre de la défense de Roscius ?
La voici. Si quelqu'un de ces hommes qui
honorent la cause de leur présence , de ces
hommes dont le mérite rare a été illustré par
les premiers honneurs , eût pris la parole , et
se fût expliqué sur l'état actuel de la république , ce qui est indispensable dans cette affaire,
on lui en imputeroit beaucoup plus qu'il n'en
eût dit réellement. Pour moi , je puis dire en
liberté tout ce qui est nécessaire à ma cause ,
sans que mes discours puissent également sortir
de cette enceinte et se répandre dans le public.
D'ailleurs , tel est le rang et la réputation des
autres , que ce qu'ils diroient ne pourroit rester
caché : tel est leur âge et leur prudence , qu'on
ne leur passeroit aucune parole indiscrète. Pour
moi , si je m'exprime d'une manière un peu
hardie , ce que je dirai pourra , ou rester in-

connu , parce que je n'ai joué encore aucun
rôle dans la république , ou être pardonné à ma
jeunesse ; quoique pourtant on ne connoisse
plus guère dans Rome l'usage de pardonner , ou
même d'examiner. Ajoutez que peut - être ,
d'après la manière dont ils se sont vus sollici-
tés (1) , les autres se sont crus libres d'accorder ou de refuser sans manquer à aucune bienséance : au lieu que moi j'ai été pressé par
des hommes à qui l'amitié , les services et le
rang donnent sur moi le plus grand empire ;
par des hommes dont je ne puis méconnoître
l'affection , dont je ne dois ni rejetter les avis
ni mépriser les volontés.

Voilà pourquoi je me trouve chargé de cette
affaire : ce n'est pas que j'aie été choisi entre
tous comme ayant le plus de talent , mais je
suis resté seul , comme pouvant parler avec le
moins de risque ; ce n'est pas non plus que
Roscius doive trouver en moi un digne défenseur de sa cause , mais du moins ne paroîtra-t-il
pas entièrement délaissé.

_____

(1) Roscius leur demandoit , sans doute , ou de parler eux-mêmes pour lui , ou d'engager un orateur à
prendre sa défense.

V 4

Vous me demanderez, peut-être, ce qui peut effrayer, ce qui peut intimider tant d'illustres personnages, et les empêcher de défendre, suivant leur coutume, la vie et l'honneur d'un citoyen. Il n'est pas étonnant que vous l'ignoriez encore, les accusateurs ayant affecté de cacher la cause qui a fait naître ce procès. Et quelle est-elle? Les biens du père de Roscius montent à six millions de sesterces (1) ; sous le nom de Sylla, ce grand homme, dont la gloire égale le courage, ils ont été achetés, dit-on, deux mille sesterces par le personnage le plus puissant aujourd'hui de cette ville, Lucius Cornélius Chrysogonus. Chrysogonus vous demande, Romains, qu'ayant envahi sans aucun droit une si belle et si opulente fortune, et la vie de Roscius paroissant troubler sa jouissance, il demande que vous l'affranchissiez de toute crainte et de toute inquiétude. Il ne croit pas, tant que Roscius restera parmi nous et conser-

---

(1) 750,000 livres. *Deux mille sesterces,* 250 liv. *Ce grand homme.....* Le latin ajoute, *quem honoris causâ nomino,* formule d'usage quand on nommoit un homme vivant distingué ; j'ai cru pouvoir la supprimer ici. Lucius Cornélius Chrysogonus, affranchi de Sylla, dont il avoit pris, selon l'usage, le nom et le prénom.

vera les droits de citoyen , pouvoir jouir paisi-
blement de son riche patrimoine , si injuste-
ment usurpé ; mais s'il est condamné et chassé,
c'est alors qu'il espère pouvoir prodiguer et
dissiper dans la débauche ce qu'il a acquis par
le crime. Il vous prie donc de lui ôter ce scrupule qui l'inquiète et le tourmente nuit et jour ;
il veut que vous vous déclariez vous-mêmes
les protecteurs de son odieux brigandage.

Si sa demande vous paroît juste et raisonnable , je vais en peu de mots y en opposer
une autre un peu plus juste , je m'en flatte ,
que la sienne. D'abord , je demande à Chrysogonus qu'il se contente de notre argent et de
toute notre fortune , sans en vouloir à notre
vie , sans être altéré de notre sang. Ensuite ,
c'est à vous , Romains , que je m'adresse ; je
vous supplie de réprimer l'audace du crime ,
d'adoucir le malheur de l'innocence , et dans
la cause du seul Roscius , d'écarter le péril qui
nous menace tous. Que si l'on trouve , ou un
corps de délit , ou la moindre apparence du
meurtre qu'on nous impute , ou le plus léger
prétexte solide qui ait pu fonder la poursuite
de nos adversaires ; en un mot, si vous décou-
vrez quelque autre motif que le brigandage

dont je parlois tout-à-l'heure , nous consenti-
rons à ce que Roscius périsse victime de leur
cupidité. Mais si le but unique de cette accusation est que rien ne manque à des hommes
à qui rien ne suffit ; si tout ce qu'on s'efforce
d'obtenir en ce jour , c'est que l'odieuse usur-
pation d'une succession immense soit couronnée par la condamnation de Roscius ; parmi
tant d'indignités révoltantes , ce qui révolte le
plus , n'est-ce pas qu'ils vous aient méprisés
jusqu'à croire pouvoir arracher à votre justice
et à votre religion , ce qu'auparavant ils em-
portoient par le fer et par le crime ? N'est-ce
pas que dans un tribunal où siégent des hommes que leur mérite a appellés de la foule des
citoyens au rang de sénateurs (1) , et du rang
de sénateurs à celui de juges , que , dans un
pareil tribunal , on voie des gladiateurs et des
assassins , non-seulement éviter les supplices
dont ils doivent craindre que la rigueur de vos
sentences ne punisse leurs forfaits , mais encore sortir en triomphe de ce jugement , enri-

_____

(1) Les sénateurs occupoient seuls alors les tribunaux , et ordinairement on choisissoit parmi les citoyens des sujets pour compléter le sénat.

chis des biens de Roscius et chargés de ses
dépouilles ?

En parlant d'excès aussi graves et aussi atro-
ces, je le sens trop, il est impossible que
j'exhale ma plainte avec toute l'éloquence,
avec toute la force, avec toute la liberté nécessaires. Je trouve un obstacle, pour l'éloquence
du discours, dans la médiocrité de mon talent ;
pour la force de l'expression dans ma trop
grande jeunesse ; pour la liberté de la parole,
dans le malheur des circonstances. Ajoutez la
crainte excessive que m'inspirent une timidité
naturelle, la majesté du tribunal, la puissance
des adversaires, et la situation critique de Roscius. Ainsi, Romains, je vous supplie de m'é-
couter avec attention et avec bienveillance.
Enhardi par l'espoir de votre protection, et
comptant sur vos lumières, je me suis chargé
d'un fardeau qui, je le sens, est au-dessus de
mes forces ; mais si vous me soulagez d'une
partie de ce fardeau, je le porterai avec toute
l'ardeur et tout le zèle dont je serai capable. Si
vous m'abandonnez, ce que je ne puis croire,
je ne perdrai pas néanmoins courage, et la
charge que j'aurai prise, je la porterai jusqu'où
je pourrai. Si les forces me manquent, j'aime

mieux succomber sous le faix , que de rejetter
par perfidie , ou de déposer par foiblesse un
ministère imposé par la confiance.

Vous aussi, Fannius (1) , je vous en conjure , montrez-vous aujourd'hui pour nous et
pour le peuple Romain , tel qu'on vous a déja
vu lorsque vous présidiez , comme juge , le
même tribunal. Vous voyez quelle multitude
immense est accourue à cette cause ; vous
voyez quelle est l'attente universelle , combien
on desire aujourd'hui des jugemens vigoureux
et sévères. C'est en ce jour , pour la première
fois , après un long espace de tems , que des
assassins (2) paroissent aux pieds de votre tribunal ; et toute cette époque a été marquée
par les meurtres les plus cruels et les plus éclatans. Tous espèrent que , sous votre préture , on
va commencer enfin à poursuivre la punition
de crimes manifestes , on va demander compte
du sang qui se verse tous les jours. Le ton de

(1) Marcus Fannius étoit préteur, et il présidoit le
tribunal en cette qualité. Il l'avoit présidé auparavant
au nom et de la part du préteur, en qualité de ce qu'on
appelloit *judex quæstionis*.

(2) *Judicium inter si carios*, ancienne locution pour
judicium de sicariis.

véhémence que prennent les accusateurs dans
les autres causes , nous le prenons maintenant
nous qui sommes accusés. Nous vous en prions,
Fannius , et vous Romains , qui êtes nos juges ,
punissez le crime avec la dernière rigueur ,
résistez avec un intrépide courage à l'insolence
audacieuse : faites-y bien attention ; si vous ne
déclarez dans cette affaire vos vrais sentimens ,
la cupidité , le crime et l'audace ne connoîtront
plus de frein ; ce ne sera plus en secret , mais
ici, dans le forum , devant votre tribunal , Fannius , à vos pieds , Romains , et même sur vos
siéges , que l'on viendra commettre les meurtres. En effet , que veut-on dans ce jugement,
sinon que vos sentences donnent la sanction
aux excès les plus affreux? Les accusateurs sont
ceux-là même qui ont envahi les biens de
Roscius ; l'accusé est celui à qui ils n'ont laissé
que son infortune : les accusateurs ceux qui
avoient intérêt que le père de Roscius fût tué ;
l'accusé, celui que la mort de son père a plongé
dans le deuil , qu'elle a réduit à l'indigence :
les accusateurs , ceux qui n'avoient d'autre desir
que d'égorger Roscius lui-même ; l'accusé ,
celui qui ne paroît à ce jugement qu'avec une
escorte , pour n'être pas égorgé ici en votre

présence : enfin, les accusateurs sont ceux dont le peuple demande le supplice ; l'accusé, celui qui reste seul échappé à leurs horribles assassinats. Et pour que vous puissiez, Romains, comprendre plus aisément combien ce qui s'est fait est au-dessus de tout ce que je puis dire, je vais reprendre les choses dès l'origine, et vous les raconter telles qu'elles se sont passées. Par-là vous reconnoîtrez mieux le malheur du citoyen le plus innocent, l'audace de ses adversaisres, l'état déplorable de la république.

Sextus Roscius, père de notre Roscius, citoyen d'Amérie (1), étoit le premier de la ville et même de tous les environs par sa naissance, son rang et ses richesses. D'ailleurs il se voyoit en crédit, honoré de l'amitié des premières familles de Rome. Hôte des Metellus, des Servilius, des Scipions, il avoit même avec eux des liaisons intimes : je nomme ces familles avec tous les sentimens de vénération qui leur sont dus. De tous les biens qu'il possédoit c'est

(1) Latin *municeps*, citoyen d'une ville municipale : on sait que la plupart des villes municipales jouissoient des plus beaux priviléges, et que les plus illustres citoyens en étoient originaires.

le seul qu'il ait laissé à son fils : des brigands
domestiques se sont emparés et jouissent du
patrimoine de ce fils innocent , dont l'honneur
et la vie sont défendus par les hôtes et les amis
de son père. Celui - ci s'étoit montré en tout
tems partisan de la noblesse ; mais sur-tout
dans les dernières guerres civiles (1) où le salut
et la dignité de tous les nobles étoient en danger , il soutint leur parti plus vivement qu'aucun autre habitant des villes voisines ; il employa pour la défendre ses soins , ses travaux ,
toute la considération dont il jouissoit. Car il
trouvoit juste de combattre pour l'honneur de
ceux dont l'amitié le faisoit honorer parmi les
siens. La victoire étoit décidée , et nous avions
déposé les armes ; on proscrivoit les citoyens
et l'on se saisissoit par-tout de ceux qui passoient pour avoir été contraires au parti de la
noblesse : Roscius alors venoit fréquemment
dans cette ville , on le voyoit dans le forum ,
il se montroit tous les jours en public ; ensorte qu'il paroissoit plutôt s'applaudir de la

_____

(1) Les guerres de Sylla avec les deux Marius.
Cicéron emploie le mot *tumultus* , ncm que l'on donnoit quelquefois à la guerre civile.

victoire des nobles qu'appréhender qu'il ne lui
en arrivât quelque disgrace. Il y avoit d'anciennes inimitiés entre lui et deux Roscius (1)
d'Amérie, dont l'un est maintenant assis sur le
banc des accusateurs, et l'autre, à ce que j'apprends, possède trois de nos terres : s'il avoit
pu se garantir de leur inimitié autant qu'il s'en
défioit, il vivroit encore. Et ce n'étoit pas sans
fondement, Romains, qu'il redoutoit ces deux
hommes. L'un des deux, surnommé *Capito*,
est connu pour un vieux gladiateur fameux par
plusieurs victoires : celui qui est sous nos yeux,
appellé *Magnus*, a pris Capiton, il n'y a pas
long-tems, pour son maître d'escrime. Il n'étoit
qu'apprentif avant le coup brillant par lequel il
vient de se signaler ; mais bientôt le disciple a
surpassé le maître lui-même en audace et en scélératesse.

Roscius père est tué en revenant de souper
auprès des bains du mont Palatin (2), lorsque
Titus Roscius, ici présent, étoit à Rome, où
il faisoit ordinairement son séjour, lorsque

(1) Titus Roscius Capito et Titus Roscius Magnus.
Dans le cours du plaidoyer, j'appelle l'un *Capiton*, et
l'autre *Titus Roscius*.

(2) Palatium, ou mont Palatin, quartier de Rome.

Roscius pour qui je parle étoit à Amérie, vivant habituellement dans ses terres, et d'après le vœu paternel se livrant aux affaires domestiques et aux soins de la campagne.

Sans doute Romains, par cela seul vous voyez clairement sur qui doit tomber le soupçon du meurtre. Mais si les circonstances qui ont suivi ne portent pas la présomption au dernier degré d'évidence, tenez pour coupable celui dont je défends la cause. Après que le père de Roscius fut tué, un certain Mallius Glaucia, personnage obscur, simple affranchi, (1) client et intime ami de Titus Roscius, annonce le premier cette mort à Amérie ; il l'annonce, non dans la maison de son fils, mais dans celle de Capiton son ennemi ; et quoiqu'il n'eût été tué qu'à l'entrée de la nuit, le courier étoit à Amérie dès la pointe du jour. En dix heures de nuit il fit près de vingt lieues (2) dans une voiture légère,

---

(1) Du tems de Cicéron *libertinus* vouloit dire simplement affranchi. — *A l'entrée de la nuit*, mot à mot, *à la première heure de la nuit*. Les Romains partageoient la nuit et le jour en quatre parties de trois heures chacune, ou en douze heures égales.

(2) Latin 56,000 pas, c'est-à-dire, près de vingt

pour porter le premier à un ennemi la nouvelle
qui pouvoit le plus satisfaire sa haine , pour
lui montrer le sang encore fumant , et le poignard tout récemment arraché du corps de son
ennemi.

Quatre jours après cet événement , on en
donne avis à Chrysogonus dans le camp de
Sylla devant Volaterres : on lui fait envisager les
grands biens que possédoit Roscius , et la bonté
des terres qu'il laissoit (il y en avoit treize presque toutes situées sur les bords du Tibre) ; on
lui représente combien son fils est dépourvu de
ressources et d'amis ; on lui fait voir que le
père , homme puissant et considéré , ayant eté
tué aussi facilement , rien ne seroit plus aisé que
de se défaire du fils , du fils qui étoit sans défiance , habitant la campagne , vivant inconnu
à Rome : on offre de le servir dans l'exécution
de ce projet. Pour ne pas vous arrêter plus
long-tems , Romains , le complot est formé.

On ne parloit plus de proscriptions , ceux

de nos lieues communes , en supposant que le mille
d'Italie soit le tiers de notre lieue commune. Volaterres , ville municipale , qui s'étoit montrée fidèle
au parti de Marius , et que Sylla punit de cette
fidélité.

même qui jusqu'alors avoient éprouvé des craintes, revenoient et se croyoient hors de tout péril ; le nom du malheureux qui venoit d'être assassiné se trouve sur la liste des proscrits : Chrysogonus devient adjudicataire des biens d'un homme dévoué au parti des nobles. On donne en propriété à Capiton trois des meilleures terres qu'il possède aujourd'hui : Titus Roscius, comme il le dit lui-même, envahit, au nom de Chrysogonus, tout le reste d'une ample fortune, des biens estimés six millions de sesterces sont vendus deux mille sesterces.

Tout cela s'est fait à l'insçu de Sylla, j'en suis assuré, Romains. Non, il n'est pas étonnant que cet illustre dictateur ayant à la fois à réparer le passé (1) et à diriger l'avenir, chargé seul, avec un pouvoir absolu, de régler la paix et de faire la guerre, gouvernant seul toute la république qui n'a de ressource qu'en lui, distrait par une infinité d'affaires qui ne lui permettent pas de respirer ; il n'est pas, dis-je, étonnant que quelques détails échappent à sa vigilance, sur-tout lorsque tant d'hommes sont

---

(1) Je crois, avec Lambin, qu'après *prœterita sunt* il faut ajouter *prœparet.*

X 2

attentifs à épier ses occupations , à observer le moment favorable , prêts à former de criminelles manœuvres , dès qu'il détournera la vue. Ajoutez que , tout heureux (1) que soit Sylla comme il en porte le nom , on ne peut jouir néanmoins d'un assez parfait bonheur pour que , parmi un grand nombre d'esclaves et d'affranchis , il ne se rencontre pas un méchant homme.

Cependant Titus Roscius , cet homme de bien , cet agent de Chrysogonus , se rend à Amérie : il s'empare des terres de Sextus Roscius : un fils infortuné accablé de douleur , n'avoit pas encore rendu à son père tous les devoirrs funèbres ; il le chasse nud de sa maison, il l'arrache , Romains , aux foyers paternels , à ses dieux pénates : il se rend maître d'un patrimoine immense. Un homme qui avec ses seuls biens eût manqué de tout , étoit insolent , comme c'est l'ordinaire , au milieu des biens d'autrui. Il emportoit publiquement dans sa maison une multitude d'effets, il enlevoit plus encore secrètement , il en prodiguoit une

(1) Sylla avoit pris le surnom de *Felix*.

grande partie à ses suppôts ; le reste étoit vendu à l'encan.

Tous ces actes de violence parurent si indignes aux habitans d'Amérie qu'il y eut des pleurs et des gémissemens dans toute la ville. On se représentoit mille choses à la fois, la mort cruelle d'un homme aussi distingué que Sextus Roscius ; l'affreuse indigence de son fils , à qui un barbare ravisseur n'avoit pas même laissé d'un ample patrimoine un chemin pour aller au tombeau de ses pères (1) ; l'acquisition criminelle et l'injuste possession des biens, les vols, les rapines, les donations. Il n'y avoit personne qui n'aimât mieux que tout fût consumé dans un incendie , que de voir Titus Roscius (1) triompher insolemment et dominer en maître au milieu des biens de Sextus Roscius,

(1) Les tombeaux et sépultures étoient toujours dans les campagnes : lorsqu'on vendoit une terre où ils étoient situés, on conservoit toujours un chemin pour s'y rendre.

(2) C'est le Titus Roscius , surnommé Magnus. — *Decurions* , c'est ainsi qu'on appelloit dans les villes municipales et dans les colonies , ceux qu'on nommoit à Rome *sénateurs*.

ce personnage si vertueux , si généralement
considéré. Ainsi les décurions ordonnent sur
le champ que dix des premiers de la ville
iroient trouver Sylla , lui feroient connoître
quel homme étoit Sextus Roscius , se plaindroient du crime et des injustices de nos adversaires , le prieroient de faire réhabiliter la
mémoire du mort et restituer les biens à son
fils innocent. Ecoutez , Romains , je vous prie ,
le décret des décurions.

On lit le décret des décurions. Les députés
arrivent au camp. On voit ici , Romains , ce
que j'ai dit plus haut . que toutes ces indignités se commettoient à l'insçu de Sylla. Car aussi-
tôt Chrysogonus les joint lui-même ; il leur fait
parler par des hommes d'une grande naissance,
(1) les fait prier de ne pas demander audience
au dictateur, avec promesse de sa part de les
satisfaire au gré de leurs desirs. Il étoit inquiet
et alarmé au point qu'il auroit mieux aimé mourir que de voir Sylla instruit de ce qui s'étoit
passé. Les députés , hommes simples , qui ju-
geoient des autres par eux-mêmes , se laissèrent

_____

(1) Je voudrois lire avec Lambin , *homines nobiles*
allegat, ab iis qui peterent.

séduire ; ils insistèrent d'autant moins que Chrysogonus assuroit qu'il feroit ôter Roscius père,
du nombre des proscrits, et qu'il remettroit au
fils les héritages en bon état ; d'ailleurs Roscius
Capito qui étoit de la députation, confirmoit
lui-même ces promesses : ils revinrent donc à
Amérie sans avoir vu Sylla. Et d'abord on dif-
fère tous les jours à exécuter ce qui avoit été
promis, on remet au lendemain ; ensuite
on agit avec encore plus de lenteur, bientôt on
ne fait plus que se mocquer des représentations;
enfin comme on l'a vu clairement, on se dispose à attenter aux jours de Roscius, dans l'idée
qu'on ne pouvoit posséder plus long-tems le
bien d'un homme vivant encore.

Roscius en eut connoissance ; et aussitôt de
l'avis de ses amis, de ses parens, il se réfugia à
Rome auprès de Cécilia, fille de Métellus (1) Ba-
laricus, sœur de Métellus Népos, ancienne amie
de son père. Cette dame, que je nomme ici avec
tous les égards qui lui sont dus, offre encore aujourd'hui (c'est une justice que tout le monde
s'empresse de lui rendre), elle offre, dis-je, un
modèle vivant de l'antique générosité. Elle re-

(1) Ici j'ai corrigé le texte, d'après de savans critiques, et d'après Cicéron, dans ce même discours.

cueillit un infortuné, privé de toute ressource,
sans asyle , qui dépouillé de ses biens et chassé
de sa maison, fuyoit les menaces et les poignards
des brigands ; elle secourut un hôte déjà accablé par ses ennemis , dont on croyoit la perte
certaine ; et s'il fut mis vivant au nombre des
accusés plutôt que mort sur la liste des proscrits,
il le doit à la fermeté , au zèle et à la vigilance
de cette généreuse protectrice. En effet les ennemis de Roscius , voyant qu'on veilloit avec
le plus grand soin à la sûreté de ses jours,
et qu'ils ne pouvoient lui ôter la vie par un
assassinat , conçurent un dessein plein d'audace
et de scélératesse ; ils résolurent de le dénoncer
comme parricide, de choisir pour cela un homme
vieilli dans le métier d'accusateur , qui pût au
moins articuler quelques mots en poursuivant
un crime dont il n'y avoit pas la plus légère
présomption , enfin d'emporter par l'avantage
des circonstances , ce qu'ils ne pouvoient obtenir par l'accusation même. Comme le cours
de la justice avoit été long-tems interrompu (1),

(1) *Avoit été long-tems interrompu* , à cause des
guerres civiles. — *Le premier* , sans doute , accusé de
meurtre Sylla avoit rendu les tribunaux aux séna-

ils s'imaginoient que le premier qui seroit cité devant les juges seroit nécessairement con-damné. Ils pensoient que Roscius ne trouveroit pas de défenseur, vu ie crédit énorme de Chry-sogonus ; qu'on n'oseroit faire mention de la vente des biens et de la société formée; qu'avec le seul nom de parricide et l'atrocité d'une telle imputation, ils se déferoient sans peine d'un malheureux sans défense. Déterminés par ces réflexions, ou plutôt poussés par cette fureur, ils ont dénoncé Roscius; et celui qu'il n'ont pu assassiner au gré de leurs desirs, ils vous le livrent aujourd'hui, Romains, pour que vous l'égorgiez vous mêmes.

De quoi me plaindrai - je d'abord ? par où commencerai-je ? à qui demander des secours ? à qui m'adresser ? implorerai-je aujourd'hui la protection des dieux immortels, ou celle du peuple Romain, ou celle de nos juges, qui ont tout pouvoir dans cette cause ? Un père indignement assassiné, sa maison envahie, ses biens enlevés, occupés, dissipés par ses

teurs : or, il est probable, et on doit l'inférer d'un endroit de ce discours à la fin, qu'il y avoit eu déjà bien des jugemens de rendus, mais non pas apparem-ment pour crime d'assassinat.

ennemis, la vie de son fils en butte à mille
périls, souvent exposée aux embûches et à la
violence ; peut-on rien ajouter à tant de forfaits odieux ? cependant pour mettre le comble à
tous ces crimes par un crime encore plus atroce,
ils imaginent une accusation inouïe ; il achètent
contre Roscius avec son propre argent des témoins et des accusateurs, et réduisent cet
infortuné à choisir (1) entre présenter la gorge
à Titus Roscius, ou perdre la vie avec opprobre, par le supplice des parricides. Ils ont cru
qu'il ne trouveroit pas de défenseur puissant et
éloquent. Non, il n'en a pas trouvé. Mais un
un homme qui parle avec courage, qui plaide
avec zèle, et cela suffit dans cette affaire, il l'a
trouvé, Romains, oui, il l'a trouvé en moi
puisque je me suis engagé à le défendre. C'est
peut être une témérité de jeune homme qui
m'a fait entreprendre cette cause ; mais puisque je m'en suis chargé, je le proteste au nom

---

(1) *Ut optet*, c'est-à-dire, *ut eligat.* — Ensuite, *an
insutus in culeum, supplicium parricidarum* : on a regardé, avec raison, ces deux derniers mots comme
une scholie introduite dans le texte ; et quelques-uns
les ont supprimés.

des dieux , quelques soient les terreurs et les
dangers qui m'environnent de toutes parts , je
tiendrai ferme et braverai tout. Je suis résolu ,
je suis déterminé à dire ce que je crois être de
l'intérêt de ma cause , et à le dire avec force,
avec hardiesse, avec intrépidité. Oui , Romains,
quoiqu'il arrive , mon zèle saura triompher de
toutes les craintes. En effet quelle ame assez
froide pourroit voir en silence , pourroit voir
avec indifférence de telles indignités ? vous
avez assassiné mon père quoiqu'il ne fût pas
proscrit ; vous l'avez mis au nombre des proscrits après l'avoir assassiné ; vous m'avez chassé
de ma maison avec violence ; vous possédez
mon patrimoine : que voulez - vous de plus ?
venez-vous encore au tribunal armés de poignards , pour m'immoler par le fer , ou par la
décision des juges ?

On se souvient d'avoir vu Fimbria (1) , le

---

(1) Caïus Fimbria , citoyen pervers et séditieux ,
partisan de Marius. Quintus Scævola , souverain pontife et augure , s'opposoit de toutes ses forces à la
guerre civile : mais il mourut victime des furieux qu'il
vouloit sauver , trois ans après qu'il eut été frappé par
Fimbria.

plus audacieux des hommes, et le plus insensé
au jugement de tous ceux qui ne sont pas in-
sensés eux-mêmes. Dans les funérailles deMarius
il avoit voulu faire assassiner Scévola, ce personnage si respectable et si accompli. Ce n'est
pas ici le lieu de s'étendre sur ses louanges;
d'ailleurs tout ce que je dirois de ce grand
homme ne pourroit égaler l'idée que tous les
Romains en ont conçue. Fimbria voyant qu'il
n'étoit pas blessé à mort, le cita en justice.
Comme on lui demandoit pour quelle raison
il entreprenoit d'accuser un citoyen que, vu son
mérite, on ne pouvoit même louer assez dignement, c'est, répondit-il en furieux, c'est que
le poignard n'est pas entré tout entier dans son
sein. Le peuple Romain n'a rien vu de plus
révoltant, si ce n'est la mort de ce même Scévola, mort qui a entraîné la perte et la ruine de
tous ses compatriotes : il avoit voulu les sauver
en les ramenant à la paix; et il a péri lui-même
victime de leurs violences. N'agit-on pas, ne
parle t-on pas aujourd'hui comme Fimbria?
vous accusez Roscius; pourquoi? parce qu'il
s'est échappé de vos mains, parce qu'il ne s'est
pas laissé égorger. Une pareille fureur étoit
plus révoltante, sans doute, lorsqu'elle avoit

pour objet Scévola ; mais est-elle supportable (1) à présent parce que c'est Chrysogonus, un affranchi, qui en renouvelle l'exemple ? Car enfin, j'en atteste les immortels, est-il dans cette affaire quelque partie qui ait besoin d'être prouvée ou refutée ? en est-il qui demande la subtilité ou l'éloquence d'un orateur ? développons, Romains, et considérons toute la cause en la mettant sous vos yeux ; par-là vous verrez facilement sur quoi elle roule toute entière, quels sont les objets que je dois traiter, quels sont les motifs qui doivent régler vos décisions.

Roscius, autant que j'en puis juger, a dans ce moment trois obstacles à vaincre ; l'accusation des adversaires, leur audace et leur puissance. L'accusateur Erucius s'est chargé de fabriquer l'accusation ; les Roscius ont pris pour eux le rôle de l'audace; Chrysogonus, comme celui qui a le plus de crédit, nous oppose sa puissance. Ce sont là, je le vois, les trois parties dont il faut m'occuper ; mais (2) toutes trois doivent

(1) J'ai lu *num est ferendum* au lieu de *non est ferendum*. — J'ai ajouté de moi ces mots, *un affranchi*, lesquels me paroissent être dans l'esprit de l'orateur.

(2) J'ai traduit comme si on lisoit, *intelligo ; non*

être traitées différemment. Comment cela ? la
première appartient à mon ministère de défenseur ; les deux autres regardent le devoir que
vour a imposé le peuple Romain. C'est à moi
de réfuter l'accusation ; c'est à vous de résister à
l'audace, d'abattre au plutôt et d'anéantir dans
de pareils hommes une jouissance aussi funeste
qu'audacieuse.

Roscius est accusé d'avoir tué son père. C'est
assurément un crime affreux, abominable, et
tel que ce forfait unique semble réunir (1)
tous les forfaits. Car si, comme le disent fort
bien les sages, il ne faut souvent qu'un simple
regard pour blesser le respect filial ; quel
supplice assez rigoureux peut-on inventer
contre un fils qui a donné la mort à son
père, à celui pour lequel les loix divines
et humaines l'obligeoient de sacrifier sa vie si
la circonstance l'exigeoit ? Dans un attentat si
énorme, si atroce, tellement extraordinaire,
que même en apprenant qu'il a été commis,
nous le regardons encore comme un phénomène

eodem tamen modo de omnibus. Quid igitur est ? ideò.

(1) Le *complexo* dans le latin se prend ici passi-
vement.

et un prodige dans la nature , quelles preuves, je vous prie , Erucius , devez-vous employer, vous accusateur de parricide ? ne devez-vous pas montrer dans l'accusé une audace inouïe, un caractère barbare , des mœurs féroces , une vie livrée à tous les vices et à tous les désordres, enfin une accumulation de crimes et d'infamies. Vous n'avez rien allégué de semblable contre Roscius , pas même comme simple invective.

Roscius a tué son père. Et quel est ce Roscius ? est-ce un jeune homme déréglé dans ses mœurs, poussé par des méchans à cet attentat ? il a plus de quarante ans. C'est peut-être un vieil assassin , un scélérat audacieux , accoutumé au meurtre. L'accusateur ne l'a pas même dit. C'est, sans doute, la débauche , des dettes immenses , des passions fougueuses , qui l'ont entraîné à ce crime. Erucius l'a justifié sur la débauche , en disant de lui qu'il ne s'est presque jamais trouvé à des repas. Quand aux dettes, il n'en a con-tracté aucune. Et quelles passions peuvent dominer un homme qui , comme l'accusateur le lui a reproché, a toujours habité la campa-gne , occupé à cultiver ses terres ; genre de vie aussi étranger aux passions que favorable à la pratique des vertus ? Qu'est-ce donc qui a inspiré

à Roscius une telle fureur ? son père ne l'aimoit
pas , dit-on. Son père ne l'aimoit pas ? pour
quelle raison ? car il a fallu une raison juste, puissante , manifeste : et comme il n'est pas croyable
qu'un fils ait donné la mort à son père sans une
foule de puissans motifs , il n'est pas non plus
vraisemblable qu'un père ait haï son file sans
bien des raisons fortes et impérieuses. Revenons
donc à notre premier moyen, et voyons de quels
vices étoit souillé un fils unique (1) pour avoir
merité la haine de son père. Mais il est évident
qu'il n'avoit aucun vice. Le père étoit donc insensé puisqu'il haïssoit sans motif celui auquel il
avoit donné le jour. Mais c'étoit le plus sage des
hommes. Il est donc evident que , si le père
n'étoit pas privé de tout sens , ni le fils denué
de tout principe , le père n'avoit aucune raison
de haïr son fils ni le fils de tuer son père.

J'ignore , dit Erucius, pour quel motif il le
haïssoit , je vois seulement qu'il le haïssoit :
quand il avoit deux fils , il vouloit avoir à ses
côtés celui qui est mort , tandis que l'autre il
l'avoit rélégué dans ses terres. Ce qu'a éprouvé
Erucius dans une futile et misérable accusa-

(1) C'est-à-dire , qui étoit devenu unique par la
mort de son frère.

tion ,

tion, je l'éprouve dans la meilleure cause du monde. Il ne trouvoit pas de moyens pour appuyer une accusation sans fondement ; et moi je ne sais comment réfuter, comment détruire des raisons aussi foibles. Quoi donc ? Roscius abandonnoit à son fils l'administration de tant de terres si belles et si riches, et c'étoit pour l'exiler et le punir ! Mais les pères de famille, sur-tout des hommes de ce rang, qui ont des fonds dans le territoire des villes municipales, ne se croient-ils pas fort heureux que leurs fils s'occupent de leurs affaires domestiques, qu'ils s'emploient avec ardeur à faire valoir leurs biens ? Étoit-ce pour qu'il fût condamné à vivre dans les champs, pour qu'il fût nourri dans une métairie, pour qu'il fût privé de tout avantage, que Roscius avoit éloigné son fils ? Mais s'il est constant que ce fils, non-seulement présidoit à la culture de toutes les terres, mais que du vivant de son père il en possédoit quelques-unes en propre, la vie appliquée et laborieuse de la campagne sera-t-elle qualifiée du nom de bannissement et d'exil ? Vous voyez, Erucius, combien votre induction est loin de la vérité. Une conduite ordinaire dans les pères, vous l'attaquez comme étrange ; une preuve d'amitié, vous la représentez comme un signe de haine ; ce qu'un père accorde à son fils, pour lui témoigner de l'estime, vous prétendez qu'il l'a fait pour lui infliger une peine! Vous sentez vous même ce que je dis ; et vous êtes si dénué de preuves, que vous croyez devoir, non-seulement nous inculper, mais encore outrager la nature elle-même, insulter les usages reçus, contredire les opinions générales.

Mais, direz-vous, de deux fils qu'il avoit, il gardoit toujours l'un auprès de sa personne, et laissoit l'autre à la campagne. Je vous en prie, Erucius, prenez en bonne part ce que je vous dis ; ce n'est pas un reproche, c'est un avertissement. Si la fortune ne vous a pas permis de savoir quel est votre père (1), et d'apprendre de lui quel est le caractère de la tendresse paternelle, la nature du moins vous a donné de la sensibilité. Ajoutez l'étude et l'instruction auxquelles vous devez de n'être pas même étranger aux lettres. Pour citer des exemples pris dans la comédie, vous semble-t-il que le vieillard de Cécilius (1) estime moins Eutyque

(1) Erucius étoit bâtard.

(2) Cécilius, poëte comique. Cicéron affecte de

son fils vivant à la campagne , que son autre
fils Chérestrate (c'est là son nom, je crois) ?
est-ce pour lui donner une marque d'estime
qu'il garde l'un dans la ville auprès de lui ?
est-ce pour lui infliger une peine qu'il a relégué
l'autre dans les champs ? Pourquoi recourir à
ces fables, direz-vous ? comme s'il m'étoit bien
difficile, sans aller plus loin, de nommer des
citoyens de ma tribu ou de mon voisinage ,
qui desirent que leurs enfans les plus chéris
vivent assiduement à la campagne ? mais il est
désagréable de prendre des hommes connus ,
qui peut-être trouveroient mauvais qu'on les
nommât. D'ailleurs, Romains , personne ne
vous sera plus connu que ne l'est Eutyque.
Enfin il importe peu que je cite un jeune homme
de la comédie , ou quelqu'un du territoire de
Veies : les poëtes comiques , comme on sait ,
se proposent dans leurs pièces de nous présenter
à nous-même nos propres mœurs sous des
personnages étrangers, et de nous offrir un

n'être pas certain du nom de Chérestrate , soit pour
mettre plus de naturel dans son discours , soit pour
ne point paroître trop instruit de fables et de co-
médies.

Y 2

tableau fidèle de la vie journalière. Mais pour
passer de la fable à la vérité, considérez dans
l'Ombrie, dans tout le pays d'alentour, et dans
les villes municipales voisines de Rome, quels
sont les goûts que les pères aiment le plus à
trouver dans leurs fils; assurément, vous
en conviendrez; faute de griefs, vous reprochez à Roscius ce qui fait son plus grand éloge.

Mais ce ne sont point seulement des enfans
qui, pour condescendre aux désirs de leurs
pères, embrassent ce genre de vie; je connois beaucoup d'hommes, et si je ne me trompe,
Romains, vous en connoissez vous-mêmes,
qui par inclination se livrent avec ardeur à
l'agriculture, et regardent comme aussi douce
qu'honorable cette même vie qui à vos yeux,
Erucius, est un déshonneur, un sujet de
reproche. Dans ce Roscius lui-même que vous
accusez, quel est, je vous le demande, le
goût et l'intelligence pour la culture des terres?
Si j'en crois le rapport de ses respectables
parens, vous n'êtes pas plus habile dans votre
métier d'accusateur qu'il ne l'est dans son état
d'agriculteur. Mais puisqu'il plaît ainsi à Chrysogonus qui ne lui a laissé aucune terre, il
peut aujourd'hui, je pense, oublier son état et

renoncer à son goût. Tout triste et tout indigne que cela soit, il le supportera sans peine, Romains, s'il peut avec votre secours conserver l'honneur et la vie. Mais ce qui n'est pas supportable, c'est qu'il ne soit malheureux que parce qu'il a possédé nombre d'excellentes terres ; c'est qu'on blâme principalement en lui ses soins et son intelligence pour leur culture. Ce n'est donc pas assez de les savoir cultivées pour les autres et non pour lui, si on ne lui fait encore un crime même de les avoir cultivées.

Certes, Erucius, vous seriez un accusateur bien étrange, si vous étiez né dans ces tems où l'on tiroit les citoyens de la charrue pour les élever au consulat (1). Vous aux yeux de qui c'est un opprobre de présider à la culture des terres, vous auriez pris apparemment pour un homme vil et méprisable cet Atilius que des envoyés du sénat trouvèrent ensemençant lui-même son champ. Mais, sans doute, nos ancêtres pensoient bien autrement de lui et des autres grands hommes qui lui ressembloient. Aussi notre république si bornée originaire-

(1) On connoît l'histoire de Lucius Quintius Cincinnatus, et d'Attilius Serranus.

ment et si foible, ils nous l'ont laissée dans
cet état de grandeur et de puissance. Ils s'ap-
pliquoient à cultiver leurs champs sans convoiter ceux d'autrui. Par là ils ont conquis à
cet empire des terres, des villes et des nations,
ils en ont reculé les limites et augmenté la
gloire. Si je rapporte ces exemples, ce n'est
point pour qu'on en fasse une application à la
cause actuelle ; mais pour montrer que si,
parmi nos ancêtres, les plus grands hommes,
ces illustres personnages qui avoient assez de
mérite pour tenir sans cesse le timon des affaires,
ont donné à l'agriculture une partie de leur
tems et de leurs soins, on doit pardonner à un
homme de convenir lui-même de son goût
pour la campagne, puisqu'il y a toujours vécu,
et que sur-tout il n'y avoit pas d'occupation
qui pût être, ni plus agréable pour son père,
ni plus satisfaisante pour lui-même, ni en effet
plus honorable.

Ainsi donc, selon vous, Erucius, ce qui
prouve la haine violente qu'un père portoit à
son fils, c'est qu'il le laissoit à la campagne.
Avez-vous encore une autre preuve ? Oui,
dit-il, en voici une autre. Il songeoit à le
déshériter. J'entends : c'est là du moins une

raison qui touche à la cause : car vous en convenez vous-même, ce me semble , rien de si
futile , rien de si absurde , que ces autres raisons. Il ne se trouvoit point à des repas avec
son père. Je le crois , puisque même il ne
venoit que fort rarement à la ville. On ne l'a
presque jamais invité à manger. Je n'en suis pas
surpris , puisque la ville ne le voyoit point , et
que n'invitant personne , personne ne l'invitoit.
Mais vous sentez vous-même combien ces
raisons sont futiles. Examinons donc maintenant le moyen que nous n'avons fait qu'annoncer , et qui est la plus forte preuve de haine
qu'il soit possible de fournir.

Un père , dites-vous , songeoit à déshériter
son fils. je ne vous demande pas pour quels
motifs il vouloit le faire , mais comment vous le
savez. Cependant vous auriez dû dire et détailler
tous les motifs. Oui , un accusateur digne de
foi , qui chargeoit un fils d'un crime aussi
atroce , auroit dû exposer tous les vices et tous
les crimes qui ont pu animer un père contre son
fils , l'engager à étouffer la voix de la nature ,
à arracher de son cœur un amour profondé-
ment enraciné , enfin à oublier qu'il étoit père ;
ce qui n'a pu arriver sans les fautes les plus

Y 4

graves de la part de Roscius. Mais je vous passe
de supprimer des motifs que vous convenez ne
pas exister puisque vous n'en dites rien ; vous
devez assurément prouver que Roscius vouloit
déshériter son fils. Quelle preuve apportez-
vous donc pour nous le persuader? Vous ne
pouvez rien dire de vrai, imaginez au moins
quelque raison spécieuse, afin que vous ne pa-
roissiez pas aussi ouvertement que vous le faites,
insulter au malheur d'un infortuné, et vous
jouer de la dignité de nos juges. Il vouloit
déshériter son fils. Pourquoi ? Je ne sais. L'a-t-il
déshérité ? Non. Qui l'en a empêché ? Il y
pensoit. Il y pensoit ! à qui l'a-t-il dit ? à
personne. N'est-ce point abuser des loix,
des jugemens, de la majesté des tribunaux,
pour satisfaire sa passion et sa cupidité, que
d'accuser de la sorte, que de reprocher ce
qu'on n'est pas en état et ce qu'on n'essaie pas
même de prouver ?

Il n'est personne de nous, Erucius, qui ne
sache qu'il n'y a aucune inimitié entre Roscius
et vous. Nous voyons tous pourquoi vous vous
déclarez son ennemi : nous savons que c'est
l'argent même de Roscius qui vous amène à ce
tribunal. Mais enfin l'esprit d'intérêt ne devoit

pas vous aveugler jusqu'à vous faire croire qu'on ne doit compter pour rien et l'opinion des juges et la (1) loi Remmia. Il est à propos qu'il y ait dans une ville un certain nombre d'accusateurs, pour que l'audace soit contenue par la crainte ; cependant il ne faut pas que les accusateurs nous jouent avec effronterie. Un homme est innocent ; mais enfin, quoique exempt de faute, il peut être chargé d'un soupçon. Cela est triste ; je pourrai néanmoins pardonner en quelque sorte à celui qui accuse sur de simples soupçons. Comme il a des griefs et des présomptions à alléguer, il ne paroîtra point se jouer ouvertement des juges et calomnier avec connoissance. Ainsi nous souffrons sans peine qu'il y ait une multitude d'accusateurs, parce que l'innocent peut être absous s'il est accusé, et que le coupable ne peut-être condamné sans accusation. Or il vaut mieux accuser un innocent qui sera absous que de ne pas accuser un coupable. On nourrit des chiens et des oies (2)

(1) Loi Remmia, loi portée contre les calomniateurs. Il y a des éditions qui portent *Memmiam*.

(2) On sait que des oies dans le Capitole, par le bruit de leurs aîles et par leurs cris, avertirent de

dans le Capitole pour avertir de l'arrivée des voleurs. Ils ne peuvent distinguer les voleurs, dit-on, ils avertissent cependant si quelqu'un vient de nuit au Capitole ; et comme cela est suspect, tout stupides que sont ces animaux, même en avertissant à tort ils prennent le parti le plus sûr. Si les chiens aboyent même de jour contre ceux qui viennent rendre leurs hommages aux dieux, il faut, je pense, leur briser les jambes parce qu'ils sont méchans sans sujet. Il en est de même des accusateurs. Parmi vous, les uns sont des oies, qui ne font que crier sans pouvoir faire de mal : les autres sont des chiens qui peuvent aboyer et mordre. Nous avons soin qu'on vous nourrisse : vous, vous devez principalement attaquer ceux qui le méritent ; vous ne pouvez rien faire de plus agréable au peuple. Quand il y aura du moins quelque

l'escalade des Gaulois, et par-là sauvèrent cette citadelle. C'est en mémoire de cet évènement que l'on nourrissoit des oies dans le Capitole. On y avoit aussi des chiens, non qu'ils eussent alors rendu quelque service, car on prétend qu'ils étoient alors endormis, mais parce que les chiens sont une garde naturelle,

présomption d'une faute commise , aboyez , si
vous voulez , sur un simple soupçon ; on peut
encore vous le permettre. Mais si vous allez
jusqu'à accuser un fils d'avoir tué son père
sans que vous puissiez dire pourquoi ou comment, si vous aboyez sans soupçon , seulement
pour aboyer , on ne vous brisera point les
jambes : mais si je connois bien nos juges , on
vous appliquera sur le front cette lettre (1)
dont vous êtes si ennemis qu'à cause d'elle
seule vous haïssez les lettres en général ; et
on vous l'appliquera si fortement , que par la
suite vous ne pourrez plus accuser que votre
mauvaise fortune.

Quelle matière à réfutation m'avez - vous
fournie , habile accusateur ? quelle présomption
avez-vous offerte aux juges ? Roscius , dites-
vous , craignoit d'être déshérité. J'entends.
Mais on ne dit pas pourquoi il devoit le craindre. Son père y pensoit. Prouvez-le. Point de

_____

(1) La lettre K : on écrivoit anciennnement *kalum-*
nia , kalumniator. Cicéron joue sur le mot *lettres* , qui
signifie les lettres de l'alphabet et les belles lettres :
il reproche aux accusateurs leur ignorance. J'ai suivi
la correction *etiam alias omnes.*

preuve; vous ne montrez ni avec qui il en a déli-
béré, ni à qui il en a fait part, ni comment ce
soupçon vous est venu à l'esprit. Accuser de la
sorte, Erucius, n'est-ce pas dire clairement, je
sais ce que j'ai reçu; je ne sais ce que je dis ? Je
me suis reposé sur ce qu'assuroit Chrysogonus ;
que Roscius ne trouveroit point de défenseur ;
que dans les circonstances présentes, on n'oseroit
pas dire un mot de l'achat des biens et de la
société. Cette opinion fausse vous a jettés dans
l'erreur. Non, vous n'auriez point parlé, si
vous aviez cru qu'on devoit vous repondre.

C'étoit une chose curieuse, Romains, si
vous y aviez pris garde, d'examiner comme
il traitoit légérement l'accusation. Ayant vu,
je crois, par quels hommes étoient occupés
ces bancs, il demanda qui d'entre eux devoit
défendre Roscius ; il ne se douta pas même que
ce fût moi, parce que je n'avois encore plaidé
aucune cause publique (1). Lorsqu'il vit que

____

(1) On appelloit causes publiques, non-seulement
celles qui intéressoient proprement la république, où
il s'agissoit, par exemple, de crimes de lèze-majesté,
de péculat, de concussion, etc. ; mais encore celles
qui intéressoient toute la société, tout le corps des

ce n'étoit aucun de ceux qui ont le talent et l'usage de la parole , il traitoit l'affaire si lestement que , quand il lui prenoit envie , il s'asseyoit , ensuite il se promenoit , quelque fois même il appelloit son esclave , apparemment pour lui commander à souper ; de sorte que , dans votre audience et au milieu de toute cette assemblée , il se croyoit absolument seul. Il cessa enfin de parler , il s'assit ; je me lève. Il parut respirer en voyant que ce n'étoit que moi. Je commence. Je m'apperçus qu'il badinoit ; qu'il s'occupoit de toute autre chose, jusqu'à ce que j'eusse nommé Chrysogonus. A ce nom , notre adversaire lève la tête , il paroît surpris. Je vis bien ce qui lui avoit donné l'éveil , je répète une seconde et une troisième fois le même nom. Après quoi on vit continuellement des gens aller et venir , sans doute pour annoncer à Chrysogonus qu'il y avoit quelqu'un dans la ville qui osoit parler contre son gré ; que la cause étoit plaidée autrement qu'il ne se l'imaginoit , qu'on découvroit l'achat des biens , qu'on attaquoit sans ménage-

citoyens , les causes où il étoit question de violence, d'assassinat , d'incendie , d'empoisonnement , etc.

ment la société, qu'on bravoit son crédit et son pouvoir, que les juges écoutoient avec attention, que le peuple étoit indigné. Vous avez été bien trompé dans votre attente, Erucius ; vous le voyez, tout prend une autre face ; la cause de Roscius est plaidée, sinon avec éloquence, du moins avec courage, celui que vous espériez qu'on vous livreroit, est défendu ; qu'il est jugé par ceux que vous pensiez devoir vous le livrer : dévoilez-nous donc enfin vos vieilles ruses et votre ancienne finesse ; avouez-le, vous êtes venu ici dans l'espérance et dans la persuasion d'y trouver un brigandage plutôt qu'un jugement.

Il s'agit dans cette cause d'un parricide ; et l'accusateur ne produit aucun motif qui ait pu déterminer un fils à tuer son père. Ce qu'on examine principalement et avant tout dans les moindres délits, dans ces légères fautes, dans ces fautes plus fréquentes et presque journalières, sans doute quel a été le motif de l'action, Erucius ne croit pas devoir l'examiner dans un parricide, dans un attentat où l'on ne croit pas légèrement une imputation, vit-on même une foule de raisons se réunir et concourir ensemble ; où l'on ne se décide pas

sur de simples présomptions , ni sur la déposition d'un témoin suspect , où enfin l'on ne
prononce pas d'après les raisons insidieuses
d'un accusateur subtil. Il faut qu'on montre
dans l'accusé plusieurs crimes déjà commis ,
une vie entièrement déréglée , une audace sans
exemple ; et non seulement de l'audace , mais
une fureur extrême , et une vraie démence.
Ce n'est pas tout ; il faut encore qu'il y ait
des indices du crime frappans et bien marqués,
qu'on sache-le lieu et le tems où il a été commis , les personnes et les moyens qu'on a mis
en œuvre. Et si les preuves ne sont en grand
nombre , si elles ne sont manifestes , on ne
peut croire une action aussi criminelle , aussi
atroce , aussi abominable. Les sentimens d'humanité ont une singulière force , l'union du
sang a un grand pouvoir , la nature même se
révolte contre de pareils soupçons. C'est une
chose inouïe , c'est une chose monstrueuse ,
qu'il se trouve un être d'espèce de figure humaine qui l'emporte en férocité sur les brutes
au point de priver indignement de la lumière du jour , de cette lumière si douce, ceux
qui l'en ont fait jouir , tandis que la génération , la première nourriture , et le seul ins-

tinct , unissent entre eux-même les animaux.

Voici un fait qui s'est passé, dit-on, il y a quelques années. Un certain Clœlius, de Terracine,
d'une naissance assez honnête , étant allé cou-
cher après soupé dans la même chambre que
ses deux fils , encore jeunes , fut trouvé le lendemain matin égorgé. Comme on ne voyoit
ni esclave ni homme libre sur qui pût tomber
le soupçon , et que les deux fils , déja d'un
certain âge , couchés près de leur père , disoient
n'avoir rien entendu , ils furent dénoncés
comme coupables de parricide. Qu'arriva-t-il ?
Assurément il y avoit contre eux de fortes présomptions. Quoi ? ni l'un ni l'autre n'avoient
rien entendu ! quelqu'un avoit osé s'introduire
dans une chambre où sur-tout étoient deux
jeunes gens qui pouvoient aisément se réveiller et défendre leur père ! Il n'y avoit personne
d'ailleurs qu'on pût soupçonner de ce meurtre : cependant dès qu'il fut prouvé que, lorsqu'on vint à ouvrir la porte , on avoit trouvé
les deux jeunes gens endormis , ils furent ren-
voyés absous et pleinement justifiés. Les juges
ne pouvoient croire qu'après avoir violé , par
un crime affreux , toutes les loix divines et
humaines , on pût prendre sommeil aussi-tôt ;

ils

ils étoient persuadés, qu'un tel forfait est suivi de terreurs qui ne laissent point dormir tranquillement, qui permettent à peine de respirer.

Considérez, je vous prie, Romains, ces infortunés (1) que les poëtes nous représentent comme ayant vengé sur leur mère la mort de leur père. Quoiqu'en cela, dit-on, ils n'aient fait qu'obéir aux ordres des dieux immortels et se conformer aux oracles, voyez comment ils sont agités par les Furies, comment ils ne jouissent d'aucun repos, n'ayant pu sans crime exercer même un acte de piété filiale. Oui, sans doute, le sang d'un père et d'une mère a une grande force, une vertu invincible, un pouvoir sacré : dès qu'une fois on en a souillé ses mains, la tache, loin de pouvoir s'effacer, s'étend jusques à l'ame, la remplit d'un trouble qui va jusqu'à la fureur, qui devient un égarement déplorable. Car n'allez pas vous imaginer, comme vous le voyez souvent dans les tragédies, que ceux qui se sont portés à quelque énorme attentat soient agités et effrayés par les torches ardentes des Furies : ce sont ses propres

(1) L'orateur veut parler d'Oreste et d'Agamemnon, qui sont assez connus par la fable.

fautes , ses propres frayeurs qui tourmentent
sur-tout le coupable ; c'est son crime qui l'agite
et lui ôte la raison ; c'est l'idée de ses forfaits ,
ce sont ses propres remords qui l'épouvantent.
Voilà les Furies domestiques qui persécutent
sans cesse les scélérats , qui vengent nuit et
jour la mort des parens sur des fils dénaturés.
Telle est l'énormité du parricide qu'on ne sauroit y croire s'il n'est évident et manifeste, si
l'on ne voit une jeunesse dépravée , une vie
souillée de toutes les horreurs , des sommes
immenses consumées en d'infâmes débauches ,
une audace effrénée , une témérité qui approche de la folie. A cela il faut ajouter la haine
d'un père , la crainte de son animadversion ,
des amis pervers , des esclaves complices , un
tems propre pour l'exécution , un lieu favorable : il faut , je dirai presque , que les juges
voient les mains du fils encore teintes du sang
paternel, pour croire un si horrible , si affreux,
si exécrable forfait. Ainsi , moins il est croyable
si on ne le prouve , plus il doit être puni si on
le démontre.

On peut se convaincre par plus d'un trait
que nos ancêtres l'ont emporté sur les autres peuples , pour le conseil et la sagesse au-

tant que pour la bravoure ; ce qui l'atteste principalement, c'est la singularité du supplice qu'ils ont inventé contre les parricides. Et voyez combien en cela ils se sont élevés au-dessus des peuples même estimés les plus sages. Athènes passoit pour la ville la plus éclairée lorsqu'elle commandoit dans la Grèce. Le plus sage de cette ville, à ce qu'on rapporte, étoit Solon, l'auteur des loix que les Athéniens suivent encore aujourd'hui. Sur la demande qu'on lui faisoit, pourquoi il n'avoit établi aucun supplice contre le meurtrier d'un père. Je ne m'imagine pas, répondit-il, qu'un pareil crime soit possible. Il fit sagement, dit-on, de ne rien statuer contre un forfait dont il n'y avoit pas encore d'exemple, parce que peut-être il auroit moins paru intimider la défense qu'en faire naître la pensée. Que nos ancêtres ont agi bien plus sagement ! Ils voyoient qu'il n'y avoit rien de si sacré qui pût être à l'abri des attentats de l'audace ; ils ont imaginé contre les parricides un (1) supplice absolument nouveau,

____

(1) Cicéron nous dit lui-même qu'on donna les plus grands applaudissemens à ses réflexions sur le supplice des parricides ; mais il convient lui-même qu'el-

afin de détourner du crime , par la grandeur de la peine , ceux que les sentimens de la
nature n'auroient pu contenir dans le devoir.
Ils ont voulu qu'ils fussent cousus vivans dans
un sac pour être ensuite précipités dans le
Tibre. O prodige de sagesse ! Vos ancêtres ,
Romains , ne vous semblent-ils pas avoir enlevé et comme arraché à la nature entière un
parricide , en lui ôtant tout-à-coup l'air , le
feu , la terre et l'eau ; en sorte qu'un homme
qui auroit donné la mort à celui même de qui
il a reçu l'existence , fût privé à la fois de tout
ce qui est regardé comme les principes de
l'existence des êtres ? ils n'ont pas voulu exposer son corps aux bêtes féroces ; même les
bêtes qui auroient touché à un tel scélérat auroient pu devenir encore plus cruelles. Ils n'ont
pas voulu le jetter nud dans le fleuve ; porté
dans la mer il auroit pu souiller cet élément
même qui , comme l'on pense , purifie tout ce
qui est souillé. Enfin il n'est rien de si vil ,
rien de si vulgaire , dont ils lui aient laissé le
moindre usage. En effet , quoi de plus com-

les sentent trop le jeune homme , et que tout ce mor-
ceau est plus brillant que solide.

mun dans le monde, que l'air pour les vivans,
la terre pour les morts, la mer pour ceux qui
sont portés sur ses flots, le rivage pour ceux
qui sont jettés sur ses bords ? Les parricides
suppliciés vivent le tems qu'ils peuvent, mais
sans qu'il leur soit possible de respirer l'air ; ils
meurent, mais sans que leurs os touchent la
terre ; ils sont portés sur les flots, mais sans
en être jamais lavés ; enfin ils sont jettés sur
les bords, mais sans pouvoir, après leur tré-
pas, reposer sur les rochers mêmes.

Un si énorme forfait, contre lequel on a établi un supplice si frappant et si extraordinaire,
vous vous imaginez, Erucius, que vous pourrez le faire croire à de tels juges, sans alléguer
même le motif qui l'a fait commettre. Si vous
accusiez Roscius devant les acquéreurs mêmes
des biens, et que Chrysogonus présidât le tribunal, vous apporteriez plus d'attention à cette
cause, vous viendriez mieux préparé. Ne
voyez-vous donc pas sur quel sujet l'on plaide,
et devant qui l'on plaide ? On plaide au sujet
d'un parricide, crime auquel on ne sauroit être
déterminé sans de puissans motifs : on plaide
devant des hommes éclairés, qui voient que

Z 3

sans motif on ne sauroit commettre la moindre
faute.

Vous ne pouvez donc produire le motif qui
a fait commettre un parricide. Je devrois avoir
gain de cause sur-le-champ : cependant je veux
bien me relâcher de mon droit ; et ce que je
ne vous accorderois pas dans une autre affaire,
je vous l'accorde aujourd'hui, plein de confiance dans l'innocence de Roscius. Je ne vous
demande pas pourquoi il a tué son père, je
vous demande comment il l'a tué. Oui, Erucius, je vous demande comment il l'a tué ; et
en traitant ce moyen je vous permets de me
répondre, de m'interrompre, ou même, si
vous voulez, de m'interroger.

Comment Roscius a-t-il tué son père ? l'a-t-il
tué lui-même, ou l'a-t-il fait tuer par d'autres ?
Si vous prétendez qu'il l'a tué lui-même, il
n'étoit point à Rome. Si vous dites qu'il l'a
fait tuer par d'autres, je vous le demande, est-
ce par des esclaves ou par des hommes libres ?
Quels hommes a-t-il employés ? est-ce des
habitans d'Amérie mêmes ou des assassins de
Rome ? Si c'est des habitans d'Amérie, qui sont-
ils ? Pourquoi ne les pas nommer ? Si c'est des
assassins de Rome, d'où Roscius les connois-

soit-il , lui qui a passé plusieurs années sans
aller à Rome , qui n'y est jamais resté plus de
trois jours ? Où s'est-il abouché avec eux ? A
qui a-t-il parlé ? Comment les a-t-il gagnés ?
par argent ? A qui a-t-il donné cet argent ? par
qui l'a-t-il donné ? combien a-t-il donné ? où
l'a-t-il pris ? n'est-ce point en suivant ces traces
qu'on arrive à la source d'un forfait ? D'ailleurs ,
rappellez-vous de quels traits vous avez dépeint
Roscius. Vous l'avez représenté comme un
homme sauvage et rustique , qui n'avoit parlé
à personne, qui n'avoit jamais habité les villes.

Ici je supprrime ce qui pourroit être une
forte preuve de son innocence , que ce n'est
pas à la campagne , où les mœurs sont simples , la table frugale ; la vie dure et laborieuse ,
qu'on voit naître de pareilles atrocités. De
même qu'on ne trouve pas toutes sortes de
grains et d'arbres dans tous les terroirs ; ainsi
toutes sortes de crimes ne naissent pas dans
tous les genres de vie. C'est dans les villes que
le luxe prend naissance ; le luxe enfante nécessairement la cupidité , la cupidité produit
bientôt l'audace , d'où s'engendrent tous les
crimes et tous les forfaits. Quant à cette vie
champêtre , selon vous , si grossière , c'est

l'école de la probité , de l'économie , de la régularité.

Je laisse-là ces réflexions ; je demande par le ministère de quels hommes Roscius , qui , suivant vous n'a jamais vécu parmi les hommes , a pu exécuter, sur-tout absent, un crime si affreux, conduit avec tant de secret. Il est , Romains , beaucoup d'accusations fausses , qui cependant peuvent laisser des présomptions : ici , pour peu qu'on trouve la présomption la plus légère , j'accorde qu'il existe un délit. Sextus Roscius est assassiné à Rome lorsque son fils étoit dans ses terres d'Amérie. Ce fils , sans doute , a écrit à quelque assassin , lui qui ne connoissoit personne à Rome. Il en a fait venir. Mais en quel tems ? il a envoyé un exprès. Mais qui a-t-il envoyé ? à qui a-t-il envoyé ? il a gagné quelqu'un par son crédit , par argent , par espérances , par promesses. On ne peut même rien supposer de tout cela ; et cependant il s'agit d'un parricide.

Reste qu'il ait employé des esclaves. Grands Dieux ! quelle triste et déplorable situation ! Le salut d'un innocent dans une accusation pareille , c'est de pouvoir offrir des esclaves pour les mettre à la torture : Roscius n'a pas

cette ressource. Vous qui l'accusez, vous êtes
saisis de tous ces esclaves. D'un si grand nombre il ne lui en reste pas un seul pour le servir.
J'en appelle maintenant à vous, Scipion et
Métellus : vous étiez présens, vous parliez
pour Roscius (1) ; celui-ci a demandé plusieurs
fois à ses parties adverses, deux esclaves de
son père pour les mettre à la torture. Vous
rappellez-vous, Titus Roscius, que vous les
avez refusés ? et où sont ces esclaves ? Ils sont,
Romains, à la suite de Chrysogonus, en faveur
auprès de lui et en considération. Je vous les
demande encore aujourd'hui, Titus Roscius,
pour les mettre à la torture. Le malheureux
que je défends vous supplie avec instance.
Votre conduite m'étonne ; pourquoi nous refuser ? Doutez encore, Romains, si vous le
pouvez, quel a été l'assassin du père de Roscius ; si c'est celui que sa mort a jetté dans l'indigence et dans le péril, à qui on ne permet

(1) Il y a toute apparence qu'avant de paroître en
justice, il y eut quelques conférences particulières
entre les adversaires et les protecteurs de l'accusé,
dans lesquelles ceux-ci prirent la défense de Roscius
et firent pour lui des demandes, ou appuyèrent les
siennes.

pas même d'informer par la torture de la mort
de son père ; ou ceux qui éludent ce genre
d'information , qui sont saisis de ses biens ,
qui vivent dans le meurtre et de meurtre ?
Tout est affreux , tout est indigne dans cette
cause ; mais ce qu'elle offre de plus inique et
de plus révoltant , c'est qu'un fils ne puisse
mettre à la torture les esclaves de son père ,
pour informer de la mort de son père. Non ,
il ne pourra disposer de ses propres esclaves ,
le tems uniquement qu'il faudra pour cette information. Je reprendrai (et je le ferai bientôt)
ce moyen qui regarde entièrement les Roscius.
J'ai promis de parler de leur audace quand
j'aurai détruit les imputations de l'accusateur.

Je reviens donc maintenant à vous, Erucius.
Il faut que vous en conveniez avec moi ; si
Roscius est coupable du meurtre dont vous
l'accusez , ou il l'a commis de sa propre main ,
ce que vous ne dites pas , ou par le ministère
de personnes libres ou esclaves. Y a-il employé
des personnes libres ? mais vous ne pouvez
montrer ni comment il a pu s'aboucher avec
eux , ni de quelle manière il les a gagnés , ni
en quel lieu , ni par quelle personne , ni par
quelle promesse , ni par quelle récompense.

Moi au contraire je montre que Roscius n'a
rien fait ni pu rien faire de cela , parce qu'il
a été plusieurs années sans venir à Rome , et
qu'il ne s'est jamais écarté de ses terres sans
de bonnes raisons. Il vous restoit ce semble,
le témoignage des esclaves ; c'étoit comme
un port où vous pouviez vous retirer, repoussé,
pour ainsi dire, par les autres conjectures : mais
vous y trouvez un écueil , tel que non-seulement vous voyez l'accusation s'éloigner de
Roscius , mais encore tous les soupçons retomber sur vous et sur vos complices.

A quelle raison l'accusateur, dénué de preuves , auroit-il donc enfin recours ? on étoit dans
un tems , disoit-il , où les meurtres se commettoient fréquemment et impunément. Ainsi vu
la multitude des assassins , le fils a pu sans
peine donner la mort à son père. On diroit
Erucius , que , payé pour être notre accusateur,
vous voulez à la fois et nous faire subir une
accusation capitale (1) et accuser ceux-même qui
vous paient. Comment ? alors on commettoit
fréquemment des meurtres ? par le ministère de
quels hommes ? quels étoient les assassins ?

(1) Latin , *nos judicio perfundere* , c'est-à-dire , je
pense , *nos judicio gravi oppugnare* : l'expression est
un peu extraordinaire.

ne pensez vous pas que vous avez été amené à
ce tribunal par ceux qui achetoient les biens des
proscrits ? d'ailleurs ignorons - nous que, dans
le tems dont vous parlez , ceux (1) qui égor-
geoient les personnes achetoient les biens , enfin
ceux qui alors couroient jour et nuit les armes
à la main , qui ne s'éloignoient pas de Rome ,
qui étoient sans cesse dans le sang et dans le
pillage , ceux-là même reprocheront à Roscius
les excès et les malheurs des derniers tems !
ils objecteront cette multitude d'assassins dont
ils étoient eux-mêmes les principaux chefs , et
prétendront trouver un sujet d'accusation contre
celui qui n'étoit pas à Rome , qui ignoroit absolument ce qui se passoit à Rome, qui vivoit
continuellement à la campagne , comme Erucius
en convient lui-même !

(1) *Sectores collorum* est l'expression propre, *ii qui
secabant colla.* Paul Manuce explique très-bien comment on disoit aussi *sectores bonorum. Nam quod ad
bona pertinet ,* dit-il , *satis constat sectorem a secundo
dictum , quòd in auctione separatim singula vendi sole-
rent , domus , prædia , supellex ; ut quasi secari bona
viderentur.* On disoit proprement *sectores bonorum* de
ceux qui achetoient les biens des citoyens proscrits
ou condamnés en justice.

Je craindrois, Romains, de vous fatiguer, ou de paroître me défier de vos lumières, si je m'arrêtois plus long-tems sur des choses aussi évidentes. L'accusation d'Erucius sans doute, est entièrement détruite : à moins peut être qu'on ne s'attende à me voir réfuter ce qu'il a dit du péculat, (1) à me voir détruire d'autres reproches pareils, fabriqués à loisir, nouveaux pour nous et jusqu'alors inouis. Il m'a paru avoir copié ces déclamations dans un autre discours composé contre un autre accusé ; tant elles avoient peu de rapport avec l'accusation de parricide et avec la personne qu'il accusoit. Il s'est contenté d'avancer des faits sans preuves ; il nous suffit de les nier. S'il en est qu'il réserve pour la déposition des témoins, il nous trouvera pour cette partie, ainsi qu'il l'avu pour le fond même de la cause mieux preparé qu'il ne pensoit. Je passe maintenant à la partie de ce discours où me porte non la passion, mais le devoir. Si je voulois faire le métier d'accusateur, je préférerois des accusations qui pourroient ser-

---

(1) *Péculat*, vol de deniers publics : on ne voit pas comment l'accusateur pouvoit reprocher à Roscius un pareil crime.

vir à mon avancement. Mais je suis résolu à
ne jamais accuser tant que je serai libre. L'homme le plus grand à mes yeux est celui qui doit
son élévation à son propre mérite, et non celui
qui s'est élevé aux dépens et par le malheur
d'un autre. Ne nous arrêtons point d'avantage
à de vaines indications, cherchons le crime où
il peut être trouvé. Vous verrez, Erucius, toutes
les preuves sur lesquelles doit porter une accusation de parricide (1). Cependant je ne dirai
pas tout, je me bornerai à effleurer chaque article ; je ne le ferois point même si je n'y étois
contraint. Et la preuve que je le fais malgré moi,
c'est que je n'irai pas plus loin que ne le deman-
deront les intérêts de mon client et la loi du
devoir.

Vous ne trouviez dans celui que je défends
aucun motif qui ait pu le déterminer ; moi j'en
trouve dans Titus Roscius : car c'est vous que
j'attaque, Titus Roscius, puisque vous êtes assis
sur ce banc, (1) et que vous vous donnez ouvertement pour notre adversaire. Nous verrons en-

_____

(1) *Crimen certum*, c'est-à-dire, suivant moi, *cri-
nem cujus certum nomen est.*

(2) Sur le banc des accusateurs.

suite pour Caption, s'il se présente comme témoin, ainsi que j'apprends qu'il s'y dispose :
je lui rappellerai alors ses autres victoires,
dont il ne soupçonne pas même que je sois
instruit.

Ce Cassius, de l'aveu du peuple Romain,
le plus éclairé et le plus intègre des juges, demandoit de tems en tems dans les causes,
qui avoit intérêt de le faire ? telle est la nature
de l'homme, que personne ne se porte à un
crime sans quelque avantage pour le présent
ou dans l'avenir. Les accusés évitoient et crai-
gnoient de l'avoir pour juge, parce que, tout
ami de la vérité qu'il étoit, il sembloit être
par caractère moins incliné à la compassion
que décidé pour la rigueur. Pour moi, bien
que je vois ce tribunal présidé par un homme
aussi armé de fermeté contre l'audace que doux
et favorable à l'innocence (1) ; cependant je
consentirois volontiers à plaider la cause de
Roscius devant Cassius lui-même, ce juge si sévère, ou devant des juges semblables à Cassius,
devant ces hommes dont le nom seul est aujour-
d'hui encore la terreur des accusés. Dans la

_____

(1) *Ab innocentiâ*, c'est-à-dire, *pro innocentiâ.*

cause présente, lorsqu'ils verroient les accusateurs en possession d'une immense fortune, et
Roscius réduit à une misère extrême, ils n'exa-
mineroient pas même qui est-ce qui avoit intérêt à l'événement ; cette vue seule (1) leur
suffiroit pour faire tomber les présomptions du
crime et les soupçons sur ceux qui sont enrichis
du butin, et non sur celui qui est dans l'indigence.

Mais si on ajoute, Titus Roscius, que d'a-
bord vous étiez pauvre, que vous fûtes toujours avide de richesses, que vous êtes plein
d'audace, que vous étiez le mortel ennemi de
l'assassiné ; doit-on chercher le motif qui a pu
vous déterminer à un si grand crime ? or que
peut-on nier de tout ce que je viens de dire ?
la pauvreté du personnage est telle qu'il ne peut
la dissimuler, et que plus il la cache, plus
elle paroît. Vous avez fait connoître votre avidité pour les richesses en vous associant à un
homme (1) qui vous est absolument étranger,
pour envahir la fortune de votre concitoyen,
de votre parent. Sans parler du reste, on peut

(1) Eò, sans doute *ob eam rem*, *ob eam causam*.
(2) A Chrysogonus.

voir

voir combien vous êtes audacieux , puisque
de toute la société , c'est-à-dire , d'un si grand
nombre d'assassins , vous êtes le seul qui ayez
pris séance avec les accusateurs , qui ayez osé
paroître , et même vous montrer avec impudence. Vous êtes forcé de convenir qu'il régnoit
entre vous et le père de Roscius une violente
inimitié , que vous aviez eu ensemble des
démêlés très-vifs pour des biens.

Il nous reste à juger lequel des deux a tué le
père de Roscius , celui à qui sa mort a procuré
une ample fortune , ou celui qu'elle a jetté dans
la misère ; celui qui étoit auparavant pauvre ,
ou celui qui riche d'abords et devenu indigent ;
celui qui avide de richesses attaque les siens
avec fureur , ou celui qui durant toute sa vie ,
n'a su tirer d'argent que de la culture de ses
terres ; celui qui est le plus audacieux pour
profiter des biens vendus à l'encan , ou celui
qui peu au fait de la plaidoirie et des formes
judiciaires , craint de paroître devant les tribunaux et même dans Rome : enfin ce qui , suivant moi , est le point décisif, il faut examiner
lequel des deux a tué Roscius , son ennemi ou
son fils.

Si vous aviez trouvé , Erucius , contre l'ac-

cusé tant de moyens aussi forts , comme vous
les développeriez ! comme vous triompheriez !
le tems assurément vous manqueroit plutôt que
les paroles. Tous ces moyens , en effet , four-
nissent une matière si abondante que vous pourriez employer pour chacun des jours entiers.
Je le pourrois aussi : car sans avoir une opinion très-avantageuse de moi - même , je ne
m'estime pas assez peu pour croire que je ne
pusse m'étendre sur un sujet aussi facilement
que vous. Au reste , moi je me trouverai peut-
être placé parmi les défenseurs des accusés , vu
leur grand nombre : vous , grâce à la bataille
de Cannes (1), vous êtes devenu un accusateur

(1) *Bataille de Cannes* ; l'orateur entend la bataille
qui rendit Sylla maître de la république , et dans
laquelle périt un grand nombre de partisans de Marius. — *Lac Servilius* , quartier de Rome , où Sylla fit
égorger plusieurs milliers de Romains , parmi les
quels étoient les accusateurs auxquels en vouloient
ses partisans. —— *Quis ibi non est vulneratus ferro
Phrygio ?* Je crois, avec Paul Manuce, que c'est un
vers tiré d'une ancienne comédie. —— *Que leur âge...*
L'orateur fait cette réflexion pour montrer qu'ils
avoient été tués comme accusateurs. Il nomme Antistius , *Priam* parce qu'il vient de parler de *fer de
Troyens :* sans doute il le comparoît à Priam à cause

passable. Une foule de vos confrères ont été tués, non auprès du lac Trasymène, mais auprès du lac Servilius. *Qui ne tomba point alors sous le fer des Troyens ?* il suffit de citer les Curtius, les Marius, les Mamercus, que leur âge dispensoit de porter les armes ; enfin Antistius lui-même, ce vieux Priam, que non - seulement son âge, mais encore les loix, éloignoient des combats. Il en est mille autres qu'on a oubliés parce qu'ils étoient peu connus, qui accusoient pour crimes d'assassinat (1), et d'empoisonnement. Quant à moi, je voudrois qu'ils vécussent tous : car ce n'est pas un mal qu'il y ait beaucoup de gens à veiller et beaucoup de chiens vigilans où il y a beaucoup des choses à garder. Au reste, parmi les violences et les désordres de la guerre, il se commet souvent

de son grand âge, et peut-être aussi pour quelque raison qui nous est inconnue. Mais pourquoi dit-il que les loix l'éloignoient des combats ? Avoit-il anciennement subi une condamnation, d'après laquelle il lui étoit défendu de porter les armes ? C'est ce que j'ignore.

(1) *Inter sicarios*, pour *de sicariis*. Nous avons déja vu plus haut *judicium inter sicarios*.

bien des excès à l'insçu des généraux : ainsi plusieurs profitoient des occupations du chef de
l'empire pour réparer les brêches de leur fortune; et comme si la république eût été plongée
dans une nuit éternelle , ils couroient en furieux
au milieu des ténèbres et bouleversoient tout.
Je suis étonné qu'ils n'aient pas aussi brûlé les
tribunaux , pour effacer jusqu'aux vestiges des
jugemens : ils avoient déja anéanti et les accusateurs et les juges.

Ce qu'il y a pour nous d'avantageux , c'est
qu'ils ont vécu de manière qu'ils ne pouvoient,
l'eussent-ils voulu , anéantir tous les témoins.
Tant qu'il y aura des hommes , il ne manquera
pas de personnes pour les accuser ; tant qu'il
existera une ville , la justice s'exercera. Quoiqu'il en soit, si , comme je le disois d'abord ,
Erucius trouvoit dans sa cause des moyens
aussi victorieux , il pourroit s'étendre autant
qu'il voudroit : je le pourrois moi-même ; mais
je suis résolu , ainsi que je l'ai dit déja , de
passer légèrement sur chaque article , de me
borner à les effleurer : je veux qu'on sache que
je ne me fais pas un plaisir d'accuser , mais un
devoir de défendre.

Je vois donc qu'il est une foule de motifs
qui pouvoient déterminer Titus Roscius.

Voyons maintenant quels moyens il a eus pour commettre le meurtre : où le père de Roscius a t-il été tué ? à Rome. Et vous , Titus Roscius, où étiez vous alors? à Rome. Qu'est-ce que cela prouve ? bien d'autres que moi y étoient aussi. Comme s'il étoit maintenant question de savoir par qui de toute une grande multitude a été tué le père de Roscius ; et comme si on examinoit s'il est plus vraisemblable qu'un particulier tué à Rome l'ait été par celui qui n'a point quitté Rome, ou par celui qui depuis plusieurs années n'étoit point venu dans Rome. Considérons à présent les autres facilités qu'on peut avoir pour commettre le crime. Il y avoit alors une foule d'assassins , comme l'a dit Erucius ; et l'on commettoit des meurtres impunément. Mais de qui étoit composée cette foule ? sans doute de ceux qui travailloient à envahir les biens d'autrui , ou de ceux qu'ils apostoient pour des assassinats. Dites - vous qu'elle étoit composée de ceux qui convoitoient le bien des autres ? vous êtes de leur nombre , vous qui êtes enrichi de notre bien : étoit-elle formée de ceux qu'on nomme les exécuteurs de la proscription, pour leur donner un nom plus doux ? voyez sous la protection de qui ils sont actuellement : vous trouverez, je vous l'assure, que c'est quelqu'un (1) de votre société qui les protège.

Enfin, toutes les réponses que vous donnerez, rapprochez les de nos défenses ; ce sera le moyen le plus facile de comparer notre cause avec la vôtre. Vous direz ; que s'en suit-il de ce que je n'ai pas quitté Rome ? je répondrai ; mais moi je n'y ai pas même été. Je l'avoue, j'ai acheté des biens vendus à l'encan ; mais beaucoup d'autres l'ont fait. Mais moi, comme vous me le reprochez, j'ai vécu à la campagne, j'ai cultivé mes terres. Si je me suis trouvé dans une troupe d'assassins, je ne suis pas pour cela un assasin. Mais moi qui ne connois aucun assassin, je suis bien plus éloigné de subir une telle accusation.

Je pourrois rapporter beaucoup de circonstances qui prouveroient que vous avez eu les plus grandes facilités pour commettre le meurtre ; je les supprime, non-seulement parce que c'est avec quelque peine que je vous accuse, mais plus encore parce que, si je voulois rappeler les meurtres qui furent commis alors de

_____

(1) Chrysogonus.

la même manière que celui du père de Roscius, je craindrois de paroître envelopper dans mes discours un trop grand nombre de personnes.

Voyons maintenant en peu de mots, comme nous avons fait pour le reste, les démarches de Titus Roscius après la mort de son ennemi. Elles sont, Romains, si publiques, si manifestes, qu'en vérité, je ne les rappporte qu'à regret. Car enfin, qui que vous soyez (1), Titus Roscius, je crains, en voulant sauver celui que je défends, de paroître vous voir trop peu épargné. Malgré cette crainte, malgré mon désir de vous ménager, sans toute fois trahir ma cause, je change tout-à-coup quand je pense à votre effronterie. Quoi? vos autres associés ont fui, ils se sont cachés, de peur que ce jugement ne semblât rouler sur leur brigandage plutôt que sur le crime dont on accuse Roscius; et vous avez bien pu, vous, choisir ce rôle, vous charger de paroître au tribunal, de prendre séance avec l'accusateur? tout ce que vous gagnez par là, c'est de faire connoître à tout le monde votre audace et votre imprudence.

(1) *Cuicuimodi* pour *cujuscumque modi.*

A a 4

Lorsque Roscius père eut été assassiné , qui
est-ce qui l'annonça le premier à Amérie ?
Sans doute , Mallius Glaucia dont j'ai parlé
plus haut , votre client , votre ami intime.
Pourquoi se chargeoit-il plutôt qu'un autre
d'annoncer de votre part une nouvelle qui ,
s'il est vrai que vous n'aviez auparavant formé
aucun projet contre la vie et les biens du père
de Roscius , que vous ne vous étiez associé
avec personne pour commettre un meurtre et
pour en recueillir le fruit , ne pouvoit vous
intéresser en aucune sorte ? Mallius peut-être
l'a annoncé de lui-même. Quel intérêt, je vous
prie , y avoit-il ? Direz-vous que ne s'étant pas
rendu à Amérie pour cette raison, il a annoncé
par hazard le premier ce qu'il avoit entendu
dire à Rome ? Quel motif l'a donc conduit à
Amérie ? je ne puis deviner , direz-vous. Je
vais moi , rendre les choses si claires qu'il ne
sera pas besoin de deviner. Pourquoi a-t-il
porté d'abord la nouvelle à Capiton ? Sextus
Roscius ayant dans Amérie une maison, une
femme , des enfans , un si grand nombre d'alliés
et de parens vivant en bonne union , comment
est-il arrivé que votre client , le messager de
votre crime , l'ait annoncé à Capiton plutôt

qu'à tout autre. Sextus Roscius a été tué en revenant de souper : il n'étoit pas encore jour, et on le savoit à Amérie ! Que veut dire cette course précipitée, cette si grande diligence, cet empressement extraordinaire ? Je ne demande point qui a commis le meurtre. Ne craignez rien, Glaucia ; je ne vous fouillerai pas, je n'examinerai pas si vous cachiez alors un poignard : peu m'importe. Puisque je trouve l'homme qui a dirigé l'assasinat, je m'embarrasse peu de savoir quelle main a porté les coups. L'évidence de votre crime, Titus Roscius, et la notoriété du fait, me suffisent. Où Glaucia a t-il appris la mort du père de Roscius ? de qui l'a t-il su ? comment sitôt ? je suppose qu'il l'ait appris sur-le-champ. Qu'est-ce qui l'obligeoit à faire tant de chemin en une seule nuit ? s'il faisoit le voyage d'Amérie de son propre mouvement, quelle si grande nécessité de partir de Rome à cette heure, de marcher toute la nuit sans s'arrêter ?

Faut-il encore chercher des preuves et tirer des conjectures quand les choses sont aussi manifestes ? Ne vous semble t-il pas, Romains, voir de vos propres yeux ce que vous venez d'entendre ? ne voyez-vous pas l'infortuné

Roscius revenir de souper sans prévoir le malheur qui le menace ? ne voyez vous pas les assassins sortir de leur embuscade, se jetter brusquement sur lui ? Glaucia ne s'offre t-il pas à vos regards au milieu de cette troupe ? Titus Roscius n'est-il pas présent ? ne place-t-il pas lui-même de ses propres mains sur un char ce nouvel Automedom (1), ce messager de son crime horrible et de sa détestable victoire ? ne le conjure-t-il pas de marcher toute la nuit, de se hâter, de se fatiguer pour le bien servir, de porter au plutôt la nouvelle à Capiton ? pourquoi vouloit-il que Capiton en fût instruit le premier ? je ne sais, je vois seulement que Capiton avoit partagé les biens du mort, je vois que des treize terres il possède les trois plus belles. De plus, j'apprends que ce n'est pas d'aujourd'hui que cet homme est chargé de pareilles inculpations, qu'il s'est déja signalé par plusieurs victoires fameuses, mais que la plus éclatante (1) de toutes est celle qui vient de

(1) Ecuyer d'Achille. On sait que le char de ce héros étoit attelé par les deux coursiers les plus rapides.

(1) On appelloit *corona lemniscata*, une couronne

remporter à Rome : il n'est je le sais , aucune
manière de tuer un homme qu'il n'ait employée,
il en a fait périr plusieurs par le fer , plusieurs
par le poison : je puis même nommer un particulier qu'il a jetté du pont dans le Tibre (1).
S'il paroît, ou plutôt quand il paroîtra (car je
sais qu'il aura cette audace) , je lui rappellerai
tous ces beaux exploits. Qu'il vienne seulement,
qu'il nous montre cet énorme libelle composé
par Erucius , ainsi que je le prouverai. On dit
qu'il en a fait peur à Roscius , qu'il l'a menacé
d'en déposer en justice tout le contenu. O l'ex-

d'où pendoient *lemnisci* de rubans. C'étoit la plus
belle et la plus glorieuse des couronnes. Je voudrois
lire dans ce qui précède , *multas esse ejus famosas
palmas.*

(I) Mot à mot , *qu'au mépris des usages de nos ancêtres , il a précipité du pont dans le Tibre , quoiqu'il
n'eût pas soixante ans.* Pour entendre cet endroit , il
faut savoir que, dans les comices pour l'élection des
magistrats, on faisoit construire des ponts par lesquels on faisoit passer les Romains qui alloient donner leurs suffrages. A soixante ans et au-delà on
n'avoit plus le droit de donner son suffrage. Les vieil-
lards de soixante ans et au-delà étoient appellés *de-
pontani* ou *de ponte dejecti.* Delà le jeu de mot de
Cicéron.

cellent témoin ! Qu'il est digne de foi, digne de toute l'attention de nos juges ! quelle vie honnête, Romains ! qu'elle est bien capable de vous faire soumettre volontiers votre religion au témoignage d'un homme aussi vertueux !

Non, sans doute, nous ne découvririons pas si clairement les crimes de nos adversaires, si la cupidité, l'avarice et l'audace ne les aveugloient. L'un (1), immédiatement après le meurtre, a fait partir pour Amérie un courier diligent vers son compagnon et son maître, afin que, si tout le monde vouloit paroître ignorer quel est l'auteur de ce meurtre, il mît lui-même son crime en évidence et sous les yeux de tout le monde. L'autre, grands dieux ! doit même déposer contre Roscius ; comme s'il s'agissoit maintenant de croire ce qu'il dira et non de punir ce qu'il a fait. Selon les réglemens de nos ancêtres, les hommes les plus distingués ne peuvent être entendus comme témoins dans les moindres affaires qui les intéressent·

---

(2) *L'un*, Titus Roscius Magnus ; *l'autre*, Titus Roscius Capito, le compagnon et le maître de Magnus.

personnellement. Scipion l'Africain (1) , dont le surnom annonce qu'il a soumis une des trois parties de la terre, ne pourroit servir de témoin dans une affaire qui lui seroit personnelle. Je n'ose le dire d'un aussi grand homme ; mais s'il déposoit , il ne seroit pas cru dans sa déposition. Comme tout a changé , comme tout a dégénéré parmi nous! Il s'agit de biens enlevés , d'un meurtre commis ; et l'on verra paroître pour rendre témoignage l'enchérisseur et l'assassin ; c'est-à-dire celui qui a acheté , celui qui possède les biens mêmes dont il est question, celui qui a fait assassiner le malheureux sur la mort duquel on informe ! Qu'avez-vous à dire, ô homme d'une probité exacte ? écoutez moi , prenez garde de vous manquer à vous même. Vous êtes ici grandement intéressé. On sait de vous plusieurs traits d'injustice , d'audace, de scélératesse : mais voici un trait de la plus haute folie. qui assurément est votre ouvrage et pour lequel vous n'avez point consulté Erucius. Il n'étoit pas nécessaire que vous fussiez assis où vous êtes. Qu'a-t-on besoin d'un ac-

(1) Scipion l'Africain, second du nom, le destructeur de Carthage.

cusateur qui ne parle pas ? ou peut-on se servir comme d'un témoin, de celui qui siège sur le banc de l'accusateur ? ajoutez encore que votre cupidité cût été plus secrète et plus cachée. Mais à présent est-il besoin de vos paroles et de celles de vos complices , lorsque leurs actions et les vôtres sont telles que vous semblez agir exprès pour nous contre vous mêmes?

Mais voyons maintenant la suite de toutes ces manœuvres. La mort de Sextus Roscius est annoncée à Chrysogonus près Volaterres dans le camp de Sylla , quatre jours après qu'il avoit été tué. On demande encore ici qui est-ce qui a envoyé le courier. N'est-il pas évident que c'est le même qui a envoyé à Amérie ? Chrysogonus se charge de faire vendre les biens , lui qui ne connoissoit ni la personne ni la fortune. Mais comment lui est-il venu dans l'esprit de convoiter les biens d'un homme qu'il ne connoissoit pas , que jamais il n'avoit vu ? Lorsque nous entendons quelque choses de semblable , nous disons aussi-tôt : il faut qu'on ait été instruit par quelqu'un des citoyens ou des voisins ; ce sont eux pour l'ordinaire qui dévoilent les secrets de famille. Ici il ne sauroit y avoir un pareil soupçon. Non , je n'argu-

menterai pas avec vous , je ne dirai pas : il est
vraisemblable que les Roscius ont porté cette
nouvelle à Chrysogonus avec lequel ils étoient
déja liés : les ancêtres des Roscius leur avoient
laissé un grand nombre d'hôtes et de protecteurs , qu'ils ont abandonnés , auxquels ils
ont cessé de faire la cour et de rendre des devoirs
pour se mettre sous la protection de Chrysogonus. Je pourrois dire tout cela avec vérité :
mais dans cette cause sommes nous réduits à
des conjectures. Je suis certain qu'ils ne nient pas
eux-mêmes que Chrysogonus ne se soit emparé
des biens de Roscius à leur instigation. Si vous
voyez de vos propres yeux, celui qui a eu sa
part des biens dénoncés , pourrez vous donc
douter , Romains , qui est le dénonciateur ?
quels sont donc ceux à qui Chrysogonus a fait
part des biens ? les deux Roscius. Qui encore ?
Nul autre. N'est-il donc pas clair que ceux là
ont offert le butin à Chrysogonus qui ont
reçu leur part du butin ? Considérons à présent
la conduite des Roscius d'après celle de Chrysogonus lui-même. Si les Roscius n'avoient pas
contribué puissamment à l'assassinat , pourquoi
Chrysogonus les récompensoit-il si largement ?
S'ils n'ont fait qu'annoncer la mort , ne suffi-

soit-il pas de les remercier , ou , pour se montrer fort généreux , de leur accorder quelque
gratification ? Pourquoi Capiton reçoit-il aussi-
tôt trois terres d'un si grand prix ? pourquoi
Titus Roscius possède-t-il toutes les autres en
commun avec Chrysogonus ? n'est-il pas clair,
Romains , que Chrysogonus bien instruit a
partagé la dépouille avec les Roscius ?

Capiton , du nombre des dix députés , se
rend au camp de Sylla. Jugez , Romains , par
sa conduite dans la députation, de toute la vie,
du caractère et des mœurs du personnage. Si
vous ne voyez clairement qu'il n'est aucun
devoir, aucun droit si saint et si sacré , que
n'aient violé, que n'aient profané son audace
et sa perfidie, reconnoissez-le pour l'homme
le plus intègre. Il empêche que Sylla ne soit
instruit de cette affaire ; il révèle à Chrysogonus les desseins et les conseils des autres
députés, il l'avertit de faire ensorte que la
chose ne devienne point publique ; il lui fait
entendre que , si les biens ne sont pas vendus ,
il perdra une riche proie , et que lui Capiton
courra les plus grands risques. Tandis qu'il anime
Chrysogonus, il trompe ses collègues. Il avertit
l'un à plusieurs reprises de se tenir sur ses
gardes ;

gardes ; il flatte les autres artificieusement d'un
faux espoir. Il trame des menées avec le favori
de Sylla contre ses collègues ; il convient avec
l'un de partager le butin ; il leur découvre leurs
projets, il ferme continuellement aux autres tout
accès auprès de Sylla, sous prétexte des occupations (1) de ce général. En un mot , par ses
suggestions , ses conseils et ses oppositions, les
députés ne parlèrent point à Sylla. Trompés
par ses manœuvres , séduits par ses discours
perfides , comme vous le saurez d'eux-mêmes
si l'accusateur veut les appeller en témoignage,
ils rapportèrent dans leur ville de vaines espérances au lieu d'une décision certaine.

Nos ancêtres regardoient comme flétri et
déshonoré celui qui, dans des affaires particulières , s'étoit acquitté d'une commission ,
je ne dis pas avec mauvaise foi pour son profit
ou pour son avantage , je dis même avec
négligence. Aussi avoient-ils statué qu'on seroit
aussi diffamé en justice pour une commission
mal remplie que pour des effets dérobés , parce

(1) *Aliquâ fretus horâ* peut s'expliquer , *aliquam
Syllæ occupationem prœtexens.* Des livres portent *fre-
tum* au lieu de *fretus* , et *aura* au lieu de *horâ.*

que , sans doute , dans les affaires que nous ne pouvons suivre nous-mêmes, la confiance en nos amis supplée à notre défaut. Manquer à cette confiance , c'est ôter à tous les hommes une commune ressource , et troubler, autant qu'il est en soi , le commerce de la vie civile. Nous ne pouvons pas tout faire par nous mêmes. Tous ne sont pas également propres aux mêmes choses. On contracte des amitiés pour se procurer de mutuels avantages par la réciprocité des services. Pourquoi vous charger d'une commission , si vous voulez la négliger ou la tourner à votre profit ? pourquoi vous offrir à moi et traverser mes intérêts en feignant de les servir ? retirez-vous , j'en emploierai un autre. Vous vous chargez d'un fardeau qu'on ne trouve léger que quand on est léger (1) soi-même. Cette faute est donc déshonorante parce qu'elle viole ce qu'il y a de plus saint sur la terre , l'amitié et la confiance : car il n'y a guère qu'un ami qu'on charge d'une commission , et l'on ne donne sa confiance qu'à celui qu'on croit fidèle. C'est donc le fait d'un homme,

(1) Au lieu du second *minimè*, j'ai lu *maximè*, que me semble demander le sens de la phrase.

sans honneur, de violer l'amitié, et en même
tems de tromper quelqu'un qui n'a été lésé que
parce qu'il s'est confié à lui.

Comment ? dans les moindres affaires, celui
qui aura négligé une commission sera diffamé
par les juges ; et dans une affaire d'une telle
importance, celui à qui on a confié la mémoire
d'un mort (1) et le sort d'un vivant, qui chargé
de ce dépôt précieux, aura couvert l'un d'infamie et dépouillé l'autre de ses biens, celui-là,
dis-je, sera compté parmi les hommes honnêtes
disons mieux, parmi les hommes ! Dans les
affaires privées de la moindre conséquence, si
on les néglige après s'en être chargé, on sera
accusé, comme ayant mal rempli une commission, on subira une sentence diffamante, parce
que, dans les régles, celui qui donne une
commission peut rester tranquille, et non
celui qui l'accepte. Dans une affaire essentielle,
confiée par toute une ville d'après un decret de
cette même ville, quelle peine, quel supplice

(1) Il est certain qu'après *affecerit*, il manque un
petit membre de phrase, par exemple, *vivum bonis
everterit*. —— Un peu apres, au lieu de *judicium in-
famia*, lisez, *judicium infame*, ou *judicii infamiam*.

doit-on faire subir à celui qui n'a point causé un tort particulier par négligence, mais qui a profané et déshonoré par un trait de perfidie les fonctions augustes d'un député public ?

Si Roscius eût chargé Capiton en son nom privé de traiter pour lui avec Chrysogonus, et que pour cela il lui eût fait engager sa foi, supposé qu'il eût jugé à propos, si chargé de la confiance de Roscius, Capiton eût détourné la moindre chose à son profit, condamné par un arbitre (1), ne seroit-il pas obligé de restituer ? ne seroit-il pas entièrement diffamé ? Mais ce n'est point Roscius qui l'a chargé de cette affaire ; ce qui est bien plus fort, Roscius lui-même, avec son honneur, sa vie et tous ses biens, a été confié à Capiton par les principaux d'Amérie, au nom de la ville entière : et Capiton n'a pas détourné à son profit quelque portion de son patrimoine, mais il l'en a en-

_____

(1) *Super arbitrum* : voici la note d'un commentateur, *aditus prætor in privatis judiciis, judicem dabat ; in his quæ bonæ fidei dicuntur qui dabatur judex, quòd ejus arbitrio illa lis dirimenda committeretur, propter vim clausulæ in formulâ additæ, ex bonâ fide, dicebatur arbiter, et ejus sententia arbitrium, vel arbiterium, ut Festus scribit.*

tièrement dépouillé ; il a pris trois terres pour sa part , il a tenu aussi peu de compte de sa propre foi que de la décision des principaux de sa ville , que du vœu de tous ses concitoyens.

Ecoutez , Romains , la suite de mes réflexions; vous verrez qu'on ne sauroit imaginer de forfait dont Capiton ne se soit souillé. Dans les moindres affaires , c'est une action infame de tromper son associé , et aussi infame que celle dont je parlois tout à l'heure. Et cela doit-être , puisque celui qui s'unit avec quelqu'un pour une affaire croit s'être procuré un secours. A qui donc donnera-t-il sa confiance , s'il est lésé par celui même auquel il s'est confié. On doit surtout punir les fautes dont il est le plus difficile de se garantir. Nous pouvons être cachés à l'égard des autres ; nos intimes amis doivent-être nécessairement dans la confidence de beaucoup de nos secrets. Mais comment être en garde contre un associé ? S'en défier , seroit même un crime. C'est donc à juste titre que nos ancêtres ont cru qu'on ne devoit pas compter parmi les gens de bien celui qui trompoit son associé. Mais Capiton n'a pas trompé un seul associé dans une affaire pécuniaire ; le délit quoique grave , pourroit se supporter en quelque sorte :

neuf de ses concitoyens des premières familles,
auxquels il étoit associé pour remplir la même
fonction , la même ambassade , les mêmes devoirs , la même commission , il les a séduits ,
abusés , abandonnés , livrés à leurs adversaires , joués par tous les genres de fraudes et
de perfidies. Ne pouvant rien soupçonner de
sa perversité , ne devant pas se défier d'un collègue , ils n'ont pas apperçu sa manœuvre , ils
ont ajouté foi à ses discours trompeurs. Ainsi ,
grace à ses artifices , des personnages distingués
passent maintenant pour avoir manqué de pré-
caution et de prudence. Lui qui d'abord a été
traître et ensuite transfuge , qui d'adord a ré-
vélé à leurs adversaires les desseins de ses
associés dans une ambassade , et ensuite a fait
société avec ces adversaires eux-mêmes , veut
encore nous épouvanter ; il nous menace , lui
enrichi de trois de nos terres , c'est-à-dire, du
prix de son crime !

C'est dans une telle vie , Romains , c'est au
milieu de tous ces forfaits , que vous trouverez
le crime soumis à votre jugement. Car voici
comment vous devez procéder. Du côté où vous
voyez mille traits de cupidité , d'audace , de
méchanceté , de perfidie , croyez que parmi

tous ces crimes est aussi caché celui que nous cherchons. Que dis-je, caché? il est si clair, si manifeste, qu'il n'a pas besoin de l'indice des autres qui sont reconnus, mais qu'au contraire il dissipe les doutes dont les autres pourroient être enveloppés. Eh bien! Romains, ce fameux maître d'escrime vous paroit-il avoir oublié son métier de (1) gladiateur. Le disciple vous paroît-il le céder en rien à son maître pour l'habileté? De part et d'autre la cupidité est semblable, la méchanceté pareille, l'impudence égale, l'audace est la même.

Vous avez vu la bonne foi du maître, voyez l'équité du disciple. J'ai déjà dit qu'on avoit demandé deux esclaves pour les mettre à la torture. Vous les avez constamment refusés, Titus Roscius. Ceux qui vous faisoient cette demande, n'étoient-ils donc pas dignes de l'obtenir? Celui par qui ils la faisoient ne pouvoit-il pas vous toucher? La demande elle-même vous paroissoit-elle injuste? C'étoient les personnages les plus illustres et les plus intègres de notre ville

(1) On lisoit anciennement, *à gladiatore cessisse* : les uns ont corrigé *à gladiatore recessisse*, les autres *à gladiis recessisse*; Paul Manuce propose *à gladiaturd cessisse*.

Bb 4

qui faisoient la demande, ces hommes (1) que
j'ai nommés plus haut, dont la vie irréprochable et la haute réputation feroient trouver
juste tout ce qu'ils pourroient demander. C'étoit
pour un malheureux qu'ils demandoient, pour
un infortuné qui se livreroit lui-même volontiers à la torture pour parvenir à venger la
mort de son père. Telle étoit enfin la demande,
que la refuser c'étoit vous avouer coupable. Dans
cet état des choses, pourquoi avez-vous refusé
les esclaves ? Ils étoient avec le père de Roscius lorsqu'il fut assassiné. Quant à moi je n'accuse ni ne justifie les esclaves : mais je dis que
votre refus obstiné de les livrer à la torture est
suspect ; et que, si vous avez pour eux tant
d'égards, il faut nécessairement qu'ils sachent
des détails qui vous seroient funestes s'ils les
déclaroient. Il est injuste (2), dites-vous, d'ap-

(1) Métellus et Scipion.

(2) Lorsqu'on demandoit les deux esclaves à Titus
Roscius, il se défendoit de les donner par deux raisons. Il est injuste, disoit-il, d'appliquer des esclaves à la torture, pour qu'ils déposent contre leurs
maîtres. D'ailleurs, les esclaves sont entre les mains
de Chrysogonus. Cicéron répond à la première raison de deux manières : Roscius est l'accusé, lui qui

pliquer des esclaves à la torture pour qu'ils déposent contre leurs maîtres. Mais le fait-on ?
Sextus Roscius est l'accusé : et lorsqu'on informe du meurtre, vous ne vous dites pas les maîtres des esclaves. Ils sont dites-vous, entre les
mains de Chrysogonus. En effet, oui, Chrysogonus, charmé de leur savoir et de leur politesse, a voulu placer parmi ses esclaves, parmi
des esclaves élégans, versés dans tous les arts,
doués de tous les talens agréables, choisis dans
les maisons où règne le luxe le plus recherché ;
il a voulu, dis-je, placer parmi de tels esclaves, des hommes de travail, formé selon la
discipline sévère d'Amérie, dans la maison
d'un pere de famille vivant à la campagne.
Non, Romains, il n'en est pas ainsi : non, il

demande les esclaves, et non vous autres ses adversaires qui les refusez. Première réponse. Mais êtes-
vous maîtres des esclaves ? dites-vous que vous le
soyez ? Non assurément. Seconde réponse. Il se
moque de ce qu'on dis oit que les esclaves étoient entre les mains de Chrysogonus. *Neque enim.* Ce second
enim pourroit être supprimé sans faire tort à la
phrase : il doit être gardé comme donnant du ton au
discours, et marquant mieux les deux réponses de
l'orateur.

n'est pas vraisemblable que Chrysogonus ait été épris de leur politesse ou de leur savoir ; il n'est pas vraisemblable qu'il ait eu lieu de connoître leur zèle et leur fidélité dans l'administration des affaires domestiques. Il y a là-dessous quelque intrigue cachée ; et plus on la déguise , plus on l'étouffe avec soin , plus elle paroît , plus elle éclate.

Quoi donc ? est-ce Chrysogonus qui empêche qu'on n'applique les esclaves à la torture afin que son crime ne soit pas connu ? non , Romains. Tout reproche , à mon avis , ne peut s'adresser à tout le monde. Quant à moi, je ne soupçonne rien de tel dans Chrysogonus; et ce n'est point pour la première fois qu'il m'est venu à l'esprit de le dire. Vous vous rappellez que dès le commencement j'ai divisé mon discours en trois parties ; l'accusation , l'audace , la puissance. Erucius s'est chargé de prouver l'accusation , les Roscius ont pris pour eux le rôle de l'audace. Tout ce qu'il y a de perversité , de forfaits , de meurtres , doit donc regarder les Roscius. Nous disons que nous avons à combattre le crédit excessif et la puissance énorme de Chrysogonus ; que ce crédit et cette puissance ne sont pas tolérables , et que vous devez , Romains , puisque vous en

avez le pouvoir , non-seulement les affoiblir ,
mais encore les réprimer. Au reste, je le pense,
c'est vouloir trouver la vérité , que de demander qu'on applique à la torture ceux qui étoient
présens quand le meurtre s'est commis ; et se
refuser à ce moyen de conviction , c'est s'avouer
en effet coupable , quoiqu'on n'ose pas le déclarer de bouche.

J'ai dit dès le commencement , Romains ,
que je ne voulois point m'étendre sur la perversité des Roscius plus que la cause ne le demande et que la nécessité ne l'exige. Je pourrois encore citer bien de traits et les appuyer
chacun de beaucoup de preuves ; mais je ne
puis faire ni long-tems ni avec soin ce que je
fais malgré moi et par nécessité. J'ai touché
légèrement ce qu'il m'étoit impossible d'omettre ; ce qui n'est fondé que sur de simples présomptions , ce qui demanderoit des discus-
sions étendues , si j'essayois de le prouver , je
l'abandonne à vos conjectures et à vos lumières.

Venons maintenant à ce (1) fameux Chry-

---

(1) Mot à mot , *à ce nom d'or de Chrysogonus.*
Chrysogonus est un mot grec , qui signifie *semence*
ou *production d'or.*

sogonus, sous le nom de qui le complot a été formé. Je ne sais ni ce que je dois en dire, ni ce que je dois en taire. Si je n'en parle pas, j'abandonne une des parties essentielles de ma cause : si j'en parle, je crains, non que lui seul se croie offensé (ce qui me toucheroit peu), mais que beaucoup d'autres ne s'imaginent que j'ai voulu les choquer : toutefois telle est la cause présente, que je ne crois pas devoir m'étendre beaucoup sur ce qui regarde en général les acquéreurs des biens vendus à l'encan. Cette cause est tout-à-fait nouvelle et singulière. Chrysogonus est l'acquéreur des biens de Sextus Roscius. Voyons d'abord comment ces biens ont été vendus, ou comment ils ont pu l'être. Ici, Romains, je ne dirai pas que c'est une chose indigne qu'on ait vendu les biens d'un homme innocent. S'il faut parler avec liberté, et si l'on m'écoute de même, Sextus Roscius, je le dirai, n'étoit pas un personnage assez important dans cette ville, pour qu'il excite principalement nos plaintes. Mais je demande comment en vertu de la loi, portée pour la proscription, ou la loi Valéria, ou la loi Cornélia ; car je n'ai pas su et ne sais

pas encore de qui est la loi (1) : comment ,
dis-je , en vertu de cette loi même , les biens
de Sextus Roscius ont pu être vendus. La loi
déclare , *qu'on vendra les biens de ceux qui auront été proscrits.* Or , Sextus Roscius n'étoit
pas de ce nombre. *Ou les biens de ceux qui auront été tués dans les troupes des adversaires.* Tant
qu'il y a eu des troupes , Roscius étoit dans
celles de Sylla. Il a été tué lorsqu'on avoit mis
bas les armes , au sein de la paix , à Rome , en
revenant de souper. Si c'est en vertu de la loi
qu'il a été tué , ses biens , je l'avoue , ont été
aussi vendus en vertu de la loi. Mais s'il est
constant qu'il a été tué contre toutes les loix
anciennes et nouvelles ; comment , de quel
droit , en vertu de quelle loi , ses biens ont-ils
été vendus ?

(1) Le jeune Marius et Carbon , consuls, ayant
été tués , Lucius Valérius Flaccus , élu interroi ,
nomma Sylla dictateur , avec le pouvoir de faire
mourir impunément les citoyens qu'il voudroit. La
loi de proscription est si odieuse, que Cicéron paroît
ignorer de qui elle est: cette ignorance affectée en
est une satyre sanglante. On sait que Sylla avoit pour
prénom Cornélius.

Vous me demandez, Erucius, contre qui je
parle. Ce n'est pas contre celui que vous voulez
et que vous pensez. J'ai justifié Sylla dès le commencement de mon discours, et son rare courage l'a justifié en tout tems. Je dis que c'est
Chrysogonus qui a forgé toutes les impostures,
qui a représenté Roscius comme un mauvais citoyen, comme ayant été tué dans le parti des
ennemis de Sylla, qui a empêché que le dictateur ne fût instruit de l'affaire par les députés
d'Amérie. Enfin je soupçonne que les biens
n'ont pas même été vendus; ce que je démon-
trerai bientôt si vous me le permettez, Romains.
La loi je pense, limite le tems des ventes et des
proscriptions : elle ne les permet que jusqu'aux
calendes de juin, c'est quelques mois après que
Roscius a été tué, et que ses biens, dit-on, ont
été vendus. Assurément, ou la vente de ces
biens n'a pas été portée sur les registres publics
et l'insolence de cet homme (1) méprisable nous
a joués plus subtilement que nous ne pen-
sions; ou si elle y a été portée, les registres ont
été falsifiés par quelque manœuvre, puisqu'il
est constant que les biens n'ont pu être vendus
en vertu de la loi.

(1) De Crysogonus.

Je sens , romains , que ce n'est pas ici le tems de m'occuper de pareilles recherches , et que j'ai tort de songer à guérir un mal (1) léger quand je dois repousser le coup mortel qu'on veut porter à Roscius. Ce n'est pas son bien qui l'occupe ; il ne tient compte d'aucun intérêt pécuniaire ; qu'il soit déchargé d'un soupçon infâme et purgé d'une accusation calomnieuse , il supportera facilement l'indigence. Mais en écoutant le peu qui me reste à dire , croyez , je vous prie, Romains, que je dirai, partie en mon nom , partie au nom de Roscius , les excès qui me semblent affreux et intolérables, qui peuvent s'étendre sur-tout le monde si on ne les arrête , je les rappelle et j'en parle en mon nom avec le sentiment de douleur dont je suis pénétré : quant à ce qui regarde la cause et le sort de Roscius , les défenses qu'il veut que j'emploie pour lui, les satisfactions dont il se contente , vous le verrez , Romains, à la fin de ce discours.

J'oublie donc Roscius pour quelques instans, et je demande en mon chef à Chrysogonus , d'abord pourquoi on a vendu les biens d'un

(1) Latin , *redivia* ou *reduvia* , maladie des ongles , appellée vulgairement *vie*.

citoyen honnête , d'un homme qui n'a
été , ni proscrit , ni tué dans le parti des
adversaires , lorsque la loi n'est portée que
contre ces derniers ; ensuite pourquoi on les a
vendus après le terme fixé par la loi ; enfin
pourquoi on les a vendus si fort au - dessous
de leur valeur. Si , suivant la coutume des affranchis lâches et pervers, il veut faire retomber
toutes injustices sur son ancien maître, il n'y
gagnera rien. Car il n'est personne qui ne sache
que , vu la multiplicité des grandes occupations
de Sylla , il s'est commis plusieurs désordres
par une sorte de tolérance , ou faite d'une attention assez suivie. Approuvai-je donc dans le
gouvernement des négligences provenant d'ina-
tention ? Non, Romains, je ne les approuve pas;
mais elles sont inévitables. Eh ! si le grand Jupiter , dont la volonté toute puissante gouverne
le ciel , la terre et les mers , a souvent affligé
les hommes par des vents impétueux , par des
violentes tempêtes , par d'excessives chaleurs ,
ou par d'insupportables froids, s'il a détruit des
villes , ruiné les moissons, sans qu'il nous arrive
d'attribuer ces effets à aucun dessein funeste de
la part de ce dieu suprême , mais plutôt au pouvoir et à la force des causes naturelles : si , dis-
je ,

je, Jupiter, ce dieu si puissant et si bon,
qui nous dispense si librement les plus précieux avantages, la lumière qui nous éclaire,
l'air pur que nous respirons, a souvent, contre
son gré, fait du mal aux hommes ; devons nous
être surpris que Sylla seul occupé de régir la
république, de gouverner l'univers, d'assurer
par les loix la majesté de l'empire qu'il a
rétablie par les armes, devons nous être surpris
que quelques détails lui échappent, et que l'intel
ligence humaine ne puisse obtenir ce qui paroît surpasser même la puissance divine. Mais,
sans parler des excès précédens, qui est-ce qui
ne voit point, d'après ce qui se passe sous nos
yeux, que Chrysogonus est l'auteur et le chef
de toute la manœuvre, lui qui a fait dénoncer
Roscius, lui qui a suscité ce procès (1), lui en

_____

(1) J'ai suppléé, *qui hoc judicium conflavit*? Après *se
dixit Erucius*, il manque toute la partie ou Cicéron
prouvoit que les biens de Roscius n'avoient pu être
vendus et n'avoient pas été vendus, et le commencement de l'excursion véhémente contre les richesses
odieuses de Chrysogonus.—*Les autres affranchis...* J'ai
traduit comme si on lisoit, *alii Syllæ liberti domum
aptamet...* Il est certain qu'*alter* se rapporte à Chrysogonus ; mais comme ce qui précède manque, on
ne voit pas pourquoi Cicéron le désigne par *alter*.

considération duquel Erucius a dit lui-même qu'il avoit entrepris son accusation ?

Les autres affranchis de Sylla se croient une fortune honnête et convenable, lorsqu'ils ont dans le pays des Salentins et des Bruttiens des terres d'où ils peuvent avoir des nouvelles trois fois à peine dans une année. Pour Chrysogonus, on le voit arriver du mont Palatin où est situé son palais : outre plusieurs terres qui toutes sont fort belles et voisines de Rome, il possède une maison de plaisance dans les faubourgs de la ville. Son palais est rempli de vases de Corinthe et de Délos; entre autres effets rares on y voit ce fameux vase (1), qu'il a acheté dernièrement un si haut prix, que les passans, qui entendoient compter la somme, s'imaginoient qu'on vendoit un fonds de terre. Combien n'y a t-il pas encore d'argenterie ciselée, de tapisseries, de tableaux, de statues ! combien de marbres précieux ! on y voit en un mot tout ce qui au milieu des trou-

(1) Latin *autepsa*, vase en deux parties et à deux fonds. Dans la partie supérieure on plaçoit ce qu'on vouloit faire cuire ; on mettoit du feu dans la partie inférieure.

bles et des rapines a pu être enlevé de plusieurs
maisons opulentes et accumulé dans une seule.
Que dirai-je de la multitude de ses esclaves,
de leurs talens divers et distingués ? sans parler de ceux qui n'ont que des talens de commun
usage, cuisiniers, chefs d'officiers, porteurs
de litières, il a un si grand nombre d'hommes
pour l'amusement de son esprit et pour le plaisir de ses oreilles, que tout le voisinage reten-
tit sans cesse du son des voix et des instrumens
de musique, du bruit des festins nocturnes.
Avec une telle vie, Romains, que de dépenses
journalières ! que de profusions ! que de repas !
repas honnêtes, oui, je le crois dans une maison pareille, si c'est une maison, et non plutôt un théatre de débauches, un réceptacle de
toutes les infamies. Vous le voyez lui-même,
Romains, avec sa chevelure artistement ar-
rangée et parfumée des plus précieuses essences,
traverser légèrement la place publique, suivi
d'une troupe nombreuse de citoyens qui lui
font cortège : vous voyez comme il nous méprise tous, comme il pense qu'il n'y a d'homme
que lui, comme il se croit seul riche, seul
puissant.

Si je voulois rapporter tout ce qu'il a fait et

médité de faire, je craindrois de la part des
personnes peu instruites le reproche d'avoir
voulu offenser le parti des nobles et décrier
leur victoire. Cependant je suis en droit de
blámer ce qui me déplaît dans leur conduite,
sans craindre qu'on me soupçonne d'avoir été
intérieurement contraire au parti de la noblesse.
Ceux qui me connóissent savent que les deux
partis n'ayant pu être amenés à une conciliation,
principal objet de mes desirs, j'ai toujours travaillé, suivant le peu que j'avois alors de puissance, à ce que la victoire se déclarât pour
le parti maintenant victorieux. En effet, qui
ne voyoit pas que la bassesse disputoit de rang
avec la grandeur ? dans ce combat, il étoit d'un
mauvais citoyen de ne pas s'unir avec ceux à
la conservation desquels étoient attachés la dignité de Rome au dedans et sa splendeur au-
dehors. J'applaudis à tous les succès, je me ré-
jouis que chacun ait recouvré son rang et sa
considération ; et je vois que tout s'est exécuté
heureusement par la volonté des dieux, par le
zèle du peuple Romain, par la prudence, le
courage et le bonheur de Sylla. Ainsi donc
qu'on ait puni ceux qui par toutes sortes de
moyens ont attaqué le parti des nobles, je ne

dois pas y trouver à redire ; qu'on ait récompensé ces guerriers généreux dont la bravoure a tant contribué au succès des affaires , je l'approuve : c'est pour cela , sans doute, qu'on a combattu , et j'avoue que c'étoit-là que se portoient tous mes desirs. Mais si en prenant les armes on n'a eu pour bût que d'enrichir du patrimoine d'autrui les derniers des hommes , que de leur permettre d'envahir nos fortunes , sans qu'il soit permis de les réprimer ni même de les blâmer ; alors, loin que la victoire ait renouvellé et rétabli le peuple Romain , elle l'a même jetté dans l'oppression et la servitude.

Mais il en est bien autrement. Oui, Romains, loin de faire tort au parti des nobles en résistant à de pareils hommes, vous lui donnerez même un nouveau lustre. Veut-on blâmer le gouvernement actuel , on se plaint de la puissance énorme de Chrysogonus ; veut-on louer ce même gouvernement, on dit que cette puissance est usurpée. Il n'est plus personne assez peu sensé ou assez méchant pour dire : Je voudrois qu'on fût libre ; j'aurois dit ceci. — Dites-le , vous le pouvez. J'aurois fait cela. —Vous pouvez le faire, personne ne vous empéche. J'au-

rois décidé ceci. — Décidez-le : pourvu que
vous décidiez bien , on vous approuvera généralement. J'aurois prononcé céla. — Vous serez
loué de tout le monde si vous prononcez avec
justice et dans les régles. Lorsqu'il le falloit et
que l'état des choses l'exigeoit , le pouvoir étoit
entre les mains d'un seul homme : mais depuis
qu'il a créé des magistrats et posé des loix ,
chacun a repris ses fonctions et sa dignité. Si
ceux qui ont recouvré cette dignité se montrent
jaloux de la maintenir , ils pourront la conserver pour toujours : mais s'ils se livrent aux
meurtres , aux rapines, à d'énormes profusions,
ou s'ils autorisent ces excès ; je ne veux pas
même présager contre-eux rien de sinistre,
je dis seulement que , si les nobles manquent
d'activité , de vertu , de courage , de douceur ,
il faut qu'ils cèdent les priviléges dont ils jouissent aux citoyens en qui l'on verra briller ces
qualités. Qu'ils cessent donc enfin de dire qu'on
a parlé mal parce qu'on a parlé avec vérité et
franchise, qu'ils cessent de faire cause commune
avec Chrysogonus , qu'ils cessent de croire que
l'attaquer c'est leur faire injure ; qu'ils voient
combien il seroit triste et honteux qu'après n'a-

voir pu souffrir l'élévation des chevaliers (1)
Romains , ils pliassent bassement sous la domination d'un vil esclave. En s'étendant sur-tout
le reste , cette domination jusqu'alors avoit respecté les jugemens et la justice ; vous voyez,
Romains, quelles sont maintenant ses entreprises audacieuses et ses démarches hardies :
elle voudroit (1) s'étendre jusque sur votre religion , sur votre serment , sur vos décisions,
sur ce qui reste presque seul dans la ville d'intact et de sacré. Chrysogonus se flatte-t-il d'avoir
ici même quelque pouvoir ? prétend-t-il dominer sur les tribunaux ? ô triste et déplorable
abus ! ce qui m'indigne , ce n'est pas , certes ,
la crainte qu'il ait ici quelque puissance , mais
qu'il ait osé s'en arroger , que pour perdre un
innocent il ait espéré avoir quelque empire
sur l'esprit de juges tels que vous : c'est-là ce
qui excite mon indignation et mes plaintes. La
noblesse ne s'est-elle donc animée , n'a telle

(1) *Des chevaliers Romains* , qui avoient eu le département des tribunaux , et auxquels Sylla l'avoit
ôté pour le donner aux sénateurs. —— *D'un vil esclave* , de Chrysogonus , qui avoit été esclave.

(2) *Ad fidem* , sans doute *iter munitat* , *viam affectat*.

C c 4

recouvré la république par les armes et par le
fer, que pour fournir à de misérables affranchis
et esclaves des nobles, le moyen de nous opprimer tous à leur gré, et de ravir nos fortunes.
Si c'est-là ce qu'on a eu en vue, je l'avoue, je
me suis trompé d'avoir préféré le parti maintenant vainqueur : j'ai été insensé, je l'avoue,
de m'être d'éclaré le partisan des nobles, quoi-
je l'aie été sans prendre les armes. Mais si leur
victoire doit être aussi utile que glorieuse à la
république et au peuple Romain, alors les
citoyens les plus distingués par leur vertu et
par leur naissance doivent approuver mes réflexions. S'il est quelqu'un qui croye que c'est
l'outrager lui et son parti que de blâmer Chrysogonus, il ne connoît pas quel est son parti,
je dirai presque qu'il ne se connoît pas lui-même,
puisque son parti acquerra d'autant plus de
considération que les plus méchans trouveront
une vive résistance. Un fauteur criminel des
injustices de Chrysogonus, qui prétend faire
avec lui cause commune, s'avilit et se dégrade
lui-même en se séparant de ce qui vraiment
fait la gloire de la noblesse.

Mais, comme je l'ai dit plus haut, c'est en
mon chef que je viens de parler, poussé par

l'intérêt que je prends à la république, par l'indignation dont je suis pénétré, par les injures
de nos ennemis. Pour Roscius, il ne s'indigne
de rien de tout cela ; il n'accuse personne, il
ne se plaint pas de la perte de son patrimoine. Il croit, cet homme simple, peu instruit de nos usages, qui ne connoît que ses
champs, qui n'est occupé que de leur culture,
il croit que tout ce qui a été fait, dit-on, par
les ordres de Sylla, est conforme aux règles,
aux loix de notre ville, au droit des nations.
Tout son desir est de se retirer aujourd'hui,
entièrement purgé d'une accusation odieuse.
Pourvu qu'il soit déchargé d'un infâme soupçon, il se verra, dit-il, dépouillé sans peine de
tous ses biens. Il vous prie, Chrysogonus, il
vous conjure, s'il n'a rien détourné à son profit d'un ample patrimoine, s'il ne vous a frustré en rien, s'il vous a tout donné, compté,
pesé avec la meilleure foi, s'il vous a abandonné jusqu'à l'habit qui le couvroit, jusqu'à
l'anneau (1) qu'il avoit au doigt, s'il n'a gardé

_____

(1) Roscius portoit un anneau d'or, simplement
comme homme riche, et non comme marque du rang
de sénateur ou de chevalier Romain. C'est à des savans

que sa personne toute nue , et rien davantage ;
il vous supplie de lui permettre de vivre avec
son innocence et son indigence aux dépens de
ses amis. Vous possédez mes terres ; moi je vis
par la compassion d'autrui : je m'y résigne, et
parce que j'ai de la modération , et parce que
c'est une nécessité. Ma maison est ouverte pour
vous , elle est fermée pour moi : je le supporte.
Vous avez tous mes esclaves , et ils sont en
grand nombre ; moi je n'en ai pas un seul
pour me servir : je le souffre , et crois devoir
le souffrir. Que desirez-vous encore ? Que
demandez-vous ? pourquoi me persécutez-
vous ? pourquoi m'attaquez - vous ? en quoi
suis - je opposé à vos volontés ? en quoi
suis - je contraire à vos intérêts ? quel obstacle apportai - je à vos desseins ? Si c'est pour
ses dépouilles que vous voulez faire périr un
homme, vous m'avez dépouillé ; que cherchez-
vous de plus ? si c'est par inimitié ; quelle inimitié vous animeroit contre un infortuné dont
vous avez possédé les terres avant de le con-

que nous devons la correction *annulum de digito
suum* ; on lisoit auparavant *annulumque dedit*, *os-
eum,*

noître ? si c'est par crainte, que craignez-vous
de celui que vous voyez dans l'impuissance
de repousser par lui-même une injustice aussi
atroce. Si vous cherchez à perdre le fils de
Roscius, parce que les biens qui étoient au
père sont devenus les vôtres; croyez-moi, vous
appréhendez ce que vous devez moins craindre
que personne (1), qu'on ne rende un jour leur
patrimoine aux enfans des proscrits. Vous faites
injure, Chrysogonus, à votre maître si, pour
assurer vos acquisitions, vous comptez plus
sur la perte de Roscius que sur les exploits de
Sylla. Que si vous n'avez aucun motif pour
accabler un malheureux, s'il vous a tout livré
excepté sa vie, s'il ne s'est rien reservé des
biens de son père, pas même un tombeau de
famille ; au nom des dieux, quelle est cette
étrange barbarie! quelle férocité! quelle atrocité de caractère! Fut-il jamais un brigand,
fut-il jamais un pirate, quelque barbare, quelque pervers qu'on le suppose, qui, pouvant

(1) Un affranchi de Sylla ne doit pas craindre que
Sylla perde sa puissance, et que ses actes soient
anéantis. —— Un peu plus bas, j'ai traduit comme
si on lisoit, *Sylla facis injuriam.*

obtenir toute sa proie sans répandre de sang ,
aimât mieux emporter des dépouilles sanglan-
tes ? Vous le savez, Roscius n'a rien , il n'ose
rien , il ne peut rien , il n'a jamais rien imaginé contre vos intérêts ; et cependant vous attaquez celui que vous ne pouvez craindre , que
vous ne devez pas haïr , auquel il ne reste plus
rien que vous puissiez enlever. A moins que
vous ne soyez indignés de voir avec un vêtement devant un tribunal celui que vous avez
chassé de son patrimoine aussi nud qu'après un
naufrage : comme si vous ignoriez que , si Ros
cius est vêtu , c'est par le bienfait de Cécilia .
cette Romaine que sa vertu distingue encore
plus que sa naissance. Fille d'un père illustre,
de Métellus Baléricus, sœur d'un frère accompli , de Métellus Népos, nièce des premiers
hommes de la république , elle a eu assez de
mérite , n'étant qu'une femme , pour leur rendre par sa gloire propre , tout le lustre et tout
l'honneur qu'ils faisoient réjaillir sur sa personne.

Regardez - vous comme une chose indigne,
qu'il soit défendu avec zèle. Croyez-moi , si
tous ses amis vouloient agir pour lui selon
toute l'étendue de l'amitié qui les unissoit avec

son père , et du crédit qu'il avoit auprès d'eux ;
s'ils osoient le défendre avec courage , il seroit
suffisamment défendu. Je dis plus , s'ils vouloient tous poursuivre les coupables , comme
le demanderoient la grandeur de l'injure et le
bien de toute la république intéressée dans
cette cause (1) , non , vous ne pourriez même
pas vous et les vôtres paroître devant ce tribunal. Mais de la manière dont est défendu
Roscius , nos adversaires doivent-ils s'offenser
comme si on l'emportoit sur eux par la puissance ? Cécilia a pris pour elle le soin de lui
procurer dans sa maison tout ce qui lui manque : toutes les démarches nécessaires pour le
procès, Messala, comme vous voyez , Romains,
s'est chargé de les faire. S'il avoit assez d'âge et
de force , il plaideroit lui-même pour Roscius.
Comme sa jeunesse , et la timidité qui embellit
cet âge, l'empêchent de parler , il m'a abandonné cette cause qu'il savoit être pour moi
une dette qu'ambitionnoit mon amitié. Tels
ont été du moins ses conseils , son assi-

___

(1) C'en seroit fait de la république , s'il étoit décidé que les méchans ont la liberté de faire tout ce
qu'ils veulent.

duité, son zèle, et toutes ses démarches, que
la vie de Roscius, arrachée à la violence des
assassins, se trouve maintenant soumise à la
décision des juges. C'est, sans doute, pour de
tels nobles, que la plus grande partie des citoyens ont pris les armes : on a eu en vue de
rendre à la ville des nobles qui eussent le
courage, ainsi que Messala, de défendre la
vie d'un innocent et de résister à l'injustice,
des nobles qui fussent plus jaloux de montrer
leur pouvoir en sauvant un malheureux qu'en
causant sa ruine. Si tous les hommes de ce
rang eussent tenu une pareille conduite, l'état
auroit moins à souffrir des nobles, et eux-
mêmes seroient moins en butte à la haine.

Mais si nous ne pouvons obtenir de Chrysogonus, qu'il se contente de nos biens, sans
demander encore notre vie ; si nous ne pouvons gagner sur lui, qu'après nous avoir enlevé
ce qui nous appartenoit en propre, il ne cherche pas à nous ravir cette lumière commune à
tous les hommes ; s'il ne lui suffit pas d'avoir
assouvi sa cupidité avec nos possessions, à
moins que sa cruauté (1) ne se baigne dans

(1) *Nisi crudelitate sanguinis perlitus sit ;* à moins

notre sang : il ne reste , Romains , à Roscius
qu'un seul asyle , qu'une seule ressource , c'est
la même qui reste à la république, je veux dire,
les sentimens de bonté et de douceur autrefois
connus. Si vous les avez conservés , ces sentimens , nous pouvons échapper même aujour-
d'hui : mais si la cruauté qui, dans ces derniers
tems , a régné parmi nous , avoit pu endurcir
votre ame et la rendre insensible , ce que je
ne puis croire ; c'en est fait , il vaut mieux se
reléguer parmi les bêtes féroces , que de vivre
au milieu d'une si affreuse barbarie. Echappés
vous-même au carnage , n'avez-vous été choisis
que pour condamner ceux qui n'auroient pu
être égorgés par les brigands et les assassins ?
Lorsque d'habiles généraux donnent le combat,
ils ont soin de placer des troupes à l'endroit
par où l'ennemi pourra s'enfuir , afin que les
fuyards tombent inopinément dans cette espèce
d'embuscade. Les usurpateurs des biens d'autrui pensent de même sans doute ; ils s'imaginent que des juges tels que vous siègent ici

qu'il ne soit teint de la cruauté du sang , c'est-à-dire,
du sang répandu par la cruauté. L'expression latine
est singuliere.

pour saisir ceux qui auront échappé de leurs mains. Aux dieux ne plaise que ce qui a été appellé par nos ancêtres le tribunal public (1), soit regardé comme le corps de réserve des assassins et des brigands ! Ne voyez-vous pas qu'on n'a d'autre but que de faire périr, par quelque moyen que ce soit, les enfans des proscrits, que pour cela on veut abuser de votre serment, et faire un essai dans la cause de Roscius. Pouvez-vous douter sur qui tombent les soupçons du meurtre, lorsque vous voyez d'une part l'usurpateur des biens du père, son ennemi, un vil assassin, accuser aujourd'hui son fils ; et que de l'autre vous voyez ce fils dans l'indigence, un fils estimé de ses amis et de ses proches, le plus incapable de commettre un crime, le plus au-dessus de tout soupçon ? Ne voyez-vous pas que le seul motif qu'on ait d'attaquer Roscius, c'est que les biens de son père ont été vendus ? Si vous vous chargez, Romains, de seconder ces rapines et ces violences ; au nom des dieux, prenez garde

_____

(1) *Le tribunal public*, c'est-à-dire, le sénat, dont les membres seuls alors occupoient les tribunaux judiciaires.

qu'on

qu'on ne se serve de notre ministère pour introduire une seconde proscription beaucoup
plus cruelle que la première. La première n'a-
voit été ordonnée que contre ceux qui avoient
pu prendre les armes, et cependant le sénat
n'a pas voulu la confirmer par un (1) décret ;
il a craint de paroître autoriser d'excessives
rigueurs, ignorées de nos ancêtres. Si vous
n'éloignez, Romains, par la sévérité de vos
sentences, si vous ne rejettez avec horreur cette
seconde proscription, qui tombe sur nos enfans, qui va les attaquer jusque dans leurs ber-
ceaux ; au nom des immortels, voyez à quelle
extrémité la république va se trouver réduite.
Avec la sagesse qui vous distingue, avec le
pouvoir et l'autorité dont vous êtes revêtus,
vous devez vous appliquer sur-tout à la guérir
des maux qui la désolent davantage. Il n'est
parmi vous personne qui ne voie que le peuple
Romain connu autrefois par sa clémence envers les ennemis, est aujourd'hui travaillé d'une
sorte de cruauté civile. Bannissez-donc de

(1) Sylla ne put obtenir de senatusconsulte pour
confirmer sa proscription : Ce fut une loi portée dans
une assemblée du peuple qui l'autorisa.

Rome, ne laissez pas subsister plus long-tems dans la république, cette cruauté, qui, sans parler d'une foule de citoyens qu'elle nous a indignement ravis, a dépouillé encore les hommes les plus doux de toute sensibilité en les familiarisant avec les malheurs. Oui, à force de voir et d'entendre à chaque instant des traits affreux de barbarie, nous nous accoutumons, malgré notre douceur naturelle, à perdre tout sentiment d'humanité.

Fin du second volume.

TABLE

Du second Volume

DE LA CONSTITUTION

DES ROMAINS.

Fin de la table du second volume.

1964

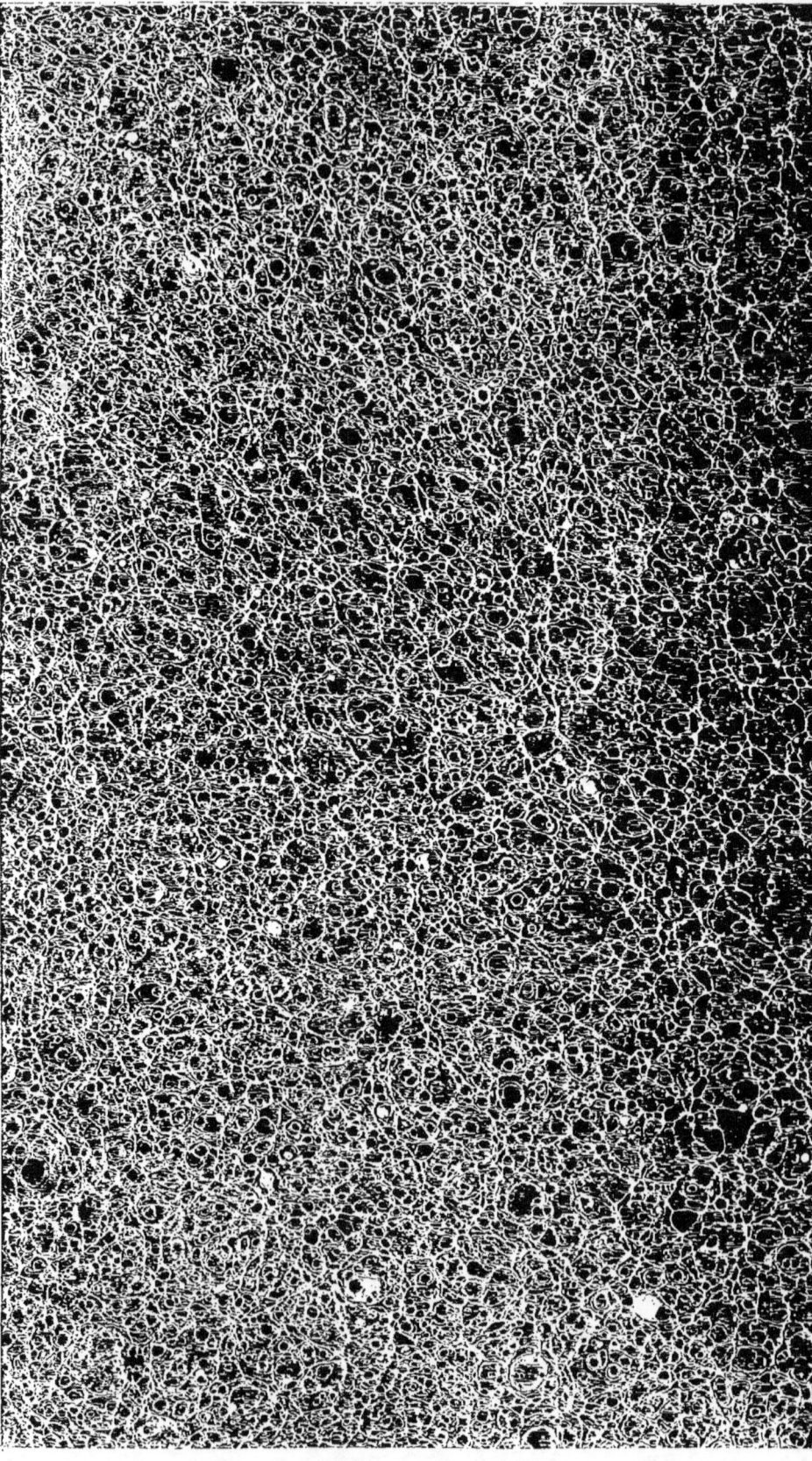

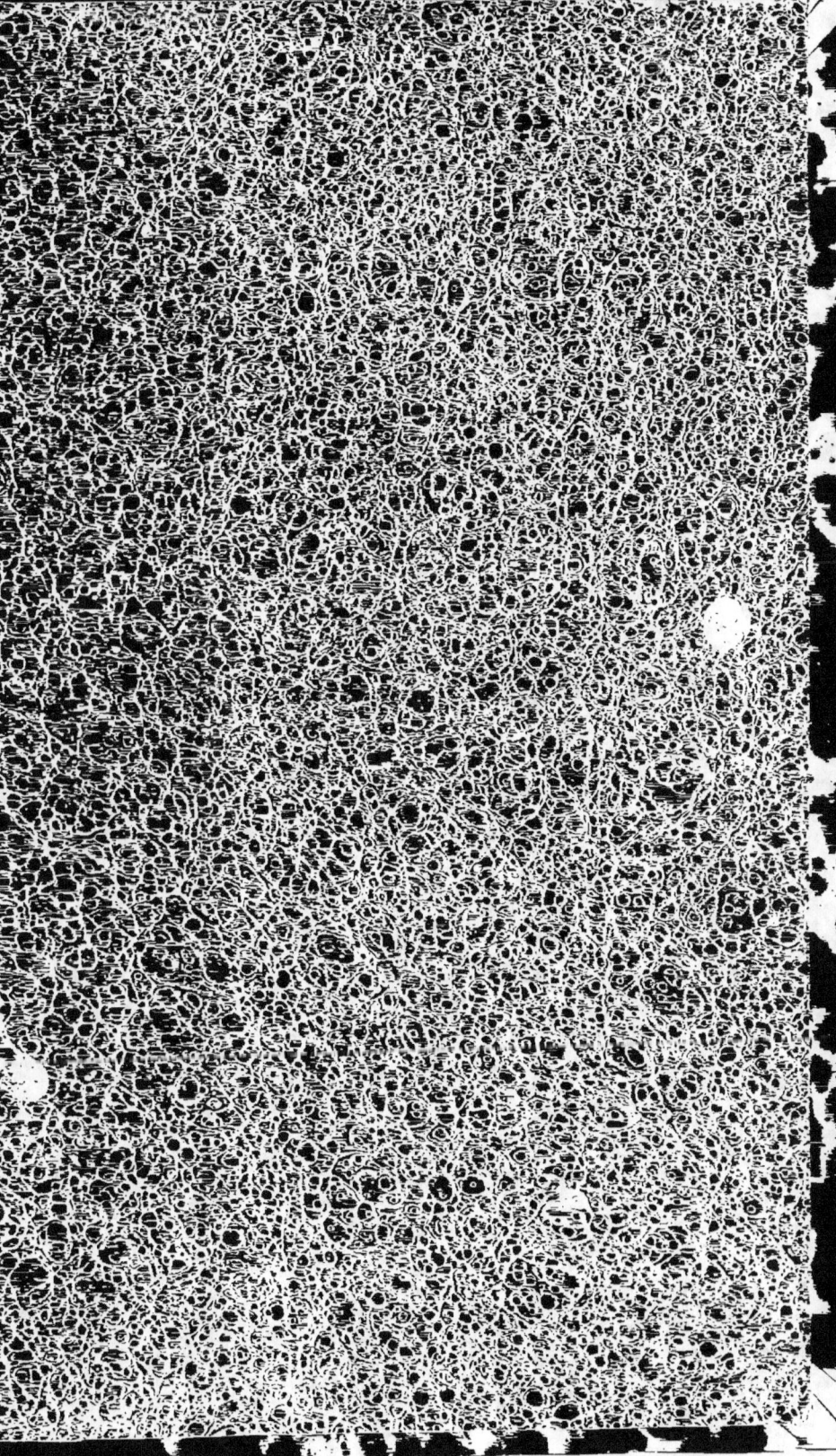

www.ingramcontent.com/pod-product-compliance
Lightning Source LLC
Chambersburg PA
CBHW070754030726
47504CB00003B/551